CPSIA information can be obtained at www.ICGtesting.com
Printed in the USA
BVOW040135110512

289827BV00001B/7/P

9 780936 347547

نامه‌ای به دنیا

نامه‌ای به دنیا

نوشتهٔ
اسماعیل فصیح

Ibex Publishers,
Bethesda, Maryland

نامه‌ای به دنیا نوشتهٔ اسماعیل فصیح
کلیه حقوق مربوط به انتشار این کتاب در ایران
و خارج به انتشارات آیبکز تعلق دارد.

A Letter to the World
[Námeh-yi beh donyá]
A Novel by Esmail Fassih

Copyright © 1995, 2012 Ibex Publishers

All rights reserved worldwide, including Iran.

ISBN: 978-0-936347-54-7

Cover illustration by Navid Shirzad

All rights reserved. No part of this book may be reproduced or retransmitted in any manner whatsoever except in the form of a review, without permission from thc publisher.

Manufactured in the United States of America

The paper used in this book meets the minimum requirements of the American National Standard for Information Services—Permanence of Paper for Printed Library Materials, ANSI Z39.48–1984

Ibex Publishers strives to create books which are complete and free of error. Please help us with future editions by reporting any errors or suggestions for improvement to the address below or: corrections@ibexpub.com

Ibex Publishers, Inc.
Post Office Box 30087
Bethesda, Maryland 20824
Telephone: 301–718–8188
Facsimile: 301–907–8707
www.ibexpublishers.com

Faṣ¯iḥ, Ismāʻīl.
Namah-yi bih dunyā / nivishtah-ʼi Ismāʻīl Faṣīḥ.
p. cm.
Titles on t. p. verso : Námeh-yi beh donyá = A letter to the world.
ISBN: 0936347546
I. Title. II. Title : Námeh-yi beh donyá. III. Title : Letter to the world.
PK6561.F266 N36 1995 <Orien Pers>
891/.5533—dc20 94-32356
CIP
NE

کلیهٔ رویدادها و صحنه‌ها و آدمهای این رمان، چه در ایران و چه در ایالات متحد، ساخته و پرداختهٔ خیال است. هرگونه تشابه با رویدادها و آدمهای واقعی تصادفی است.

ا. ف.

این نامهٔ من است به دنیا
ـ که هرگز به من ننوشت.
امیلی دیکنسون

سحر، او هنوز خواب بود و هوا هنوز تاریک، که بیدار شدم. در رختخواب ماندم و نسیم خنکی را که از پنجره و لای پرده‌ها به درون اتاق می‌وزید، روی صورتم حس کردم. خوب بود. او طرف دیوار بود. پتو را بهتر رویش کشیدم و گذاشتم کمی بیشتر بخوابد. وقت داشتیم.

باز نگاهش کردم. به آرامی نفس می‌کشید. چهره‌اش آرام و رنگ و رویش هم خوب بود. خواب می‌دید یا در کابوس چند روز اخیر بود؟ گذاشتم بخوابد. برای اولین بار در این سفر، آرام و خوب خوابیده بود. سایه‌روشن نور چراغ خیابان (که حالا روشن بود) از پنجره به اتاق می‌تابید. خمیازه‌ای کشیدم و دست دراز کردم کتاب رمان کوچکش «عشق: کارنامهٔ یک زندگی» را که روی میز کوچک کنار تختخواب بود، برداشتم و نگاه کردم. خمیازه‌ای کشیدم. آخرین صفحه و خطهای آن را خواندم و تمام کردم.

در تهران، در بیمارستان امام خمینی مرا عمل کردند، و بعد از عمل به اردوگاه بهبودی بسیج مستضعفان اسلام در نیاوران بردند. در آنجا برای بار دوم ازدواج کردم، و آنگاه من و شوهر معلولم، عباس عزیزم را، عباس باقرآبادی را، در کاروان جان بر کفان اسلام به زیارت مکهٔ مکرمه بردند.

پس از زیارت پرسعادت مکه معظمه، مرا به اینجا به اردوگاه

بسیج در گیلانغرب زیبا آوردند، و در اینجا، من و دوستم فاطمهٔ کهریزکی در اتاق رختشویی به خدمت رزمندگان اسلام مشغولیم.
من این زندگی و مجاهدت را عاشقانه دوست دارم. زیرا خدا خواسته است که من این تابستان اولین بچهٔ خود را حامله باشم، اگرچه پدرش، عباس عزیزم، ماه گذشته، در خط مقدم یکی از جبهه‌های سومار شهید گردید و به لقاءالله پیوست.

شش و ربع، او هنوز خواب بود که من از تختخواب بیرون خزیدم. به حمام رفتم و دست و رویی شستم، ریشی تراشیدم و لباس پوشیدم. او هنوز خواب بود. یادداشتی برایش گذاشتم که می‌روم پایین سراغ ناشتا و زود برمی‌گردم.
وقتی با سینی ناشتا برگشتم، بیدار شده بود. انگار سر و رو را هم صفا داده بود. روی تخت جلوی آینه نشسته بود، موهایش را شانه می‌زد. صبح بخیری گفتم، او را بوسیدم، سینی ناشتا را روی میز کوچک گذاشتم.
«هوا عالی‌یه!»
«جلال، میخوام دوربینم‌رو از ساکم در بیاری. اون ته‌مه‌هاست.»
«چشم.» حالا باز خودش بود: میخوام این کار را بکنی. میخوام آن کار را بکنی.
«چطوری؟ خوبی؟»
«عالی... خودت چطوری؟»
«گشنه... بیا. تافتون تازه هست. پنیر لیقوان خوب. کرهٔ پاستوریزهٔ پاک. مربای هویج اهواز... و... آها!... سرشیر مشهور خوزستان که کشته و مرده زیاد داره. و البته چای جهان. متأسفم که این سرویس‌رو در سفارت سویس بت نمیدن. اما خوب، زندگیه دیگه.»
سرش را برگرداند. انگار نمی‌خواست جملهٔ آخر را بشنود. مشغول جمع آوری اسبابها شد. لبخندش هم رفته بود. «عزیز ساعت چند میاد؟»

«هفت. نیم ساعت وقت داریم. معده و روده‌مون چطوره؟ میتونی ناشتا بزنی؟»

نگاهم کرد. «کدوم معده؟»

«آفرین... خانم خوب و شجاع.»

«جلال، فکر میکنی بتونیم یکی دو حلقه فیلم ۱۲۶ بگیریم؟ اسلاید باشه بهتره. کداک، آگفا، ساکورا، هر چی. هر جور باشه اشکال نداره. فقط ۱۲۶.»

«فکر میکنم بتونیم فیلم برای عکس بگیریم، اما اسلایدرو چه عرض کنم. اما اونم شاید بشه.»

«وقت داریم یه دور کوچکی هم توی شهر بزنیم؟ از جاهای بمباران شده چند تا عکس بگیریم؟»

«مطمئنم عزیز میتونه سر راهش جور کنه و ترتیب‌شو بده. اگه عجله کنیم و پایین منتظر بمونیم که وقتی میاد حاضر باشیم راه بیفتیم... آره.»

قبل از نشستن سر ناشتا، از توی کیفش یک دسته کاغذ سفید یادداشت و دو مداد و یک روان‌نویس بیرون آورد و دم دست گذاشت. خوشم آمد. رفتم جلو و قبل از نشستن نوازشش کردم. آماده برای نت‌برداشتن و گزارش نوشتن بود.

«آماده‌ای برای عملیات؟» به سینی اشاره کردم.

«آره، آماده‌م.»

وقتی من ساکها را جمع و جور کردم و برای رفتن پایین حاضر شدیم، آمد جلو و دست‌هایش را باز کرد. لباس کامل اسلامی و حجاب سختش نشان می‌داد که آماده است و خوشحال برای تماس با دنیای بیرون. بعد آمد جلو و دست دور گردنم انداخت.

«جلال، میخوام بخاطر همه چیز از تو تشکر کنم.»

«مگه میخوای بی‌خبر از من جایی بری؟»

«شوخی کن. شوخی کن. تو خوبی، متشکرم.» آه بلند و تلخی کشید.

«میریم تهران. هر جا تو بخوای. میتونی پیش ما باشی، من و شما و فرنگیس. یا در سفارت سویس. به هرحال، اول باید گذرنامه‌ت‌رو جور کنیم ولی نه از طریق برادر سلیمانی. نمیخوام پلیس قضایی و کمیته‌ها بخاطر گناهی که مرتکب نشدی بازداشتت کنند. سفارت سویس احتمالاً بهترین راهه.»

«جلال، من میخوام در ایران باشم. درست نمیدونم چرا... اما اهواز، حوادث اینجا، الآن روح من و تمام زندگی منه. خیلی چیزهای دیگه‌م هست...»

«داری جا می‌افتی.»

«آره، بیا حالا بریم پایین. توی راه حرفشو می‌زنیم... من احساسی دارم. راستی یک چیز دیگه... من حالا میفهمم امریکا که بودم، دور از اینجا، غلط می‌کردم. چیزهایی که اینجا میگذره. کار این بچه‌ها در اینجا افسانه‌ایه که دنیا نمیفهمه. یا نمیخواد بفهمه. یعنی نمیگذارن بفهمه.»

«امروز عوض شدیم؟ و باز متعجبم میکنی...»

چشمانش روشن و خوب بود.

«عروج...»

«بیا زیادی سانتی‌مانتال نشیم.»

«سانتی‌مانتال شدن یه چیزه، ناگهان به هدف و زندگی ایدئال رسیدن یه چیز دیگه‌ست.»

ساعت هفت بود.

پایین، توی لابی هتل، عزیز منتظرمان بود. ما را که دید، جلو آمد و سلام و عرض محبت کرد. کمک کرد و اسبابها را گرفت و برد طرف تویوتایش. قبل از اینکه همه سوار شویم، من چند کلمه با عزیز صحبت داشتم. عزیز درهای ماشین را بست و ما هر سه قدم‌زنان آمدیم سر چهارراه تقاطع خیابانهای امام خمینی/شریعتی. عزیز ما را دم یک کیوسک بزرگ که انواع و اقسام خرت و پرت داشت و آن موقع صبح باز بود برد. او دو حلقه ساکورا ۱۲۶ رنگی خرید. من هم یکی دو تا مجله گرفتم برای توی

راه. بعد همه حاضر بودیم.

از روزهای روشن و آفتابی اهواز بود. از ابر .و هوای بارانی و بمبارانهای شب گذشته خبری نبود. ولی در شهر عزای عمومی اعلام شده بود، و عزیز به ما خبر داد که قرار است برای شهدای بمبارانهای دیروز در خیابانها تشییع جنازهٔ عمومی اجرا کنند. خیابانها و چهارراههای وسط شهر اهواز، برخلاف همیشه، مالامال از ترافیک نبود.

خیلی زود از روی پل جدید به آن دست آب رسیدیم. از عزیز خواستم که قبل از انداختن طرف ترمینال که چندان هم دور نبود، چرخی اطراف دانشگاه و کیان‌پارس و محله‌های بمب‌خورده بزند.

بعد به او نگاه کردم که سرش پایین بود. داشت با خوشحالی دوربینش را آماده می‌کرد. سر برداشت، به چشمهای من نگاه کرد. «متشکرم.»

عزیز گفت: «چشم آخا. بله، وقت داریم.»

از خیابان گلستان انداخت طرف دانشگاه جندی‌شاپور. بسیاری از خانه‌های آن قسمت نابود شده یا خسارت زیادی دیده بود. و مطابق معمول اینگونه مواقع و موارد، محوطهٔ بمب‌خورده در کنترل گروههای نجات و کمیته‌های مختلف امداد و حراست بود. حتی بیمارستان وابسته به دانشگاه نیز شیشه‌های شکسته فراوان داشت. در پایین خیابان، یک مراسم تشییع شروع شده بود. اهل محل توی دسته سینه می‌زدند و خانواده‌ها گریه و شیون می‌کردند.

عزیز راند به طرف پایین که خالی و متروک بود. رادیوی ماشین روشن بود، روی طول موج ایستگاه اهواز. مراسم عزای عمومی و آگهیها و اعلامیه‌های مربوط به جنگ را پخش می‌کرد. در زمینه موزیکی می‌نواخت که شیپور عزای تعزیه‌های قدیمی بود، غمناک. عزیز گفت مجبور است رادیو را روشن نگه‌دارد، چون بخشی از مقررات آژانس در زمان جنگ است. راننده‌های آژانسهای تاکسی شهری و مسافرتی ملزم بودند این مقررات را رعایت کنند. هنگام مأموریت باید رادیو را روشن نگه‌می‌داشتند تا در هنگام آژیر «وضعیت قرمز» مسافرین خود را به

نزدیکترین جان‌پناه برسانند. او در کنار من، روی صندلی عقب نشسته بود، شیشه را پایین کشیده بود، با دوربین مشغول بود.

از جلوی پارک جنگلی که رد می‌شدیم، پرسید: «میدان راه‌آهن... آن بالا نیست؟»

«آره، اما الآن خیلی شلوغه. پر است از سربازها و پاسدارها که در حال تردد و عزیمت به جنگ و جبهه‌ها هستند. آنجا هم زیاد خورده.»

عزیز تازه از پیچ خیابان تختی انداخته بود توی خیابان انقلاب و عازم ترمینال بود که صدای ضدهواییها بلند شد.

«باز اومدند!» لحن عزیز حاکی از ناباوری و حیرت بود. انگار معمولاً بعد از یک روز بمباران سخت دیگر نباید می‌آمدند. بی‌اراده ماشین را گوشهٔ خیابان کشید و ترمز کرد.

نگاهی به نیم‌رخ عزیز انداختم. داشت به آسمان، به این‌طرف و آن‌طرف نگاه می‌کرد. ترس و حیرت شومی توی صورتش بود. انتظار این را نداشت.

به طرفش خم شدم، دست سر شانه‌اش گذاشتم. «گاز بده، عزیز... ما رو برسون به ترمینال. دور نیستیم، خودت هم برگرد پیش بچه‌ها.»

«چشم آخا.» اما مردد بود، انگار بخاطر ما. بعد گفت: «فکر میکنم بهتر باشه صبر کنیم، آخا. جاهای شلوغ مثل ترمینال و ایستگاه راه‌آهن بدتره. این حمله‌ها طول نمیکشه. معمولاً ده پانزده دقیقه بیشتر طول نمیکشه. میان میزنن، میرن.»

«عزیز برو!...»

هشدار «وضعیت قرمز» و «توجه، توجه...» که از رادیوی ماشین آمد، وضع را بدتر کرد. جملهٔ کذایی و کلاسیک «توجه، توجه...» که در این ایام از مردم می‌خواست محل خود را ترک کرده و به پناهگاه بروند، خودش اعصاب خردکن بود. بعد آژیر کشیدند.

عزیز از توی آینهٔ ماشین به عقب، به من و او نگاه می‌کرد. از ترس پاهایش عملاً می‌لرزید و ماشین ریپ می‌زد. صورت عزیز دان دان شده بود.

«آخای مهندس، اگر ببینند که ما مقررات را نقض میکنیم، گواهینامه‌مان را ضبط میکنن مقررات آژانس را سخت میگیرن، آخا. جواز آژانس هم به خطر سیفته.»

«عزیز، این روزها کسی مقرراتِ‌رو دقیقاً اجرا نمیکنه... فقط دو دقیقه بیشتر تا ترمینال نمونده. مارو برسون، بعد برو. اگه پلیس جلوت‌رو گرفت من جواب میدم. مریض داریم...»

«خب، چشم آخا.»

اما هنوز ماشین را زیاد جلو نبرده بود، که صدای اولین اصابت بمب در فاصلهٔ نزدیکی از شمال ما آمد. عملاً دود سیاه محل اصابت را دیدیم که در یک کیلومتری ما به آسمان بلند بود.

عزیز بدجوری سرش را تکان‌تکان می‌داد.

«جلال، میتونیم صبر کنیم...» در صدای او هم تنش بود.

عزیز بدجوری ترسیده و گیج بود. نمی‌خواست بطرف شمال، آنجا که دود سیاه ناشی از اصابت و انفجار بمب بود برود. گفت: «بله، بهتره صبر کنیم، آخای مهندس.»

عزیز یک پسر و یک برادرش را در جنگ از دست داده بود. حالا از چیزهای دیگری هم می‌ترسید ـ مثلاً از دست دادن شغل و ممر زندگی زن و بچه‌های خودش و زن و بچه‌های برادرش.

«مقررات آژانس میگه هنگام شنیدن آژیر ما باید ماشین را کنار خیابان رها کنیم و به محل امن بریم، آخای مهندس. باید مسافرین‌مان را به محل امن ببریم...»

«مارو برسان به ترمینال، عزیز... دو دقیقه راهه. ما آنجا به جای امن میریم.»

نفس بلندی در سینه‌اش کشید، کمی هم یواش کرد. از توی آینه به او نگاه می‌کرد. کمک می‌خواست.

«راست میگه، جلال.» صدایش آرام بود. حس ترحم درونی او و حس تنازع بقائش برانگیخته شده بود. «چرا یک کمی صبر نکنیم. هنوز وقت

هست. مگه نه؟» انگشتر ابواسحق دستش را بوسید و جلوی چشمانم تکان تکان داد.

تسلیم شدم. «خیلی خوب، باشه. دو به یک. اگه میخوای صبر میکنیم.» به عزیز گفتم هر جا صلاح دید نگه دارد. عزیز دیدی به اطراف زد و تقریباً بلافاصله ماشین را کنار جوی پیاده‌رو نگه داشت. به ساختمانی اشاره کرد. در همان لحظه بمب دیگری در غرب ما اصابت کرد و بدجوری تمام خیابان را لرزاند. هر سه نفر تندی از ماشین آمدیم بیرون. عزیز درهای ماشین را قفل کرد و تندتند ما را دنبال خودش برد. به راهنمایی او به آنطرف خیابان رفتیم. خیابان ناگهان خالی شده بود. فقط تک و توک خودرو به سرعت رد می‌شد.

منطقه‌ای مسکونی بود و دکان زیادی نداشت. صد متری جلوتر از تویوتای عزیز، یک کامیون بزرگ کفی زردرنگ توزیع سیلندر گاز مایع پارک شده بود. رانندهٔ آن هم احتمالاً کار عزیز را کرده بود.

محلی که به خواست و خواهش عزیز چند دقیقه‌ای به اصطلاح پناه گرفتیم، درست طرف مخالف جایی بود که ماشین را پارک کرده بودیم، یک ساختمان ناتمام سه‌طبقهٔ بزرگ بود، احتمالاً وابسته به دولت، با ساختاری از فولاد و بتون آرمه و آجر؛ محکم. در آن وقت کسی آنجا کار نمی‌کرد. یک پارکینگ زیرزمینی هم داشت که آن هم ناتمام به نظر می‌رسید. از روی مقداری خاک و سیمان و آجر وارد محوطه شدیم. ا سرازیری یا «رمپ» پارکینگ پایین رفتیم. تمام محوطه بوی رطوبت و خاک و آشغال می‌داد.

تا آخر «رمپ» پایین نرفتیم. همان وسطها جایی ایستادیم و به دیوار تکیه دادیم. به ساعتم نگاه کردم. سه‌ربع ساعت وقت داشتیم. اگر پنج یا ده دقیقه هم آنجا می‌ماندیم، باز فرصت بود. ترمینال ته همان خیابان، در محلهٔ کمپلو بود، کمتر از دو سه دقیقه راه ـ اگر بلایی سرش نمی‌آمد.

او که حالا رنگش کمی پریده بود دست مرا فشرد. گفت: «پاهام ضعف میره.»

«باید از تنش و دلشوره باشه. وقت داریم. بشین چند دقیقه.»

اما او ننشست. «راستش، نمیخوام از اینجا، از این شهر برم.»

«شوخی میکنی؟ الآن موقعش نیست.»

«دلم میخواد اینجا بمونم... احساس عجیبی دارم. برگردیم.»

«گفتی احساسی دارم. خوبه.»

عزیز کنارمان ایستاده بود. سیگاری روشن کرد. رادیو کوچک ترانزیستوریش را هم آورده بود. ضدهواییها می‌زدند. از آنجا که ایستاده بودیم، هنوز نصف بالای تنهٔ تویوتا را می‌دیدیم.

بمب دیگری پشت سرمان اصابت کرد. این دیگر شکستن دیوار صوتی نبود، نزدیکتر و نزدیکتر و شدیدتر بود و موج انفجارش ساختمان را کمی تکان داد. و کمی خاک و شن روی سر و کله‌مان ریخت حتی ضدهواییها هم حالا به ما نزدیکتر بودند.

دستش را گرفتم و فشار دادم. «این هم انگار ترمینال بود که رفت هوا.»

گفت: «عصبی بهت نمیاد.» اما ترس توی صورت خودش بود. «چقدر وقت داریم؟»

«سه ربع، چهل دقیقه. راهی نیست. تازه در چنین شرایطی وسائل نقلیه هیچوقت سر وقت حرکت نمیکنن. صبر میکنن تا ملت برسند.»

«جلال، اون پسربچه رو نگاه کن. تنها، توی خیابان.»

نگاه کردم. بچه‌ای توی خیابان خالی بازی می کرد. گفتم: «چیزی نیست. اینها ریگ ته جوی‌اند. می‌مانند.»

«هیچکس مواظبش نیست...»

«یکی اون بالا مالاها مواظبشه.» به آسمان اشاره کردم. «تو که نمیخوای عزیز رو به دلشوره بندازی.»

پسربچه‌ای بود پنج شش ساله که از پیاده‌روی اینطرف به آنطرف خیابان می‌رفت. نیم‌عرب-نیم‌اهوازی به نظر می‌آمد و لابد مال یکی از خانه‌های محله بود. یک تکه نان کلفت و شیرین که اینجاییها به آن باقسام

می‌گفتند دستش گرفته بود. به نظر نمی‌رسید که گم شده باشد. پرسه می‌زد.

«و اون کامیون زرد رنگ و گندهٔ گاز...» به کامیون گاز اشاره کرد.

«کامیون پخش شرکت گازه. دولتی‌یه. نگران نباش دختر.»

مارک شرکت و اعلان تجارتی روی در طرف راننده از آنجا خوانده می‌شد: «پرسی گاز، تحت پوشش شرکت ملی گاز ایران- سیلندر گاز ۱۱ کیلویی؛ ۱۵۸ ریال.» سیلندرهای گاز پر یا خالی عقب در دو طبقه تلنبار بودند. به هر حال او حق داشت نگران باشد. در آن شرایط منظرهٔ کامیون کابوسناک به نظر می‌رسید. حتی برای ما که در پناهگاه بتون آرمه بودیم.

آهی کشید که: «... ایش، کاش یه نفر از اون بچه محافظت می‌کرد...»

«نگران نباش. مثل اینکه داره میره تو کوچه.» به ساعتم نگاه کردم. منظرهٔ شادی آفرینی نبود.

«نباید یک همچون کامیون بزرگ و پر از مادهٔ منفجره را چنین ساعتی توی خیابون رها کنند.»

«نگران نباش خانم زندگی زمان جنگه. راننده هم احتمالاً رفته یک جایی پناهگاه. تا آژیر و حملهٔ هوایی بخوابه.»

ما دیگر پسربچه را نمی‌دیدیم. ظاهراً یا رفته بود عقب‌تر، یا اصلاً رفته بود توی کوچه. اما وضعیت هنوز قرمز بود. صدای ضدهواییها و غرش جنگنده‌ها می‌آمد. ولی ناگهان موضوع دیگری مرا تکان داد. دست توی جیبهای بغلم کردم. یادم نمی‌آمد بلیتهای اتوبوس را صبح از روی میز برداشتم یا نه! توی جیبهایم نبود. ذهن و حافظه‌ام انگار یکهو خالی شده بود. بلیتها! جلال، بلیتها! به طرف او نگاه کردم. هنوز نگاهش به سمت کامیون گاز بود. دلم نیامد از او سراغ بگیرم و نگران‌ترش کنم. ممکن بود هنگام جمع و جور کردن آنها را توی یکی از ساکها گذاشته باشد؟ خودم یادم نبود برداشته باشم. ولی مثل اینکه در یک لحظه انگار دیده بودم او آنها را لای کتاب «عشق: کارنامهٔ یک زندگی» گذاشت. یا شاید هم خودم گذاشته بودم. همه چیز تند و برق‌آسا گذشته بود. یا مسیح! این دیگر چرا!؟ آیا

وقت داشتیم به هتل برگردیم؟ به طرف من نگاه کرد. او هم چشمانش نگران و غمزده بود.

چیزی گفت شبیه: «اون بچه... انگار بچه‌هه رفته زیر کامیون نشسته بازی میکنه...»

اهمیت ندادم. گفتم: «فکر میکنم...» باز جیبهای دیگر را، حتی جیبهای شلوارم را گشتم. «... بلیتها پیشم نیست. نکنه توی هتل جا گذاشتیم! درست نمیدونم. شایدم لای کتاب کوچک شما باشه. کتاب توی کیفته؟ اینجاست؟ یا توی ساکه، توی ماشین؟»

«چی؟...»

«بلیتها... شاید لای اون باشه.»

«آره...» اما گوشش به من نبود. هنوز به طرف کامیون گاز نگاه می‌کرد. «توی ساک دستی‌یه.»

«بهتره یک نگاه به ساک‌دستی توی ماشین بندازم، مطمئن شم.» او را نگاه کردم. دستهایش را روی شکمش به هم چسبانده و مات بود. گفتم: «شما همین جا باش. تکان نخور. خوب؟»

جوابم را نداد.

«من زود برمی‌گردم...» کلیدها را از عزیز خواستم. عزیز دسته‌کلید را به طرفم دراز کرد و کلید در را نشان داد. راه افتادم.

از زیرزمین ساختمان آمدم بیرون. صدای ضدهواییها شدید بود. به ساعت نگاه کردم. نزدیک هشت بود. تند تند به طرف تویوتا آمدم و در عقب را باز کردم. کتاب کوچک همان رو بود. آن را برداشتم و باز کردم. بلیتها آنجا بود!... نفس راحتی از سینه بیرون دادم. دو تکه بلیت را، دو ورقهٔ سفید و آبی را برداشتم، سرم را از توی ماشین آوردم بیرون. برگشتم تا آنها را از همانجا با پیروزی به او هم آن پایین نشان دهم، تا خیالش راحت شود. اما او آنجا نبود.

به طرف راست خودم نگاه کردم. او را دیدم که به طرف کامیون گاز می‌دوید. باد تندی می‌وزید و دامن مانتوی بلند و گشاد او را، و دنبالهٔ

روسریش را تکان‌تکان می‌داد.

پسربچه هنوز آن زیر بود. باقسامش را می‌خورد. شلیک ضدهواییها هم شدید و شدیدتر شده بود. او ایستاد. روسریش را که عقب رفته بود درست کرد.

فریاد زدم: «برگرد توی ساختمان... خواهش میکنم!» اما او همچنان به طرف کامیون دوید. از من خیلی دور نبود. صدایم را می‌شنید.

خودش را به بچه رساند. او را بیرون کشید، بغل کرد، شروع به دویدن کرد، تا بچه را به گوشه‌ای خیلی دور از کامیون رساند و پشت دیواری امن نشاند. چیزهایی هم به بچه می‌گفت. باز فریاد زدم: «برگرد....» اما بچه حالا گریه می‌کرد و انگار به طرف کامیون و باقسامش که جا مانده بود اشاره می‌کرد. او سعی می‌کرد بچه را آرام کند، اما نمی‌شد. باز صدایش کردم و خواستم هرچه زودتر به پناهگاه برگردد. اما او به طرف کامیون برگشت.

تازه باقسام را برداشته بود و داشت بیرون می‌آمد که اصابت بمب صورت گرفت. انفجار مهیب و آتشفشان‌گونه‌ای تمام کامیون بزرگ را، و کوه عظیمی از خاک و آسفالت اطراف آن را به هوا بلند کرد. موج اصابت مرابه‌وسط جوی سنگی پرت کرد. درد شدیدی سر و پاها و دستم را فراگرفت. نفهمیدم خونی هم آمد یا نه. سرم را بلند کردم.

از توی جو، سایه‌ای از او را برای آخرین بار دیدم، که با انفجار به هوا پرتاب شد. ضربت و موج انفجار بدن او را مثل صلیبی مستعمل، ثانیه‌ای در هوا تاب داد و وسط کوره‌ای از آتش و دود کامیون فرو انداخت.

و بعد چیزی نبود جز فلز سوخته، خاکستر سیاه، آتش و دود. بادی داغ در سطح زمین توی صورت می‌زد و دودهای خاکستری و سیاه و بنفش و سرخ را در آسمان آبی پخش می‌کرد.

کتاب اوّل

۱

زمستان ۱۳۶۶. من و فرنگیس هنوز در آپارتمان خیابان تکش نزدیک جادهٔ قدیم زندگی می‌کنیم. جادهٔ دراز همچنان از میدان تجریش، از پای کوههای البرز، می‌خزد و می‌آید و پس از چند بار یکطرفه و دوطرفه شدن به خیابان انقلاب منتهی می‌شود که در این سالها قلب شهر تهران است. این روزها جاده به علت تشدید «جنگ شهرها» و کم و بیش بخاطر جیره‌بندی و کمبود مواد سوختی در شهر، تا حدی خلوت است. از روزهای اول بهمن، آسمان اغلب ابری و تیره است و توأم با برفهای سنگین. جلوی دکانهای قصابی و بقالی، که مواد غذایی کوپنی می‌دهند، و جلوی نانواییها، صفهایی دراز از مردانی که غالباً بازنشسته یا پاکسازی شده‌اند، و از زنان چادری و روپوش به تن توی چشم می‌خورد. جلوی شعبه‌های پخش نفت سفید کوپنی صفها درازتر است. جلوی پمپ‌بنزینها صف وسائل نقلیهٔ شهری گاهی به یک کیلومتر می‌رسد، بخصوص مواقعی که برق می‌رود و پمپها از کار می‌افتند.

پایینهای جاده، درختها تنک و بی‌جان و بی‌رنگ و رو هستند. باد که نمی‌آید، دود گازوئیل اتوبوسها و مینی‌بوسهای فرسوده و سوختن فضولات پالایشگاه نفت جنوب شهر، نفس می‌گیرد، بطوری

که گهگاه رادیو اعلام می‌کند که سالخورده‌ها یا کسانی که ناراحتی قلبی دارند، یا زنهای حامله، از خانه بیرون نیایند.

سال هفتم جنگ تحمیلی و آزارنده است و خشونت زیاد و ددمنشانهٔ دشمن و خستگی مردم هم نفس‌گیر شده است. روزهایی که کاروان تازه‌ای از اعانات جنگی مردم در خیابان راه می‌افتد تا به طرف جنوب و جبهه‌های غرب برود، دهها و گاهی صدها کامیون خاور و وانت تویوتا هایلوکس و نیسان، مملو از مواد غذایی و جنس و مهمات برای جبهه‌ها با سرعت کم رژه می‌روند. سرودهای «شهادت» و شعارهای «جنگ جنگ تا پیروزی» و «مرگ بر امریکا» از بلندگوهای ماشین جلودار کاروانها به عرش می‌رود.

اما شهر هشت نه میلیونی جنگ‌زده، هنوز زندگی خودش را دارد. سینماها هم بازند و فیلمهای جنگی و درگیریهای مردمی زمان شاه و «ساواک» و خل شدن زنها و بچه‌ها را نشان می‌دهند. حتی جلوی سینماها هم صفها دراز است. در خیابانها، اینجا و آنجا علائم گرافیک شدهٔ «پناهگاه» به چشم می‌خورد: سایه‌ای از زن و مرد و بچه و فلش که به ساختمان محل پناهگاه اشاره می‌کند. پناهگاهها معمولاً چیزی نیستند جز طبقهٔ زیرزمین ساختمانهای بتون آرمهٔ دولتی. بیشتر ساختمانهای شهر شیشهٔ پنجره‌هایشان را با نوارچسب بطور ضربدر به اصطلاح پوشش تدافعی داده‌اند. حجله‌های پرزرق و برق سر کوچه‌ها نشانهٔ شهادت است. یک سرباز جوان، یک پاسدار یا بسیجی بچه‌سال در جبهه شهید شده است. در تمام روز، بیشتر جاها، رادیوها روشن است. حتی در بیشتر کریدورهای ادارات دولتی هم از بلندگوها پخش می‌شود تا هنگام پخش آژیر «وضعیت قرمز» کارمندان باخبر شوند و بتوانند طبقات بالا را بموقع خالی کنند و به

پناهگاه یا طبقات پایین بروند. هر روز، بعد از برنامهٔ آبکی «سلام صبح بخیر»، برنامه‌های آمادگی و شور و هیجان ایستادگی و مقاومت و شهادت پخش می‌شود و فریاد «جنگ جنگ تا پیروزی»... بخصوص یکی دو ماه اخیر، در روزهایی که ایران عملیات دارد، برنامه‌های رادیو بطور کلی مارش می‌شود و یک نفر هم مرتب حماسهٔ میهنی می‌خواند و پیشروی «نیروهای اسلام» را ساعت به ساعت با رپرتاژی پرطمطراق و شورانگیز گزارش می‌کند.

به روال معمول این سالها، از اوایل بهمن، جنگ شدت بیشتری گرفته است، چون این مصادف است با سالگرد آمدن امام خمینی از پاریس به تهران، وقوع انقلاب اسلامی و آثار عظیم و هراسناک آن در تمام خاورمیانه ـ و بالاخره دسیسهٔ دول غرب که صدام‌حسین را به تجاوز به خاک ایران و جنگ تحریک کرده بودند. این زمستان، نبردهای بزرگ دفاعی جنگ را ایران، با حملات زمینی و حماسه‌ای عملیات «کربلای ۵» و «کربلای ۶» در نیمهٔ دوم دی‌ماه، با ندای «دفاع مقدس» برای بازپس‌گیری اراضی اشغال شده شروع کرده است. در پاسخ این عملیات گستردهٔ زمینی و هوایی، عراق که اکنون مذبوحانه دم از صلح و پذیرش قطعنامهٔ ۵۹۸ سازمان ملل می‌زند، اول با حملات وحشیانه و پرخشونت خود به شهرهای کوچکتر ایران پاسخ می‌دهد.

طی هفتهٔ دوم بهمن، در دو مورد، در میان حملات مختلف، دو مدرسهٔ دخترانه در شهرهای بروجرد و میانه را در ساعات وسط صبح بشدت بمباران می‌کند و به خاک و خون می‌کشد. در هر بمباران دهها دانش آموز «شهید» می‌شوند. و در جواب این تجاوزات، ایران

نیز با حملات شبانهٔ موشکی زمین به زمین شهرهای بغداد و بصره را می‌زند و چند شهر کوچک را نیز بمباران هوایی می‌کند.

در هفتهٔ دوم بهمن، «جنگ شهرها» کم‌کم به تهران نیز کشیده می‌شود. جنوبی‌ترین نقطهٔ استراتژیک آن، یعنی پالایشگاه تهران دو بار مورد حمله قرار می‌گیرد. تهران در مقابل حملات سنگین هوایی میراژهای ۲۱ جدید ساخت فرانسهٔ عراق، تقریباً بی‌دفاع است. بیشتر تسلیحات هوایی ایران قبل از انقلاب در زمان شاه از طرف امریکا به ایران فروخته شده است؛ سالهای دیرپای جنگ و قطع رابطه با امریکا و عملاً حالت جنگ امریکا با ایران، تسلیحات دفاع هوایی ایران را فرسوده کرده و دفاع را سخت‌تر ساخته است. از جنجال ایران‌گیت و مک‌فارلین و «ایران-کونترا» هم چند ماهی بیشتر نمی‌گذرد. دشمنی امریکا با ایران را ملموس‌تر و ابلهانه‌تر ساخته است.

در جبهه‌های جنوب و غرب ایران نبردهای تمام‌عیار جریان دارد. شهرهای جنوبی و غربی و حتی مرکزی ایران تقریباً بطور روزانه بمباران می‌شوند. مصیبت دیگری نیز که در این روزها به سختیها افزوده شده، سیل در شهرهای کویری جنوب شرقی کشور است ـ شهرها یا دهاتی که بطور مستقیم زیر حملات دشمن نبودند. این سیل ویرانگر و خانمان‌برانداز هم ظاهراً در سی سال اخیر سابقه نداشته است.

با وجود بازنشستگی، چند ساعتی تدریس را در کلاس «مکاتبات بازرگانی به زبان انگلیسی» برای یکی از دانشکده‌های اقتصاد که نزدیک خانه است، بطور حق‌التدریسی قبول کرده‌ام. تدریس را از اواسط ترم به عهده گرفته‌ام، چون استاد متعهد و خوبی که آن کلاس

را از اول سال به عهده داشت، سر کلاس، پای تخته، در اثر حملهٔ هوایی و شکستن دیوار صوتی شهر با سکتهٔ قلبی به لقاءالله پیوسته است... دوست قدیمی‌ام استاد دکتر نبیلی می‌آید در خانه که کمک کنم. در بعضی شرایط نمی‌شود گفت نه. بیشتر دانشجویان کلاس هم سال آخر هستند و نمرهٔ این ترم را برای فارغ‌التحصیل شدن لازم دارند. قول داده‌ام ترم را برایشان تمام کنم. تدریس و تماس با دانشجو هم همیشه خوب است، گو اینکه این زمستان تمام محیط دانشکده با عکسها و یادبودهای دانشجویان شهید و دانشجویان بسیجی که به جبهه رفته و مفقودالاثرند غمناک و دردآور است.

در روز ۱۰ بهمن، مناطق مسکونی شمال تهران نیز پس از دو سال مورد بمباران هوایی قرار می‌گیرد. منطقهٔ مسکونی و نوساز ولنجک و همچنین منطقه‌ای در مجاورت دانشگاه آیت‌الله بهشتی (دانشگاه ملی سابق) بمباران می‌شود. و اگرچه فقط ده شهید و چند مجروح بیشتر نداشته، اما نشانهٔ فاز جدیدی در «جنگ شهرها» است ـ بخصوص در ایام جشنهای دههٔ فجر انقلاب. بنابراین دولت بویژه در تهران سریعاً حالت اضطراری گسترده‌ای را اعلام می‌کند و کلیهٔ قوای مسلح و همچنین کلیهٔ نیروهای مردمی را به حال آماده‌باش و تجهیز هرچه بیشتر درمی‌آورد. هر خانه یک سنگر است و هر شهروند باید تا آخرین قطرهٔ خون مبارزه کند. در اعلامیه‌های ویژهٔ «دفاع مقدس»، مردم به پایداری گسترده و خارق‌العاده دعوت می‌شوند. از اهالی محترم تهران و حومه خواسته می‌شود که در محل اقامت و کسب خود اقدام به ساختن «جان پناه» نمایند. اولیاء مدارس و دانشگاهها و کارخانجات نیز موظفند در ساختن پناهگاه و سرپناههای لازم اقدام عاجل به‌عمل آورند.

۲

حدود چهار بعدازظهر که آشوت تلفن می‌کند، دارم ورقهٔ امتحانات آخر ترم را تصحیح می‌کنم. آشوت باگاجانیان، نیمچه دوست قدیمی و وفادار و کم‌حرف من، یادگار سالهای آبادان است. در دوران قبل از انقلاب اسلامی در آبادان رستوران‌دار بود و حالا در تهران بیکار است. با زنش السیک در شمال شهر، در همسایگی چند ارمنی دیگر در آپارتمانی اجاره‌ای روزگار می‌گذراند.

از رادیو آژیر «وضعیت قرمز» پخش می‌شود. آشوت توی تلفن صداش می‌لرزد و فارسی حرف‌زدنش هم از همیشه خوشگل‌تر است. از من می‌خواهد سری بروم پهلوشان. می‌خواهد بنشینیم حرف بزنیم. عجیب است.

«امشب چطوره؟ حدود هفت، هفت و نیم؟» سعی می‌کنم دوستانه در حالت نرمال باشم.

«آی آریان، حالا بیا.» لحنش هم صمیمیت دعوت و تعارف را ندارد.

«میخواید برید شمال؟» هر وقت بمباران و سر و صدا زیاد می‌شود، او و السیک، که از جنگ و بمباران تقریباً روانی شده، سوار آئودی‌شان می‌شوند و بنزین بازار آزاد می‌خرند و می‌روند

گیلان، در غازیان پیش دیگر دوستان ارمنی، که در آنجا یک هتل/پانسیون دارند... می‌روند چند روزی بیتوته می‌کنند، تا شدت جنگ بخوابد. آشوت معمولاً در این موارد از من می‌خواهد گهگاه سری به آپارتمانشان بزنم و ببینم زندگیشان توسط لاشخورهای جنگ سرقت شده است یا نه. می‌پرسم: «پیش دوستان در غازیان؟...»

«آی‌یی.. دیگه کوجا هست آدم میره. حوصله نیست. بنزین نیست. جاده‌ها خر تو خر...»

می‌پرسم: «اتفاقی افتاده؟»

«بیا اینجا یه داقه. میبینیم چه اتفاکی افتاده. یه چیزی هم بارات دارم.»

لحنش زنگ خاصی دارد. می‌گویم: «بسیارخوب، حالا میام. تا یک ساعت دیگه اونجام.»

«مونتظرم.»

بیرون بد جوری برف می‌آید و نشسته است. آپارتمانشان هم از ما زیاد دور نیست، بنابراین پیاده می‌روم. بعد از اینکه از سهروردی می‌پیچم توی اندیشهٔ ۳ و می‌اندازم بالا، صورت سرخ و موهای سفید آشوت را می‌بینم که از پنجرهٔ آشپزخانهٔ آپارتمانش در طبقهٔ سوم بیرون زده، منتظر است. حالت انتظارش هم تازگی دارد. وقتی مرا از آن بالا می‌بیند، دست تکان می‌دهد و سلامم را جواب می‌دهد. می‌گوید: «در بازه...»

برق محله هم رفته است، بنابراین من از پلکان نیمه‌تاریک می‌روم بالا.

بالای پله‌های طبقهٔ سوم، ارمنی پیر منتظرم ایستاده است. از

رادیوی روشنش صدای مارش جنگ و حالت «وضعیت قرمز» به گوش می‌رسد. «سالام، چطوری؟»

«لام‌علیک.» دست می‌دهیم و احوالپرسی می‌کنیم و می‌رویم تو. «چی برام داری آشوت جان؟» چشمک می‌زنم.

«بیا تو...»

در اتاق نشیمن کوچک و دلمرده که با دو شعلهٔ کوچک گاز دیواری روشن است، ارمنی دیگری، چاق و خپله و سبیل کلفت، نه‌چندان مسن، ساکت یک گوشه نشسته است. یک لیوان خالی جلویش روی میز است و یک سیگار نیمسوخته وسط انگشتهاش. چشمهایش باز نمی‌شود. آشوت او را فقط به نام «گاسپار» از تبریز معرفی می‌کند و می‌گوید که در یکی از کلیساهای تبریز کار می‌کند. با او هم دست می‌دهم و احوالپرسی می‌کنم. گاسپار هم تفقد می‌کند که: «سالام، آی آریان. موخلصیم. حال شوما چطوره؟ خوبی؟ خوشی؟»

دیدن دوستان ارمنی در خانهٔ آشوت و زنش السیک چیزی است عادی، چون ارامنه در جمهوری اسلامی فقط همدیگر را دارند و وضعشان هم خوب است. اما این گاسپار کمی ظاهر خشن و کارگری شهرستانی دارد و به تیپ بالای شهری-تهرانی آشوت باگاجانیان و السیک نمی‌خورد. السیک در حال حاضر در آپارتمان نیست؛ احتمالاً رفته طبقهٔ پایین با دوستان «جین رامی» بازی می‌کند، یا توی پناهگاه زیرزمینی ساختمان قایم شده و فحش می‌دهد. یا هر دو.

آشوت مشروب کوچکی به من تعارف می‌کند و من تشکر می‌کنم که نه. تعجب نمی‌کند. وقتی قهوه ترک را برایم می‌آورد، می‌گوید: «هانوز نمی‌خوری؟...»

«فعلاً باشه.»

«وضع قلب و سر و کله‌مون چطوره، خوبه؟» فنجان قشنگ قهوه را می‌گذارد جلویم روی میز، کنار ظرفهای پسته و میوه‌جات.

«با هم می‌سازیم، آشوت جان. خودت خوبی؟»

«آی...» سرش را تکان‌تکان می‌دهد. «امروز باز قم‌رو زده...» جوری از ضمیر مستتر سوم‌شخص استفاده می‌کند که انگار صدام پسرخالهٔ دسته‌دیزی بدجنس خودمان در آن‌ور جاده است.

«آره... آژیر «وضعیت قرمز» صبح تهران هم بخاطر همون بود.»

«حالام گرمزه... مظنه باز داره میزنه.»

گاسپار کله‌اش را آونگ صفت تکان‌تکان می‌دهد. «تابریز رو که هار روز هار روز میزنه. و هار شاب. نی که اونجام پالایشگاه نافت داره.» یک شلوار شبه‌نظامی چرک و کهنه پاش است و یک پولیور سیاه و زمخت تنش. چیزی شبیه آثار یقهٔ چرک یک پیراهن هم از زیر پولیور پشمی بیرون زده. «دیشبم زاد. من ایمروز صبح زود حرکت کردم. اما شنیده‌م باز هم زاده.» بلند می‌شود با لیوان خالی‌اش می‌رود طرف آشپزخانه.

آشوت می‌گوید: «بده اوضاع، آی آریان... معلوم نیست چی میشه... چی بود، چی شده...»

«آره، بده.»

«ما دیروز باصره‌رو زدیم... درسته؟ میگن دومین شهر بزرگ عاراقه. اونم تامام دومین شهرهای بزرگ مارو میزنه. وای چیرا؟... چیرا ما زن و بچهٔ همدیگه‌رو بمبارون میکنیم؟ چیرا این جنگه؟ این وضعه؟» سرش را تکان‌تکان می‌دهد و از مشروب خودش می‌نوشد.

با خنده می‌گویم: «آشوت جان، تو مسلمون نیستی. جهاد ملی سرت نمیشه. معنی خیلی چیزهای ایدئولوژی‌رو بلد نیستی، نمیفهمی.»

باز سرش را تکان‌تکان می‌دهد ولی نمی‌خندد. چیز تازه‌ای رنجش می‌دهد.

بعد می‌پرسم: «تازه چه خبر؟»

چند ثانیه ساکت نگاهش می‌کنم، تا حرف بزند و چیزی را که در سینه دارد بگوید. معمولاً وقتی مهمان ارمنی دارد مرا دعوت نمی‌کند، بنابراین موضوعی هست. سیگاری درمی‌آورم و روشن می‌کنم. گاسپار از آشپزخانه با لیوان احیا شده برمی‌گردد سر جایش می‌نشیند. او هم انگار دلش پر است. ظاهراً فقط هم موضوع بمباران و کشتن زن و بچه‌ها هم نیست.

از آشوت می‌پرسم: «السیک حالش خوبه؟»

شانه‌هایش را بالا می‌اندازد که: «اگه همه حالشون خوبه، السیک هم حالش خوبه. کی حالش خوبه؟ گاسپار امروز از تابریز آمده. یک نامه برای شما آورده.»

«نامه برای من؟»

«از یک خانم دوست قدیمی شما، از زامان گذشته.» مشروب را می‌نوشد و نگاهم نمی‌کند.

«اسمش چیه؟»

«نمیدونم والا... گفته یکی از دوستان اهواز و آبادان و اونجاهاس. توی دردسر افتاده. تو تابریزه. گاسپار هم خیلی زیاد نمیدونه. السیک که اصلاً «هیچی» نمیدونه. نباید هم بدونه. آقای آریان، میفهمی چی؟» هنوز به چشمهای من نگاه نمی‌کند. «من هم

هیچی نمیدونم. گاسپار شهر تهران‌رو بلد نیست. خلاصه. آدرس شمارو موشکل میتونه پیدا کنه. بنابراین آمده اینجا پیش من. تاصادفی بود که من شمارو میشناختم. تلفن کردم بیای.»

پک عمیقی به سیگار می‌زنم. می‌گویم: «آشوت، درست و حسابی بگو ببینم اصلاً موضوع چیه؟ نامه از تبریز؟ خوب چرا پست نکردند؟»

آشوت چند کلمه به ارمنی با گاسپار رد و بدل می‌کند.

گاسپار شکمش را زیر پولیور پشمی سیاه زمخت دستمالی می‌کند و دستش را کمی این‌ور و آن‌ور می‌برد، بعد از توی لباسهایش پاکتی را درمی‌آورد و به طرف من دراز می‌کند. یک پاکت بزرگ زرد تیرهٔ معمولی پستی است، که با نوارچسب مهر و موم شده. اسم و آدرس من روی آن به خط فارسی خوانا ولی خامی نوشته شده که می‌تواند مال یک بچهٔ کلاس دوم ابتدایی باشد.

بلند می‌شوم و می‌روم زیر چراغ گاز. پشتم به آشوت و گاسپار است. این‌ور و آن‌ور پاکت را وارسی می‌کنم. نوارچسب بالایش را می‌کنم و توی پاکت را نگاه می‌کنم. نامه‌ای را که در آن است درمی‌آورم و نگاه می‌کنم.

نامه با دستخط انگلیسی بسیار نغزی نوشته شده. من این دستخط را بسیار خوب می‌شناسم. توی پاکت، آن ته، یک شیء کوچک هم هست که به دقت لای نایلن پیچیده شده. آن را هم درمی‌آورم و وارسی می‌کنم. این شیء را هم خوب می‌شناسم. انگشتریی است نقره با کنده‌کاری نفیس، با یک فیروزهٔ درشت و اصیل ابواسحقی.

توی سینه‌ام تپش قلبی ایجاد می‌شود که دکتر نگارندهٔ خوب شرکت نفت در اهواز به آن می‌گفت.P.V.C آزاردهنده. هم خط را

می‌شناسم و هم نویسنده‌اش را. هنوز مثل آن وقتها مرا با حرف اول اسمم خطاب کرده است: J .

جی عزیزم:
سلام. انسان خوب و والایی که (امیدوارم) این نامه را به تو می‌رساند، به تو خواهد گفت من کجا هستم. او احتمالاً همچنین به تو دربارهٔ اینکه من چطوری به این گیر افتاده‌ام چیزهایی خواهد گفت. من به ایران آمدم ـ یا سعی کردم ـ تا بچه‌ام، پسرم را از «جنگ شهرها»ی لعنتی نجات بدهم. من دیگر نمی‌توانستم آنجا ـ در امریکا ـ کنار بنشینم و دست روی دست بگذارم و با شنیدن اخبار جنگ که از ایستگاههای موج کوتاه منطقه می‌شنیدم جانم به لبم برسد. اما پس از آنکه از مرز ایران گذشتم، پاسپورت و پولم را دزدیدند، و نهایتاً مجبور شدم به مخفیگاه بیایم.

جی... باید باور کنی که هرگز، هرگز به خاطرم خطور نمی‌کرد وارد چه... جهنمی می‌شوم. الآن من ترسخورده مثل مارگزیده‌ها این گوشه خزیده‌ام. نمی‌دانم چه غلطی بکنم. این انسانهای خوبی که مرا سرپناه و مخفیگاه داده‌اند کم‌کم خودشان هم می‌ترسند، گو اینکه چیزی بروز نمی‌دهند.

جی... آیا می‌توانی به من کمک کنی و از این مخمصه نجاتم بدهی؟ بخاطر خداوند مسیح و اهورامزدا... آیا می‌توانی احساس مرا ـ یک امریکایی بدون پاسپورت را ـ در اینجا تصور کنی؟ خواهش می‌کنم. می‌دانم من و تو در آن

سالهای آخر افکار متعارض و متفاوتی داشتیم. اما خواهش می‌کنم وضعیت فعلی مرا درک کن و به نزدم بیا ـ بخاطر عشق. من می‌توانم نامه‌ای به «برادران» مسئول اداری در کلانتری محل یا کمیته و دیگر جاها در این شهر بنویسم، یا به واشینگتن بنویسم، اما این کارها وجود مرا به کجا خواهد کشاند؟ تنها چیزی که من الآن می‌خواهم این است که پاسپورتم را پیدا کنم، یا یک پاسپورت بدست بیاورم، بچه‌ام را ببینم، و مقداری پول از امریکا به اینجا ترانسفر کنم ـ و از این... بیرون بروم، تا شاید به دنیا بگویم اینجا چه خبر است. جی، من و تو روزگاری همدیگر را دوست داشتیم، چرا دوباره دوست نداشته باشیم؟ دستم را بطرفت دراز می‌کنم. زن، تو خاک خشک زمینی.

با عشق – (خودم)

حرف O در کلمهٔ LOVE را (مثل آن وقتها که به من نامه می‌نوشت) به شکل قلب درآورده است. آنجلا گاسینسکی میشیگان است، و باز مرا به تعجب انداخته است.

اما امروز، در وسط «جنگ شهرها»ی ایران و عراق، در تهران، در بحبوحهٔ جنگ، در خانهٔ آشوت باگاجانیان، از نامهٔ مذبوحانه‌اش ماتم می‌برد و در نورونهای ارتباطی مغزم موج برمی‌دارد.

۳
―――

اولین باری که در این دنیا چشمم به آنجلا گاسینسکی افتاد، او بیست ساله بود و هنوز صورتش جوش و کک‌مک غرور جوانی داشت، و من چهل و دو ساله بودم و موهایم سفید. بنابراین از همان ساعت اول سیگنالهای تناقض روی صفحهٔ کامپیوتر اقبال ظاهر بود.

اوایل بعدازظهر جمعه‌ای بود گرم، اواسط ماه اوت سال ۱۹۷۳، و من در کتابخانهٔ دوره‌های عالی دانشگاه میشیگان در شهر آن آربر کتاب می‌خواندم، که ناگهان یک نفر دولا شد و دستم را گرفت. می‌خواست بداند «این چه جور انگشتری یه؟»

سرم را بلند کردم. او بالای سرم خم شده بود، با یک جور لبخند کمی اخم‌آلود، کمی پژوهشی، کمی لوس. صورت و گونه‌های خپله‌اش چیزی بود که امریکاییها آن را chubby-cheeked می‌گویند. موهاش کوتاه بود، بلوطی خیلی روشن. کل لباس تنش عبارت بود از یک شلوار بلند سفید از جنس فابریک درایلون، با یک تی‌شرت آستین کوتاه نارنجی رنگ نازک، و احتمالاً هیچ چیز دیگر: مدل لوکسی از یک انسانیت مؤنث ـ به سبک امریکایی دههٔ هفتاد. چند کتاب و کتابچه هم توأم با یک صفحهٔ ۳۳ دور LP زیر بغلش داشت و در واقع زیر سینهٔ چپش گرفته بود. در همان دست دو شاخه گل رز زردرنگ هم داشت.

ناچار لبخندی زدم و مختصراً برایش توضیح دادم که انگشتر مورد سؤال از جنس نقرهٔ کنده‌کاری شده است، با فیروزهٔ ابواسحقی. بعد قاطعانه

اعلام کرد که سنگ آن خیلی خیلی «خوشگل» است. Very cute... بعد پرسید از «چه نوع» است... نفهمیدم مقصودش از این سؤال چیست. ولی به هرحال چون خودش هم خوشگل بود سعی دیگری کردم و با گزارش تشریحی مختصری به اطلاعش رساندم که «فیروزه» یکی از احجار آذرین است و ترکیب آن عبارت است از فسفات ئیدراتهٔ آلومینیوم طبیعی. این نوع خاص را فیروزهٔ ابواسحقی می‌نامیدند که در نیشابور یافت می‌شده، شهرستانی از استان خراسان، در شمال شرق ایران. پرشیا!... نتوانستم بفهمم چقدرش را فهمیده، ولی سرش را بلند کرد، لبخند قشنگتری زد. بعد سرش را کج کرد و خواست بداند احوال شاه ایران چطور است.

خندیدم و به او گفتم که خبر دقیقی ندارم و برای کسب اطلاع در این مورد بهتر است با ملکه شهبانو فرح در کاخ نیاوران تهران تماس بگیرد. نوبت او بود که بخندد. پرسید آیا مطمئنم که ملکه جواب تلفنش را می‌دهد؟ در جواب گفتم پس باید به دفتر ریچارد نیکسون در کاخ سفید واشینگتن دی‌سی زنگ بزند چون او و شاه ایران این روزها رفقای جان‌جانی هستند... پرسید آیا در دانشگاه میشیگان تدریس می‌کنم ـ دانشگاه میشیگان هم فقط U of M بود، خیلی خودمانی. به او گفتم که فقط ویزیتور هستم ـ در یک مرخصی فرهنگی-پژوهشی. خواست بداند آیا زبانشناس یا استاد دانشگاهم. گفتم یک چیزی شبیه اینها. روی چه پژوهش می‌کردم؟ گفتم فعلاً دارم کتابی می‌خوانم به قلم آقای آر.سی.زینر، پژوهشگر انگلیسی از دانشگاه آکسفورد، دربارهٔ زندگی زرتشت پیامبر ایرانی، که بنیانگذار دین ملی ایرانیان بوده...

نفس بلندی کشید، که انگار حوصله‌اش را سر برده‌ام. برایم آرزوی موفقیت کرد. اما قبل از خداحافظی اضافه کرد که ضمناً آن سنگ خیلی خیلی cute است و رنگ فیروزه‌ای هوس‌انگیز و فوق‌العاده عتیقه‌ای دارد. تشکر کردم و خداحافظی کردیم.

اما نیم ساعت بعد که از کتابخانه بیرون آمدم، بیرون در منتظرم ایستاده بود. داشت با دوچرخه‌اش ور می‌رفت. بطور سرسری یک سلام گفت و

پرسید از کدام طرف قدم می‌زنم. گفتم قدم نمی‌زنم، هنوز ناهار نخورده‌ام و ماشینم توی پارکینگ است. دارم می‌روم جایی لقمه‌ای بزنم، با یک چیز خنک. میل دارد مرا همراهی کند؟ میل داشت. و تقریباً الکترونیک‌آسا دوچرخه را قفل و زنجیر و رها کرد و با کتابها و صفحهٔ ۳۳ LP و گلها به دست، سوار فورد فیرلین من شد.

یک پیتزایی «خوب» را به اسم «ویلج‌این» در جادهٔ «واشتنا» بلد بود و در همانجا بود که ما بیشتر آن بعدازظهر را نفله کردیم، در حالی که بیشترش را او حرف زد.

دانشجوی سال دوم یا سوم در رشتهٔ علوم انسانی بود، با دوره‌های اختصاصی در رشتهٔ ادبیات «مدرن» امریکا و ژورنالیسم تحقیقاتی. بیشتر واژه‌هایش را نمی‌فهمیدم. عاشق پیتزای قارچ و میگو و تونا بود و مردهٔ شراب سفید «پال‌مسان». عاشق امیلی دیکنسون شاعرهٔ قرن نوزدهم امریکا هم بود و خودش هم گاهی شعر می‌نوشت. عاشق «گراورسازی» هم بود. دلش می‌خواست خیلی، خیلی، خیلی جاها هم سفر کند، به شرق و آنجاها. مقصودش را از «گراورسازی» هم نفهمیدم. اما گذاشتم حرف بزند چون چشمهای سبز قشنگی داشت. از زندگی من هم سؤالاتی کرد. نه، من مزدوج نبودم. چرا؟ مگر به نهادی اجتماعی به نام ازدواج اعتقاد نداشتم؟ نه. آیا فقط شناگر تنهای زندگی بودم؟ یک چیزی شبیه این. بعد گفت از تیپ من خوشش می‌آید. کجا درس می‌دادم؟ به او گفتم اخیراً مدتی است در یک دانشکدهٔ نفت در آبادان درس می‌دادم. کجا بود، در جنوب ایران؟ بله، در نوک خلیج فارس، و غیره. آهی کشید که: خیلی جالب است، شگفت‌انگیز است. بعد خواست بداند آیا من از خوانندهٔ امریکایی جون بائز خوشم می‌آید؟ اسمش را شنیده بودم. گفت همین امروز یک صفحهٔ ۳۳ دور LP او را خریده است، و دوست دارد یک نفر را داشته باشد که با هم گوش کنند... جون بائز از تبار امریکای لاتین، و خوانندهٔ آهنگهای قشنگ تازهٔ شور یگانگی انسانهای روی زمین بود.

آن شب کار زیادی نداشتم، تنها هم بودم. این بود که از یک فروشگاه

سوپر «کروگر» مقداری خوردنی و یک گالن شراب «پال‌مسان» خریدیم، و به آپارتمان کوچک من در ته خیابان «ستیت» کنار رودخانه رفتیم. نشستیم و کم‌کمک نوشیدیم و جون بائز گوش کردیم. از من دربارهٔ شاعر ایرانی عمرخیام (اومار کایام) پرسید که شنیده بود خیلی فلسفهٔ «گناستیک» والایی دارد. کتابش را توی کتابخانه داشتند. خواست از «روبایات» خیام اگر یادم هست، برایش یکی دو تا ترجمه کنم، و من هم یکی دو تایی را تا آنجا که می‌توانستم جور کردم و خواندم... حالا روی زمین، روی موکت جلوی پای من نشسته بود، زانوهای مرا بغل گرفته بود و گهگاه با انگشتری فیروزهٔ ابواسحقی دست من بازی‌بازی می‌کرد.

در این حیص و بیص از ایران برایم تلفن شد و رفتم از توی اتاق خواب جواب بدهم. نمی‌خواستم جلوی مهمان جالب امریکاییم فارسی هوار بزنم. مکالمهٔ تلفنی‌ام تازه تمام شده بود و داشتم چیزهایی را یادداشت می‌کردم که آنجلا گاسینسکی آمد کنارم روی لبهٔ تختخواب نشست. ساکت به من و بیشتر به خودش در آینه نگاه می‌کرد. بعد شانهٔ راست مرا لمس کرد و یکی از گلهای رز زردش را به من داد.

«میخوام امشب با تو باشم...»

گل را گرفتم و گذاشتم روی تخت. بعد چانه‌اش را گرفتم و به چشمهای سبزش نگاه کردم. چشمهای زمردین خیلی خیلی روشن لهستانی-اوکرائینی داشت و چشمهای سبز همیشه خوب بود. از او پرسیدم مطمئن است دارد دست به چه کاری می‌زند؟ سرش را پایین آورد که نگران نباشم، چون قبلاً تجربه داشت. از قرصهای «روز بعد» استفاده می‌کرد، مانعی ندارد. من به او گفتم چشمهای زیبایی دارد، و او به من گفت هنوز هیچی نشده از این ارتباط و آشنایی بین خودش و من خوشش آمده است. بعد گفت که همین تازگیها یک «رابطهٔ» پردغدغهٔ خاطر را پشت سر گذاشته است -با جنتلمن جوانی که حالا رفته بود واشینگتن دی‌سی... رابطه‌شان این آخرسریها تقریباً دردناک و abhoring شده بود، اما حالا دیگر همه چیز تمام بود. حالا یک رابطهٔ دوستی و محبت ساده و مسکن می‌خواست، یک چیز آرام -و

خوب. با یک مرد مسن و فهمیده و باتجربه، نرم و آرامبخش.

هنوز به چشمهای زمردین نگاه می‌کردم. دستش را گرفتم و چیزهایی در این زمینه به او گفتم. مثلاً: چرا کمی صبر نکنیم تا همدیگر را بهتر بشناسیم؟

پرسید چرا، مگر فکر نمی‌کنم او به اندازهٔ کافی خوشگل و جالب است؟

این شد که رفتم بقیهٔ «پال‌مسان» و لیوانها را از اتاق نشیمن آوردم. او هنوز جلوی آینه نشسته بود و به خودش بهت زده بود. گفتم با توی آینه نگاه کردن دیگر بیشتر از این خوشگل نمی‌شود، با یک لیوان دیگر «پال‌مسان» چطور است؟ بلند شد و به طرف من آمد و لیوانش را گرفت. کمی نوشید. بعد دستهایش را به طرفم دراز کرد.

خودم هم کمی سرم گرم بود بنابراین گذاشتم عشق شب را با خودش ببرد، و در حالی که جون بائز *BE NOT SO HARD* را می‌خواند من و دختر شمال میشیگان وسط ملافه‌های تازه اطو خورده و آهارزده کمی عارفانه شدیم. بعد من یک مالبرو روشن کردم و کمی دیگر «پال‌مسان» ریختم.

صبح فردا هنوز توی رختخواب بودیم و عمر خیام زمزمه می‌کردیم که من انگشتر فیروزهٔ ابواسحقی را به او یادگاری دادم. اوه، نه، نمی‌توانست آن را از من بگیرد، مگر نگفتم خواهرم آن را به من داده بود؟ از او خواستم آن را برایم نگه دارد، چون می‌دانم که عاشق آن شده است. به شوخی گفتم که می‌تواند آن را برایم نگه‌دارد و هر وقت کمک خواست، در موارد اورژانس، بیاید و ابواسحق را جلوی چشمم تکان‌تکان دهد.

انگشتر را به انگشتش کرد و تشکر کرد. بعد دستش را جلوی چشمم تکان‌تکان داد.

بیشتر آن شنبه و یکشنبهٔ تعطیلی آخر هفتهٔ تابستانی را در آن آربر در آپارتمان من گذراند، و بیشترش را در اتاق‌خواب. من برای آن شنبه صبح بخصوص، از قبل، برای رفتن به دیترویت قراری داشتم. قرار بود بروم

دوستانی بسیار عزیز از دوران دانشگاه را در آنجا ببینم. بنابراین، صبح که ناشتا خوردیم از آنجلا گاسینسکی پرسیدم آیا حوصله‌اش را دارد چند ساعتی به دیترویت بیاید و دوستاني از دوران دانشگاه مرا ببیند؟ یا اگر دلش خواست می‌تواند در آپارتمان بماند و ترجمهٔ انگلیسی گزیده‌ای از غزلیات شاعر صوفی-عارف معروف ایران حافظ شیرازی را بخواند... و چیزهای بد بد یاد بگیرد. گفت اگر داوطلبی است برای حافظ ثبت‌نام می‌کند. بنابراین من نسخهٔ ترجمهٔ گزیده‌هایی از غزلیات حافظ و همچنین کلیدهای یدکی آپارتمان را به او دادم تا اگر خواست برود بیرون و دوباره برگردد بتواند. من غروب برمی‌گشتم. تشکر کرد و گفت سعی خواهد کرد چیزی برای شام تهیه کند -ولی قول نمی‌دهد آشپزخانه منفجر نشود.

حدود هفت که برگشتم، خودش توی وان بود. یک رست‌بیف بزرگ توی فر، میز چیده، و یک بطر جدید شراب سفید «پال‌مسان» وسط میز. در اتاق‌خواب هم جلوی آینه، و هر دو طرف تختخواب، و حتی روی بالش من، گلهای رز گذاشته شده بود -بیشترش زرد، یکی دو تا قرمز. روی تخت، علاوه بر گلها، یک کتاب قطع جیبی شیک از «گزیدهٔ اشعار امیلی دیکنسون» بود، که به من تقدیم شده بود. در کنار آن هم یک تکه کاغذ کارت‌پستالی بود به رنگ شکوفهٔ به ژاپنی با شعری از شاعرهٔ شب توی وان، با دستخط خودش. دستخطش زیبا بود، و بطور معجزه‌آسایی شبیه نقاشیهای متون تاریخی از کتیبه‌های عهد عتیق.

عشق می‌تواند همه چیز را زنده کند،
جز مرگ را،
که من در این نیز شک دارم...

٤

هوا گرگ و میش است و من و گاسپار با اتوبوس ایران‌پیما از ترمینال غرب تهران در بالای «میدان آزادی» به طرف تبریز حرکت می‌کنیم. جادهٔ اتوبان باز است و حدود هشت از قزوین می‌گذریم. از آنجا به بعد جاده دوطرفه است و ترافیک سنگین و راه دراز و یخ‌زده و برفی. این چند روزه در تمام شمال ایران برف زیادی باریده و دشت و مزارع پوشیده از یخ و برف است. شهرهای کوچک و آبادیهای سر راه هم همه برف گرفته‌اند و خواب آلود، یا در بیهوشی. اتوبوس پر است. اگرچه شهرهای شمال غرب هم در دو سه روزهٔ اخیر چند بار بمباران شده، اما مردم می‌روند و می‌آیند، بخصوص کسانی که در حومهٔ شهرهای بزرگ سرپناه و سکونتگاهی دارند.

ناهار را در قهوه‌خانه‌ای بیرون زنجان می‌خوریم، و حوالی ساعت یک، دوباره راه می‌افتیم. اگر همه چیز درست پیش برود باید حوالی غروب به تبریز برسیم.

بعدازظهر، توی جاده و وسط کوه و بیابان، گاسپار بزودی در صندلی کنارم خوابش می‌برد؛ ظاهراً باید چیزی از بطری جیبش هم زده باشد. به صندلی تکیه می‌دهم و راه دراز را در دل دشت و کوههای برف گرفته تماشا می‌کنم. آنجلا گاسینسکی... دوباره در

ایران... و توی دردسر عظما... نمی‌توانم از ذهنم بیرونش کنم.

بر اساس آنچه گاسپار به من گفته و سؤالهایی که از او کرده‌ام، حالا می‌توانم تا حدی آنچه را در جریان ورود او به ایران اتفاق افتاده در مغزم جمع‌بندی کنم و بازسازی کنم:

از واشینگتن تا لندن و از آنجا تا استانبول را با هواپیما می‌آید. استانبول به تهران را، پس از مدتی مشورت با این و آن، تصمیم می‌گیرد با اتوبوس‌های ایرانی بیاید. به او توصیه می‌کنند با توجه به شرایط فعلی‌اش بهتر است از راه مرز زمینی، از طریق ترکیه وارد شود، چون مرز بازرگان در این سالها بزرگترین مرز توریستی و بازرگانی ایران است و روزانه عملاً صدها اتومبیل و اتوبوس و کامیون از این منطقه در رفت و آمدند. رابطهٔ دیپلماتیک ایران با ترکیه هم خوب و نزدیک است. ویزا هم لازم نیست. از این نقطه عبور از مرز برای او آسانتر است و راحت‌تر می‌تواند وارد سیستم پلیس و اطلاعاتی کشور بشود تا فرودگاه مهرآباد در تهران، که اگرچه خلوت‌تر است، ولی علاوه بر پلیس رسمی، تحت نظارت دهها واحد امنیتی و پلیس قضایی یا اطلاعاتی و نخست‌وزیری است. در بازرگان مأمورین بیشتر از هر چیز، بار و چمدانهای مسافرین توریستی را می‌گردند که انواع و اقسام صنایع دستی و اجناس لوکس را برای خرید و فروش می‌برند و می‌آورند و مأمورین با مسافرین خارجی سختگیری زیادی نمی‌کنند. در فرودگاه مهرآباد برعکس است، بخصوص پس از ماجرای ایران‌گیت، امروز ورود مخفیانهٔ یک امریکایی به ایران بی‌شباهت به ورود خود شیطان رجیم با گذرنامهٔ جعلی نیست.

اما بطوری که گاسپار می‌گوید، آنجلا هنوز گذرنامهٔ معتبر و

تمدید شدهٔ ایرانی خودش را از قدیم داشت: با گذرنامه‌ای تحت نام آنجلا توحیدیان، به عنوان همسر سابق و واقعی‌اش به ایران می آمد. دکتر عباس توحیدیان استاد دانشگاه جندی‌شاپور اهواز، که در سال اول انقلاب در خوزستان شهید شده بود. با داشتن گذرنامهٔ ایرانی، او هنوز یک تبعهٔ ایرانی محسوب می‌شد و به او گفته بودند برای ورود به ایران احتیاج به ویزا ندارد. در حقیقت هنگام ورود بطور عادی می‌توانست به عنوان یک خانم ایرانی مسیحی/ارمنی تلقی شود.

و به هر حال می آید. با اتوبوس تعاونی شمارهٔ ۱۵ از استانبول به مقصد تهران حرکت می‌کند. در این اتوبوس، برحسب تصادف در صندلی مجاور، با گاسپار و زنش هم‌صحبت می‌شود که پس از یک دیدار دو هفته‌ای از پسرشان در ترکیه، به ایران برمی‌گردند. آنجلا چون فارسی بلد است، با آنها سر صحبت را باز می‌کند و پس از مدتی با هم دوست می‌شوند، بطوری که بیشتر مسافرین خیال می‌کنند آنجلا هم ارمنی است.

اتوبوس ساعت ۶ صبح از استانبول راه می‌افتد و ساعت ۴ بعدازظهر روز بعد در ایست بازرسی مرز بازرگان است. از اتوبوس که بیرون می آیند آنجلا با آنهاست و توی صفهای کنترل و مهر زدن گذرنامه‌ها و اعلام مقدار ارز و بالاخره چمدانها و تا ترخیص نهایی پیش می‌رود. هنگام پر کردن فرم ورود به کشور، آنجلا همه چیز را به خط خودش، هم به فارسی و هم به انگلیسی، با صحت و دقت کامل پر می‌کند. هدف از این مسافرت را، رفتن به اهواز نزد اقوام شوهر شهیدش برای دیدن فرزندش ذکر می‌کند. وقتی دربارهٔ این اطلاعات با افسر مأمور کنترل گذرنامه صحبت می‌کند، گاسپار و زنش پشت سر او هستند و کمکش می‌کنند. مأمور برای او آرزوی موفقیت

می‌کند و گذرنامه‌اش را مهر می‌زند. در قسمت کنترل ادارهٔ اطلاعات نیز مسئله‌ای پیش نمی‌آید. پنج هزار دلار ارز با خود دارد که آن را نیز با پر کردن فیش اظهارنامه وارد گذرنامه‌اش می‌کند. در هیچ جا مسئله‌ای پیش نمی‌آید و آنجلا توحیدیان به سلامت وارد خاک ایران می‌شود. ساعت ۹ شب است که مسافرین مجدداً سوار می‌شوند و اتوبوس به طرف خوی و تبریز حرکت می‌کند ـ و مسافرین صلوات می‌فرستند. کنترل و بازرسی دیگری بیرون شهر ماکو توسط افراد پاسداران صورت می‌گیرد، گذرنامه‌های مسافرین مورد بازرسی مجدد قرار می‌گیرد. ولی نه چندان طولانی. بزودی اتوبوس به راه خود ادامه می‌دهد.

حرکت نرم و سریع اتوبوس در دل شب در خاک ایران تسکین‌دهنده است، بطوری که بزودی آنجلا خوابش می‌برد. و در حقیقت مسافرین تصمیم دارند تمام شب را بخوابند و صبح زود در تبریز باشند! اما پس از سه چهار ساعت رانندگی و گذشتن از شهر مرند، حوالی سه یا چهار صبح، وسط جاده، در محلی وسط بر و بیابان و تپه‌های برف‌گرفته، جلوی ساختمانی کوچک و در بسته، افرادی شبه‌نظامی پوش مسلح به کلاشنیکف و یوزی، اتوبوس را متوقف می‌کنند. به راننده فرمان بازرسی مجدد چمدانها و گذرنامه‌های مسافرین را می‌دهند. معلوم نیست اینها افراد کدام‌یک از گروههای مسلح اند، افراد ژاندارمری‌اند، جزو کماندوها هستند، یا حتی از مجاهدین مسلح که به خاک ایران رسوخ کرده‌اند... یا چه؟

راننده سعی می‌کند با آنها صحبت کند و فرم ترخیص از مرز و فرم پلیس راه را نشان دهد، ولی ظاهراً این تفتیش اضطراری و

حتمی است. معلوم نیست افراد مسلح چه می‌خواهند و دنبال چه یا که هستند. وقتی کار به کشیدن گلنگدن اسلحه‌ها و آماده شدن برای تیراندازی می‌کشد، راننده تسلیم می‌شود. مسافرین بیشتر ماتند و تسلیم.

دو نفر از افراد مسلح وارد اتوبوس می‌شوند و مسافرین را تک‌تک بازرسی می‌کنند. عکسهای گذرنامه‌ها را با صاحبان آنها تطبیق می‌کنند. زنها حجابها را سفت‌تر می‌کنند. آنجلا زیاد ناراحت نیست، یا ناراحتی‌اش را بروز نمی‌دهد، چون این بازرسی را روال عادی تصور می‌کند. گاسپار و زنش نیز زیاد ناراحت نیستند. بعد دستور داده می‌شود که کلیهٔ مسافرین مرد از اتوبوس خارج شوند و چمدانها و بارهای خود را برای بازرسی و کنترل امنیتی باز کنند. خواهران می‌توانستند در اتوبوس بمانند و معاف بودند.

تعداد زنها حدود ۹ یا ۱۰ نفر است و بیشترشان زوجهٔ مسافرین مرد هستند. به استثناء خانم آنجلا توحیدیان، که او نیز در اتوبوس می‌ماند. او فقط دو ساک‌دستی درون اتوبوس دارد ـ که بیشتر لوازم شخصی و اندکی سوغاتی برای پسرش است. تعداد مردهای مسافر ۲۵ نفر است که همه بیرون می‌روند تا چمدانهای خود را نشان دهند و باز کنند، تا تفتیش شود.

بعد از رفتن مردها، دو نفر از افراد مسلح مجدداً وارد اتوبوس می‌شوند و ساک‌دستی زنهای داخل اتوبوس را تفتیش می‌کنند. این کار را با حرکات سریع و مشخص و حسابشده و تقریباً تشریفاتی انجام می‌دهند. ظاهراً دنبال چیزی یا چیزهای بخصوصی هستند: احتمالاً اسلحه، یا مواد مخدر. پس از چند دقیقه کارشان تقریباً تمام می‌شود. بعد، گذرنامه‌ها و اظهارنامه‌های ارزی و اصل مقدار ارز را

می‌خواهند، تا کنترل مجدد شود. اسناد عده‌ای از زنها در گذرنامهٔ «همراه» نزد شوهرهایشان بیرون از اتوبوس است. دو سه نفری که گذرنامهٔ جداگانه دارند تحویل می‌دهند ـ منجمله آنجلا، که پوشهٔ چرمی کوچک و شیک محتوی گذرنامه و اظهارنامه و پول و بلیتش را یکجا تحویل می‌دهد.

پس از بازرسی و کنترل تمام چمدانها و ساکهای بیرون اتوبوس، افراد مسلح کلیهٔ گذرنامه‌ها و اظهارنامه‌های ارزی و اصل مقدار ارز مسافرین مرد را نیز جمع می‌کنند و همراه لیست مسافرین اتوبوس، برای کنترل و بازرسی تلفنی به داخل محلی که «ایست بازرسی» محسوب می‌شود می‌برند. به مردها اجازه داده می‌شود که چمدانها را ببندند و به داخل اتوبوس برگردند ـ تا کنترل اصل مدارک و هویت اشخاص و مقدار ارزها تکمیل شود.

آنجلا اکنون دچار کمی ترس و حتی هیستری شده است. گاسپار و همسرش سعی می‌کنند او را آرامش خاطر بدهند ـ که چیزی نیست درست می‌شود. آنها ارز زیادی با خود ندارند و به هر گونه بازرسیهای وسط راه و اینجا و آنجا نیز عادت کرده‌اند.

اما کنترل مردان مسلح درون «ایست بازرسی» مدت مدیدی طول می‌کشد. ظاهراً مشغول چک کردن و تلفن کردن به مقامات بازرسی در مرز یا در جاهای دیگر هستند. مسافرین وسط برف در اتوبوس منتظر می‌مانند. عده‌ای فحش می‌دهند، عده‌ای نفرین می‌کنند، عده‌ای دعا می‌کنند. نیم ساعتی می‌گذرد. بعد یک ربع ساعت دیگر، تا بالاخره راننده و شاگردش با اعتراض و سر و صدا و فریاد مسافرین به درون «ایست بازرسی» می‌روند تا خواهش کنند بیشتر از این معطلشان نکنند... اما پس از چند ثانیه هر دو مرد هراسان

بیرون می آیند و به اطلاع مسافرین می‌رسانند که محوطهٔ به اصطلاح «ایست بازرسی» قهوه‌خانه‌ای است خالی و متروکه، و مردان مسلح هر که بودند، در سیاهی شب برفی، از در عقب فرار کرده‌اند ـو تمام گذرنامه‌ها و اظهارنامه‌های ارزی و پولها را هم برده‌اند!»

محشر کبرایی بین مسافرین در دل شب برفی و وسط بیابان برهوت برپا می‌شود. ولی جز تسلیم و رضا چاره‌ای نیست. باید به تبریز بروند و در آنجا شکایت کنند، چون سی چهل کیلومتر بیشتر نمانده.

اما در تبریز که اتوبوس جلوی اولین پاسگاه ژاندارمری توقف می‌کند و راننده و مردان مسافر بیرون می‌ریزند تا شکایت کنند، آنجلا سر جایش می‌ماند. نهایتاً، و بیشتر از روی ترس، تصمیم می‌گیرد از شکایت کردن به مقامات خودداری کند. در اتوبوس پهلوی زن گاسپار می‌ماند ـگیج و مبهوت. نمی‌تواند تصمیم بگیرد واقعاً چکار کند. نمی‌داند در داخل پاسگاه بین مسافرین و مقامات چه حرفهایی رد و بدل می‌شود، چه تصمیمهایی گرفته می‌شود، چه فرمهایی پر می‌شود. او یک زن امریکایی است و تنها مدرک شناسایی ایرانی خود را از دست داده است. خوشبختانه یا بدبختانه اسمش را هم در لیست مسافرین اتوبوس ندارند. اگر او خودرا به مقامات دولتی معرفی کند چکارش می‌کنند؟

فعلاً تنها ملجأ و پناهش می‌تواند کمک این زن و مرد ارمنی خیر باشد که به او گفته‌اند کارشان خدامی در یک کلیسای ارامنه در شمال شهر تبریز است.

۵

تمام هفتهٔ بعد را هم کم و بیش تقریباً هر شب آمد. می‌نشستیم و «پال‌مسان» می‌نوشیدیم و حرف می‌زدیم و غذا می‌خوردیم و به آهنگهای جون بائز گوش می‌کردیم، یا به آهنگهای فرانک سیناترا و بابی دیلون. توی رختخواب حافظ و امیلی دیکنسون می‌خواندیم، یا روی کاناپه فیلمهای سیاه و سفید و قدیمی هولیوود را تماشا می‌کردیم. در خلال، هر وقت او می‌خواست، وارد قلمرو عشق می‌شدیم. توی اتاق‌خواب، روی کاناپه، کف اتاق، هر جا که او دوست داشت، یا می‌خواست. بیشتر به سبک او، شاعرانه و آرام، احساسی، و کمتر به سبک من. من یک سیارهٔ اختصاصی بودم.

گهگاه، شبها دیروقت، مرا می‌برد قدم بزنیم. به «آیلند پارک» می‌رفتیم که آنطرف رودخانه بود. یا می‌رفتیم آنطرف شهر، و توی قبرستان زیبای مشجر و گلکاری شدهٔ آن آربر، قدم می‌زدیم. آنجا را دوست داشت.

طی این قدم‌زدنها، بیشتر او حرف می‌زد: از خودش، و از لزوم یگانگی بین مردم کشورهای مختلف جهان سوم و کشورهای‌بزرگ.انسانهای کشورهای بزرگ و کوچک دنیا، بخشی از وجود او بودند. ما در دنیایی زندگی می‌کردیم که هی کوچک‌تر و کوچک‌تر می‌شد؛ انسانها به هم نزدیک‌تر و نزدیک‌تر می‌شدند؛ او خودش را در انسانهای دنیا عجین می‌دید؛ دوست داشت یگانگی باشد. اوائل فکر می‌کردم این لابد حال افسردگی خاص این روزهای اوست.

خانواده‌اش در شهر لنسینگ میشیگان بودند، که زادگاه او بود. پدرش

مهاجر لهستانی‌الاصل بود و متخصص صنایع فولاد ICC محسوب می‌شد و آنجلا سه ساله بود که او را از دست داد. مادرش یک طراح هنرمند بود، از یک خانوادهٔ قدیمی انگلیسی، از شهر بوستون در ایالت ماساچوستس. مادرش هنوز در خانهٔ خودشان در لنسینگ میشیگان زندگی می‌کرد.

برایم تعریف کرد کسی که با او قبل از من رابطه داشت ـ ولی هرگز «پیوند واقعی و بامعنی» بین آنها به‌وجود نیامده بود ـ یک دانشجوی خارجی فوق‌لیسانس در دانشگاه میشیگان بود، به نام عمر آل‌مصطفی، از کشور عربستان سعودی. عمر فوق‌لیسانسش را آنجا گرفته و بعد برای درجهٔ Ph.D. به دانشگاه جورج تاون در واشینگتن رفته بود. او و عمر رابطه‌ای خیلی پر تلاطم و پر از جر و بحث و مسئله را پشت سر گذاشته بودند. اگرچه عمر می‌خواست با او ازدواج کند، اما خانواده‌اش که به شدت پایبند سنتها و شعائر قومی بودند، اجازه نمی‌دادند. بعد از اینکه طرف به واشینگتن می‌رود، چند بار آنجلا را به آنجا دعوت می‌کند و باز صحبت و مذاکره می‌کنند، ولی وقتی پدر عمر در ریاض از «عمق ارتباط» آنها باخبر می‌شود، او را حتی از صحبت کردن و امکان ازدواج با «یک دختر امریکایی» منع می‌کند...

بعد از اینکه تعریف این داستان زندگیش را شنیدم، برای پدر لهستانی‌الاصل و متخصص صنایع فولادش، و برای مادر انگلیسی هنرمندش احساسی پیدا نکردم. اما برای این مادرسگ عمر آل مصطفی چرا...

در طول مدتی که با هم بودیم، دو بار هم مرا به «فلت» کوچک خودش برد. جای سکونتش در آن آربر یک محلهٔ مسکونی آرام بود، در انتهای جادهٔ «والهالا»، یعنی بهشت، که صدها و صدها درخت بلوط و شاه‌بلوط و اقاقیا تمام چشم‌انداز محله را دنج و قشنگ می‌کرد. درون ساختمان آپارتمانش، هم مدرن بود و هم اجق‌وجق. دکوراسیون داخل آپارتمان یک‌خوابه، معجونی بود از معماری و وسائل برقی امریکایی و مبلمان داخل خیمهٔ یک عرب میلیونر در ریاض و بو و حال داخل یک معبد برهمایی در تبت

و نقاشیهای نئو آبستره از هیپیهای حشیشی امریکایی سانفرانسیسکو... حتی عود و اسفند و کندر هم داشت که ظاهراً گهگاه می‌سوزاند و به آپارتمان بوی معبد زرتشتیان ایران یا هندوهای هندوستان را می‌داد. چیزهای زائدی مثل میز و صندلی و تلفن و تختخواب و این‌جور چیزها نداشت. اما خوب بود. همینطور هم غذای اسپاگتی و گوشت کله‌گنجشکی‌یی که دستپخت ناب خودش بود اما از قوطیهای Heinz درمی‌آمد. یک گالن شراب ارزان‌قیمت «گالو» هم وسط سفره روی زمین بود...

مرا «جی» صدا می‌کرد، چون دوست داشت. این ساده بود و به من می‌آمد. یک شب که معنای لغوی دو کلمهٔ جلال آریان را در زبان فارسی پرسید و برایش معنی کردم، به این نتیجهٔ فوری رسید که کلمهٔ «جلال» ـ برای من ـ یک خرده زیادی mystic و ملکوتی بود ـ اگرچه خوب بود و عتیقه. صدا و معنی کلمهٔ «جلال» (جالال) حال و لحنی کهکشانی داشت، ولی به شخصیت واقع‌گرا و کمی هم خام من نمی‌خورد. من یک آدم آموزشی «فنی» بودم، و تمام زندگیم را وقف کار در یک شرکت نفت، جایی در جنوب ایران کرده بودم ـ و زن‌بگیر هم نبودم! اما خوب، بد نبودم، قوی بودم، جاافتاده و باتجربه بودم، ضمناً مسکن بودم ـ بخصوص حالا که او تجربهٔ عمر آل مصطفی هذا و کذا را پشت سر گذاشته بود و کمی «دپرسیون» داشت.

اما آشنایی با او برای من چیز تازه و دیگری بود. در واقع پس از یکی دو هفته که با هم بودیم، احساسی برایش داشتم. شبهایی که نمی‌آمد جایش خالی بود. موجودی به اسم آنجلا گاسینسکی به زندگیم آمده بود که دلم می‌خواست تغییراتی بیاورد. علی‌رغم پدیدهٔ دختر امریکایی پرزرق و برق و آکنده از احساسهای نمایشی انسان/جهان/ آزادی/عشق/زن/شعر ـ دوستی آنچه که از وجودش تشعشع می‌کرد، خوب بود. وقتی پیشم بود و تنها بودیم و او امیلی دیکنسون می‌خواند، یا شعرهای خودش را می‌خواند، مرا به یاد یک نفر دیگر می‌انداخت، و می‌خواستم زمان

همانجا بایستد، چون به آخر خط خوب رسیده بودیم.
شعرهای خودش را بیشتر دوست داشتم، چون خودش با احساس درونش، و اغلب وقتی کنارم بود برایم می‌خواند.

«زن تو خاک خشک زمینی،
مرد ترا در دستهایش آب می‌دهد
و بارور می‌سازد.
او ترا در دریای شراب عشق تعمید می‌دهد،
با شعله‌های هوس گرم می‌کند،
ترا به سوی آسمانها و ستارگان بلند می‌کند
بعد سرنوشت ترا، با بی‌توجهی در میان بادها پرت می‌کند.
زن بودن ساده است.

٦

ساعت ۵ بعدازظهر و هوا رو به تاریکی است که به تبریز می‌رسیم. گاسپار هنوز خواب است. هوا بدجوری سرد و بورانی است. بیدارش می‌کنم.

بیرون ترمینال، گاسپار هنوز در حال خمیازه است ولی یک تاکسی خالی گیر می‌آورد و بعد از چک و چانهٔ زیاد، به حساب من، تاکسی ما را دربست به یک خیابان فرعی نزدیک کلیسای ارامنهٔ ارتدکس، در انتهای بولوار شمس تبریزی می‌آورد.

شهر علی‌رغم بمباران صبح، حتی زیر برف، زنده و پر جنب و جوش است. باد تکه‌های درشت برف را در هوا و روی ترافیک پخش می‌کند. تنگ غروب که پشت چراغ‌قرمز چهارراه چهار رود می‌ایستیم، در یک گوشهٔ بمباران شدهٔ خیابان، ویرانه‌های چند دکان و خانه در اثر بمباران توی چشم می‌خورد. افراد کمیتهٔ امداد سپاه از آنها مراقبت می‌کنند. دورتر، زیر قسمتی از سقف نیم فروریختهٔ یک ساختمان دو طبقه چند کلاغ کز کرده‌اند و غارغار می‌کنند. خوشگلند.

رانندهٔ ترک‌زبان تاکسی می‌گوید در بمباران آن روز صبح تبریز چند «منطگهٔ» شهر یا بکلی ویران شده، یا خیلی‌خیلی آسیب

یعنی زیاد خیلی زیاد آسیب دیده. کم‌کم می‌فهمم که بیشترین صدمات و آسیب‌ها مربوط به دانشکدهٔ فنی دانشگاه تبریز است. آمبولانس‌ها هنوز آژیرکشان این‌ور و آن‌ور می‌روند. رانندهٔ تاکسی هم مرتب به ترکی فحش می‌دهد.

سر یک کوچهٔ فرعی سوت و کور و خالی پیاده می‌شویم. اثری از کلیسا نیست. گاسپار کلاهش را می‌کشد پایین و مرا از دو کوچهٔ فرعی دیگر پیاده می‌برد. ظاهراً باید سیستم استراتژیک ایز گم کردن باشد. شاید هم نمی‌خواهد تاکسی را با وجود من درست جلوی کلیسا بیاورد. ولی من دیگر به او و تاکسی و کلیسا فکر نمی‌کنم.

برف زیاد بخصوص مرا یاد میشیگان هم انداخته. انگار خود آنجلاست که از فرعی پشت کتابخانه می‌آید و همان کاپشن زیتونی روشن تنش است.

می‌پیچیم توی یک کوچهٔ فرعی دیگر که من در ته آن ساختمان بزرگ سنگی سیاه و سفید را وسط برف‌ریزان می‌بینم. دیوارهای بلند سنگی از زمین بلند شده است و به گنبدی هرمی‌شکل و زاویه‌دار منتهی می‌شود که سبک تیپیکال کلیساهای ارامنه است. اما امروز غروب، کل ساختار بی‌شباهت به یک صومعهٔ قرون وسطی نیست، که در آن راهبهٔ کوری بخاطر حاملگی از شیطان برای بار سی و سوم به صلیب کشیده شده باشد.

گاسپار در عقب کلیسا را که به کوچهٔ متروک دیگری باز می‌شود، با کلید باز می‌کند، داخل می‌شویم، در را دوباره می‌بندد و قفل می‌کند. بعد می‌گوید:

«اینجا شما پانج دقیقه، داه دقیقه، صبر کن مهندس جان. تا من اول باهاش حارف بزنم برگردم.» صدایش خفه است.

«باشه.» دستهای یخ‌زده‌ام را فوت می‌کنم. آنقدرها هم بدوی و بی‌فکر نیست.
«بیا بفارما زیر این طاقی وایسا، بارف رو سرت ناخوره.»
«خیلی خوب، برو، برو گاسپار. راه بنداز.»

یک گوشهٔ ته حیاط، نیمدر دیگری را با کلیدی از دسته کلیدش باز می‌کند. بالای نیمدری طاقک دارد و زیرش بد نیست. قبل از اینکه داخل شود، باز به طرف من برمی‌گردد، با دست اشاره می‌کند، «پانج دقیقه یا داه دقیقه. همین جا.»

«باشه.» بعد با صدای آهسته می‌گویم: «فقط دو سه کلمه‌ای با او حرف بزن، بگو کی آمده. بعد من میرم پهلوش.»

«آها... چاشم آقا. البته. خدا پدرت بیامرزه.»

کیفم را در جای نسبتاً خشک‌تری می‌گذارم زمین. دستها را بیشتر به هم می‌مالم و صبر می‌کنم. دستمالم را درمی‌آورم و صورت و چشمها را پاک می‌کنم. برف حالا سنگین‌تر است و دانه‌هایش درشت‌تر شده. شاید هم توی حیاط فسقلی پشت کلیسا اینطور به نظر می‌آید. یک لامپ ۶۰ وات اسرام بالای طاقک است، خاموش ـ احتمالاً از زمان جنگِ جهانی دوم، یا دوران پیشه‌وری. یک پوستر هم به پشت نیمدری ورودی چسبانده‌اند. نظیر این پوستر را وقتی می‌آمدیم، پشت در حیاط هم زیر برف دیده بودم. پوستری به اندازهٔ ۵۰ در ۷۰ سانت است که شهادت یک سرباز جوان شهید ارمنی در جبههٔ گیلانغرب را اعلام می‌کند. یک عکس هم دارد. پسرک جوان ارمنی، با سبیلی که تازه پشت لبش سبز شده، خوش‌تیپ، در لباس خدمت سربازی، کلاشنیکف به دست. کتیبهٔ زیر عکس، به دو زبان فارسی و ارمنی گزارش می‌دهد: «سرباز شهید یوریک سرداریان.

محل شهادت گیلانغرب، تاریخ شهادت ۱۳ آبان...» ارامنه هم خون می‌دهند.

من اینجا چه غلطی می‌کنم؟ جنگزدهٔ فراری از آبادان. توی حیاط اندرونی یک کلیسا، توی تبریز. وسط طوفان و برف. صورتم را در شیشهٔ تیرهٔ بالای نیمدری نگاه می‌کنم. خودش است. جلال آریان -یک پیش‌نویس زندگی ناتمام و گمشده، پرت شده توی جمهوری اسلامی ایران. زنی از امریکا آمده اینجا، پنهان شده، منتظرم است. اما این آن آنجلا گاسینسکی سیزده سال پیش دانشجوی دانشگاه میشیگان در آن آربر نیست. یک مادر خل نیمه‌امریکایی-نیمه‌ایرانی هم نیست. یک خانم امریکایی ساده، یا یک استاد سادهٔ دانشگاه هم نیست. نمی‌دانم خبر بمباران خانهٔ پدرشوهرش را شنیده یا نه. یا احتمال مرگ بچه‌اش را در بمباران حساب کرده یا نه. به هر حال زن بی‌فکر و هرزه‌ای هم نیست، احمق هم نیست. بنابراین مواظب باش...

گاسپار در را باز می‌کند و سرش را بیرون می‌آورد. کیفم را برمی‌دارم و راه می‌افتم و دنبالش از پله‌های سنگی عریضی پایین می‌رویم. از یک راهرو دخمه‌ای وارد زیرزمین وسیعی می‌شویم. کل زیرزمین ستونهای سنگی کهنه و دیوارهای آجری تقریباً سیاه دارد. سینهٔ دیوارها گونیهای جورواجور، احتمالاً از زغال‌سنگ و چوب و چیزهای دیگر گذاشته‌اند. روی بعضی از تاقچه‌های هلالی‌شکل سمنتی هم مواد خوراکی توی قوطی و کیسه و همچنین شیشه‌های خاک‌گرفتهٔ مربا و ترشی و غیره و غیره ذخیره شده. اما بیشتر از هر چیز بوی رطوبت و خاک است، و تارعنکبوت و ترک دیوار و ریختگی سقف. یک لامپ ۶۰ وات دیگر زور می‌زند کل

زیرزمین را روشن کند.

در منتهی‌الیه زیرزمین بزرگ، سینهٔ دیوار، یک قفسهٔ چوبی کهنه است پر از لباس کشیشی و کفشها و خرت و پرتهای دیگر. گاسپار به قفسه نزدیک می‌شود، یک گوشهٔ آن را می‌گیرد و کل قفسه را جلو می‌کشد. به پشت قفسه می‌لغزد. نیمدر کوتاه و کوچکی را باز می‌کند. بعد برمی‌گردد و به من اشاره می‌کند. جلو می‌روم و دنبالش از نیمدری کوچک و توسری خورده پایین می‌روم و بالاخره وارد دهلیز یا انباری کوچکی می‌شویم که کف و دیوارهای سنگی دارد. در یک گوشهٔ دهلیز دو سه تا پتو پهن است با مقداری وسائل خواب و یک ساک بزرگ سفری، یک ساک دستی و یک رادیو باطری‌دار. از سقف لامپ عریان ۶۰ وات دیگری آویزان است که اندک نوری می‌ریزد. یک بخاری نفتی علاءالدین هم هست. اما خاموش است.

موجود زنده‌ای که در یک گوشه کز کرده لای مقدار معتنابهی پوشاک جورواجور کلفت پیچیده شده. شلوار مخمل سیاه، دو سه تا بلوز و پولیور، شال گردن پشمی، کلاه پشمی سیاه و کلفت آذربایجانی که تا روی گوشها می‌آید. تمام وجودش انگار وسط البسهٔ پشمی سیاه، در بافت دهلیز-انباری سنگی تیره متحجر شده است.

من هیچوقت زندانهای زیرزمینی آن شعر پوشکین در سیبریه را، یا مقبره‌های زیرزمینی تمدن آزتک در کوههای جنوب کشور پرو را ندیده‌ام. اما از آنچه خوانده‌ام می‌توانم بگویم که پیش اینجا یک سوئیت در رویال‌هیلتون بوده‌اند... چیزی هم آن گوشهٔ دهلیز ایستاده، نگاه محتضرش را به صورت من دوخته، زل زده است.

دوباره احساسی که در لحظهٔ ورود به کلیسا داشتم توی مغزم موج می‌زند. این آنجلا گاسینسکی نیست، حتی آنجلا توحیدیان هم نیست. روح گمشدهٔ عیسی مسیح است که او را از صلیب پایین آورده‌اند، مسخ کرده‌اند، بعد مومیایی کرده‌و اینجاوا ایستانده‌اند. تنها چیزی که از آنجلا گاسینسکی آن آربر دارد، یک جفت چشم سبز است، به رنگ زمرد.

فقط می‌توانم سرم را تکان بدهم و بگویم: «این کار شما خودکشی بود.»

او هم سرش را تکان می‌دهد. «من بخاطر بچه‌م آمده‌م!»

ساکم را می‌گذارم زمین. آهی می‌کشم و به فارسی می‌گویم: «سلام، دیر آشنا...» به طرفش می‌روم.

فقط دستهایش را دراز می‌کند و به طرفم می‌آید. «اوه... جی، جی!... خدا را شکر که آمدی. خودتی؟...» به انگلیسی حرف می‌زند.

من هم به انگلیسی می‌گویم: «خوش آمدی به جمهوری اسلامی ایران در جنگ خلیج.»

نگاهم می‌کند و جدی می‌گوید: «جی، میخوام منو از اینجا بیرون ببری.»

«البته...» شانه‌هایش را، سرش را، پشتش را با دلگرمی و ملاطفت نوازش می‌کنم.

«من تمام وجودم درده... و کثیف.»

«امشب میریم.»

«کجا؟... من میخوام از این جهنم‌دره خارج بشم... میریم؟ کجا؟ تهران؟»

«آرام استاد. میریم یه جا که برای تو امن و خوب باشه.» برمی‌گردم و نگاهی به گاسپار می‌اندازم که دارد ما را نگاه می‌کند، کمی با تسکین خاطر، کمی با خوشحالی، کمی هم با منگی، چون نمی‌فهمد چه می‌گوییم. از او خواهش می‌کنم چایی چیزی برای ما بیاورد ـ و یک چیزی که برای اعصاب همهٔ ما خوب باشد، البته اگر دارد... منظورم را می‌فهمد. یک «روی چشم، آی مهندس جان» می‌گوید و غیبش می‌زند.

وقتی تنها می‌شویم آنجلا بازوی مرا محکم بغل می‌گیرد. نفسش هم مثل هوای دهلیز متحجر سرد است.

می‌گویم: «بیا بشین یه دقیقه... باید یه کمی بنشینیم و فکر کنیم، یه کمی حرف بزنیم، ببینیم چه میشه کرد. بگذار گاسپار بیاد، ببینیم برای رفتن به تهران چه امکاناتی هست....»

بعد می‌پرسم: «حالت چطوره؟ درد و ناراحتی و کسالتی نداری؟»

«Oh, God! ... چه کابوسی!» فریاد می‌زند. هنوز خودش را در آغوش من نگه داشته است. بغضش می‌ترکد. بعد سرش را بلند می‌کند و به من نگاه می‌کند. چشمهایش را با یک دست پاک می‌کند. «خودت چطوری، جی؟»

«زنده‌م... نفس می‌کشم... من شخصیت فنی دارم، و خام... مگه یادت نیست؟» چند کلمه‌ای از خودم و فرنگیس در تهران می‌گویم. مجبورش می‌کنم کنارم روی پتو بنشیند. کمی آرام شود.

«کجا میخوای مرا ببری؟»

«یک فکری میکنیم... پس شما پاسپورت نداری؟»

«دزدیدند.... من فقط میخوام از اینجا برم بیرون... از این شهر، از

ایران، برم بیرون. مهمتر از همه، نمیخوام بیشتر از این مزاحمت و خطر برای این انسانهای بدبخت بیچاره فراهم کنم، که مرا، یک امریکایی بی‌پاسپورت‌رو پناه داده‌ن، قایم کرده‌ن ـاین گاسپار هوسپیان و زنش اما... و دو تا بچه‌شان. من یک روز براشون تلافی میکنم، اما فعلاً میخوام برم و به دنیا بگم در این سرزمین... چه میگذره.»

نگاهش می‌کنم. پاکت سیگارم را درمی‌آورم، یکی به او می‌دهم و خودم هم یکی برمی‌دارم.

«آنجلا گاسینسکی، بیا فعلاً واقع‌بین و منطقی‌باشیم. آن بیرون توی کشور شما و دیگر کشورهای غربی به اندازهٔ کافی رومانتیک‌بازی و دموکراسی‌بازی و احساساتی‌بازی هست. بسه.»

«مقصودت چیه؟»

سیگارها را روشن می‌کنم. «بحث فعلاً باشه. بهترین راهی که تا این ساعت به فکر من رسیده اینه که شمارو ببریم به تهران و برسونیم به سفارت سویس. سفارت سویس در تهران در حال حاضر حافظ منافع ایالات متحد در ایرانه. تو یک خانم تبعهٔ امریکا هستی. یک استاد دانشگاه، یک مادر، و برحسب تصادفی خارج از توانایی خودت در این کشور دچار مسئله شده‌ای و پاسپورتت مفقود شده. در جو ضدامریکایی فعلی و در شرایط داغ سیاسی دشمنی دولت امریکا هیچ احدی، از ما نمیتونه به شما کمک رسمی و قانونی بکنه. آنها ـسفارت سویس ـ بخشی دارند که مربوط به اتباع و منافع امریکاییه... شما می‌توانی در دست مقامات دیپلماتیک سویس، در داخل سفارت و تحت حمایت آنها قرار بگیری و آنها وسائل خروجت را فراهم کنند. سویسیها برای اینجور کارها آدمهای درست

و مناسبی هستند. شما که نمیخوای اینجا به شهربانی و کمیته و ژاندارمری مراجعه کنی ـ میخوای؟»

آهی می کشد. «من فقط میخوام از اینجا برم بیرون.» پک عمیقی به سیگارش می‌زند و به سرفه می‌افتد. ظاهراً تا حالا «تیر» نکشیده می گوید: «من دیده‌م جنگ وحشیانه و زدن شهرها به سر مردم این کشور و این مردم بیگناه چه میاره. من دیده‌م چه کارها میکنند. یک اتوبوس مسافربری بین‌المللی را وسط بیابان در ساعتهای بعد از نصف‌شب متوقف میکنند و اسبابهای مردم را زیر و رو میکنند، هرچه دلشان خواست برمیدارند... و مردم را عذاب میدهند، راهزنی میکنند. خدا میدونه حالا دارند با پاسپورت و مدارک من چکار میکنند. آیا جامعهٔ حقوق بین‌المللی بشر این نوع نقض قوانین انسانی رو میشنوه؟ میفهمه؟ آیا رسانه‌های خبری و مطبوعات ما از اینها باخبر میشن؟»

من هم پک بلندی می‌زنم. خامی و پرت از مرحله بودنش در این وانفسا خوشگل است. می گویم: «تند نرو، دختر. آروم باش. همه جای دنیا دزدی هست. آره، رسانه‌های خبری و مطبوعات شما خیلی چیزها رو میدونند و مخفی میکنند. اینجا جنگه، جنگ موشکی شهرها که پدیدهٔ جدیدی‌یه، اما مطبوعات شما به ندرت به خودشان اجازهٔ ذکری میدهند ـ چون از عراق حمایت می کنند. همین دیروز پریروز عراقیها یک مدرسهٔ دخترانه رو در شهر کوچک میانه نزدیک تبریز بمباران کردند. یکی را هم در شهر بروجرد نابود کردند و بچه‌مدرسه‌ایها را می کشند. امروز صبح جنگنده بمب‌افکنهای عراق ساختمان دانشکدهٔ فنی دانشگاه تبریز را بمبارون کرده‌ن، شما هم احتمالاً صداش رو اینجا شنیدی. خدا میدونه چند نفر تلفات داده. آیا

این حوادث در رسانه‌های خبری و مطبوعات جنابعالی منعکس میشه؟ در مراکز حقوق بین‌المللی بشر جنابعالی شنیده و فهمیده میشه؟ بنابراین کمی آروم باش.»

با حیرت می‌گوید: «دانشگاه تبریز رو بمبارون کرده‌ن؟! من... صدای بمب و موج انفجارش‌رو حتی اینجا میشنیدم. از وحشت داشتم میمردم. به خودم گفتم اگر یکی هم روی کلیسا بخوره چی؟ رادیو هم مرتب آژیر «وضعیت قرمز» پخش میکرد... آژیر آمبولانسها هم بند نمیومد... جنون! دیوونگی و جنونه! دنیا باید بدونه اینجا سر آدمها چی میاد.»

نگاهی به در اتاق می‌اندازم. هنوز از گاسپار خبری نیست.

«آنجلا... گوش کن. خوشحالم که ترو میبینم و زنده میبینم. تو حتماً بی‌دلیل نیومدی اینجا. اما موقع بدی‌رو انتخاب کردی. این جنگ و انقلاب مربوط به تو نیست. خواهش میکنم از اینجا برو. اصلاً چرا بلند شدی توی این وضع اومدی ایران!... وسط این جنگ... این اغتشاش جهنمی؟»

سرش را می‌اندازد پایین. دوباره که حرف می‌زند، لحنش غمگین و سرخورده است. «من برای خاطر بچه‌م اومدم. پسرم‌رو که از من گرفتند هنوز در اهوازه... این آخرسریها هرچی به شما نوشتم، جوابی نمیگرفتم. از دوستمان دکتر نمازی هم مدتی‌یه خبر ندارم. حالا دیگه نمیدونم هنوز هم زنده است یا نه ـ توی این همه سال بمبارون و موشک زدن دزفول و اهواز و اونجاها. میخوام پیداش کنم، ببینمش، اگه بشه از اینجا با خودم ببرمش. اگه بتونم.»

می‌پرسم: «دلیل و هدفت فقط همینه؟» نگاهش می‌کنم. از نگاه مستقیم به چشمهای من طفره می‌رود.

«جی، من بخاطر پسرم، بخاطر بچه‌م اومده‌م. من مادرم... بطور رسمی به اینجا اومده‌م، گرچه با نگرانی و پر از دلشوره... و حالا این.»

«بسیار خوب. قبول. و حالا هم باید از طریق مراجع رسمی از ایران خارج بشی. بی‌شک از شما بخاطر مقالاتی که این اواخر دیوونه شدی نوشتی فهرست دارند.»

«متشکرم... اما من نمیخوام، جرأت نمیکنم برم به ادارهٔ برادران حزب‌اللهی بگم من یک امریکایی‌م و ادعا کنم پاسپورتم را دزدیده‌اند... فقط همون که گفتم میخوام. بچه‌م‌رو میخوام، و میخوام از این برزخ خارج بشم.»

«بسیار خوب. آروم باش. ترو هر طور شده میفرستم. اما شاید بد نبود قبل از اینکه به «برزخ» بیایی یه کمی بیشتر پژوهش میکردی، واقعیتهارو داده‌پردازی میکردی ـو بعد از مرز ترکیه رد میشدی... اینجا دیگه سرزمین رؤیایی و مکش‌مرگ‌مای عهد ریچارد نیکسون/شاهنشاه آریامهر نیست. اینجا حالا سرزمین اسلامی و جهاد مقدسه. شمام باید برگردی بری.»

«میدونم... داری به من میگی؟»

«آیا ار اونوقت تا حال این دفعهٔ اولته که به ایران برمیگردی؟» مقصودم گرفتن حقایق است. اما او این سؤال را یک‌جور عدم اعتماد و استنطاق تلقی می‌کند.

نفس بلندی می‌کشد. «نه. من هر سال مخفیانه مثل موش‌خرما با اکیپ مک‌فارلین و اولیور نورث و قربانی‌فر اومده‌م اینجا برای معاملهٔ اسلحه و جاسوسی... آخه من یک فاحشه با مأموریت ویژه‌م، با مصونیت پارلمانی از کنگرهٔ امریکا... من یک فاحشهٔ دیپلماتیکم...»

روی دو سه کلمهٔ آخر جیغ می‌زند.

«خیلی خوب، جوش نیار. شما این چند روز و شب زیر فشار و تنش غیرنرمال بودی اعصابت داغونه. من هر کاری از دستم بربیاد میکنم. معذرت میخوام.»

«جی، خوب گوش کن. این سفر من فقط و فقط بخاطر بچه‌م و به دلیل نیاز من به بچه‌م بوده و هست. چند بار تکرار کنم؟ من تصمیم گرفتم، انتخاب کردم که بیام اینجا.» کمی ساکت می‌ماند، سرش را می‌اندازد پایین. بعد دوباره مرا نگاه می‌کند. «و خوشحالم که ترو دوباره میبینم. تمام این سالها امیدوار بودم دوباره ترو ببینم. ما با هم دنیا و عشقی داشتیم. اما... من یک انسانم. بچهٔ من یک انسانه، اینجا توی این «جنگ شهرها» رنج میبره. من میخوام نجاتش بدم. همین.» مدتی به من نگاه می‌کند، انگار مطمئن نیست که من این چیزها را بفهمم یا حتی درست بشنوم. در ذهن او من همیشه دشمن ازدواج و دشمن بچه‌دار شدن بوده‌ام.

«جی، این آخرسریها جوری بود که دیگه فکر و تحمل دور بودن از او برایم محال و کشنده شده بود. در اعماق سینه و روحم به فکر تو و اینجا هم بودم... اما نیروی محرکهٔ این سفرم مهدی‌یه. و باید می‌آمدم از دست اول اوضاع را میدیدم. باید میفهمیدم اینجا چه خبره. من یک روز با عشق به این کشور اومدم. از وقتی که خیلی جوان بودم، در اینجا زندگی کردم، تدریس کردم، تا موقعی که مادر شدم، سالهای مهم زندگیم در اینجا گذشت... مگر این گناهه؟»

گاسپار نازنین بالاخره پیداش می‌شود ـ با یک سینی چای و بیسکوئیت و یک مشربهٔ کوچک مایع تعمید، حمد بی‌قیاس بر عیسی مسیح مقدس. در واقع آنجلا تنها کسی نیست که به راحت

کردن اعصاب احتیاج دارد. گاسپار به ما اطلاع می‌دهد که رادیو هنوز «وضعیت قرمز» پخش می‌کند و دو تا بمب دیگر حوالی جنوب شهر خورده. زن و بچه‌های خودش هم حالا آمده‌اند توی زیرزمین، یک گوشهٔ دیگر.

بعد از کمی چای شیرین و فیض عیسی مسیح من و آنجلا و گاسپار حالا دربارهٔ اینکه چطور می‌توانیم «خانم آنجلا توحیدیان» را همراه من به تهران برسانیم مذاکراتی می‌کنیم. حالا فارسی حرف می‌زنیم و فارسی آنجلا و فارسی گاسپار یکی از یکی پرفصاحت‌تر است. من از تهران برای آنجلا مقداری لباس و حجاب و خرت و پرت آورده‌ام. می‌گویم به عقیدهٔ من بهترین راه این است که صبح زود، با یک وسیلهٔ نقلیهٔ عمومی، مثلاً اتوبوس یا قطار به تهران برویم ـ اگر بلیت گیر بیاید. برای امشب، من ترجیح می‌دهم هر طور هست همین جا، توی زیرزمین کلیسا به نحوی بیتوته کند، چون برای میسیز آنجلا گاسینسکی توحیدیان در جمهوری اسلامی و وسط بمباران عراقی‌ها احتمالاً امن‌ترین مکان همین جاست. اما او فریاد می‌زند: «!No» می‌خواهد از این دهلیز برود جایی حمام کند، لباس عوض کند. می‌گوید تمام تنش بو گرفته و تمام استخوانهایش درد می‌کند.

گاسپار حالا کله‌اش را می‌خاراند و به اطلاع ما می‌رساند که در شهر یک دوستی «آرمانی» دارد که صاحب یک مهمانخانهٔ کوچک است. می‌تواند «یاواشکی» اتاقی برای ما جور کند. به نام یک خانم و آقای شرکت نفتی از تهران. ما بزودی تقریباً روی این برنامه توافق می‌کنیم و پس از چند دقیقه صحبت و قرار و مدار، گاسپار بلند می‌شود و راه می‌افتد برای تلفن کردن و تماس گرفتن با

دوستش.

آنجلا هنوز ناراحت است و به من نگاه می‌کند. می‌پرسد: «جی، این کار... برای تو دردسر نمیشه؟» حالا باز انگلیسی حرف می‌زند. هنوز روی زمین، سینهٔ دیوار نشسته و سرش را بین دستهایش گرفته است. اکنون کمی آرام‌تر و به اصطلاح relax به نظر می‌رسد.

می‌گویم: «نگران من نباش.»

«من هنوز میترسم. اااه.» مقدار دیگری از فیض مسیح می‌نوشد.

به آرامی پشت دستش را نوازش می‌کنم. «خیلی خوب. هرچه میخوای بترس. چون اینجا و الآن، ترس و ندامت و توبه برای یک زن نامور مثل شما فضیلت خوبی‌یه...» بعد می‌گویم: «گوش کن. من با خودم مدارک رسمی و معتبر دارم که نشون میده من چند سال است با یک خانم امریکایی‌الاصل ازدواج کرده‌م... به من دربست اعتماد کن و قبول کن. از امشب شما خانم مریم آریان هستی...»

«مریم؟» با اخم ولی با لبخند بربر نگاهم می‌کند. «کدوم مریم؟ مریم ناصریه؟ یا مریم مجدلیه؟» کمی احساس شادی دارد.

«... مریم آریان. بلند شو، خانم عزیز. شما احتیاج به کمی دلگرمی جانانه داری.»

«و عشق...» سرش را به طرف سقف زیرزمین کلیسا بلند می‌کند. می‌گوید: «یا مادر مقدس عیسای مسیح.»

می‌گویم: «BE NOT SO HARD... سخت نگیر... جون‌بائز رو یادت باشه... من میتونم ترو برای خودم عقد کنم، و میکنم.»

لبخند ملایمی می‌زند و دستم را می‌گیرد. برای اولین بار نگاهش مثل گذشته‌هاست.

پس از ساعتی، وقت خداحافظی فرامی‌رسد، خداحافظی با گاسپار و اما خانم زن گاسپار و با زیرزمین دهلیزی کلیسای دلمرده. همه با هم ماچ و بوسه می‌کنند و آنجلا تلفن و آدرس دقیق آنها را می‌گیرد، تا بعد تماس بگیرد.

گاسپار خودش ما را با پیکان قراضه‌اش محتاطانه به بولوار شمس تبریزی، به مهمانخانهٔ دوستش می‌برد.

دیروقت شب است و خیابانهای مردهٔ تبریز خالی. فقط صدای زنجیر طایرهای پیکان روی اسفالت پوشیده از برف می‌آید. سفر کوتاه از کلیسا به هتل در خیابان شمس تبریزی توی تاریکی، با پیکان قراضهٔ گاسپار، در خیابانهای خالی تبریز، بی‌شباهت به سفری با کاروان حله از دهستان اغتشاش آباد به حومهٔ تیسفون گمشده نیست.

۷

یکشنبهٔ سردی از اواسط سپتامبر بود که مرا با شورلت کوروت سبز رنگ و دو در جمع و جورش به لنسینگ برد. می‌خواست من زادگاه قشنگ و «دوست‌داشتنی»اش را ببینم، می‌خواست خانه‌ای را که او در آن به دنیا آمده بود، ببینم... اما مرا به داخل خانه و پیش «مامی» نبرد. گفت به دو دلیل: اولاً چون به «مامی» قبلاً تلفن نکرده بود -ظاهراً این مهم بود- و نمی‌دانست کسی پهلوی «مامی» هست یا نه. دوم اینکه من «اختصاصی» بودم.

شهر مرکز ایالت میشیگان را، با هزاران ساختمان قدیمی و سبک قرن ۱۹ فرانسوی، با پارکهای زیبا و تمیز و خنک و غرق مناظر پاییزی این قسمت از شمال امریکا نشانم داد. با آرامش و راحتی و افتخار و ایمان و خوشحالی، در خیابانهای شهر طوافم داد. «دبیرستان لینکلن» را که در آن درس خوانده بود و محلهٔ دبیرستان را دور زد و نشانم داد. بعد «پارک جفرسون مموریال» را که «بزرگ‌ترین! آکواریومهای طبیعی گل و گیاهشناسی امریکا» در آن قرار داشت نشانم داد؛ و کاخ مرکز ایالت را که «مرکز قانونگذاری ایالت» بود، و چه و چه و چه.

و بالاخره، نزدیک ظهر مرا به گورستان لنسینگ برد. اسم رسمی این گورستان «رز گاردن» یا «گلشن گل سرخ» بود. قبر پدرش («ددی») را نشانم داد.

بعدها فهمیدم که این سنت یکشنبه‌های او در لنسینگ بود. قبر پدرش،

یکشنبه‌ها همیشه. سر راه مقداری رز و داودی هم خرید.

من گورستانهای پر گل و درخت زیادی در فرانسه (پرلاشز)، در کالیفرنیا (دالی‌سیتی) و حتی در تهران (ظهیرالاسلام) دیده بودم ـ اما درختستانها و باغچه‌های متعدد «رز گاردن» لنسینگ میشیگان، چیز دیگری بود. اینجا تأکید بویژه بر انواع رنگهای مختلف دو گل بود: رز و داودی، که به کل محل منظرهٔ یک گلستان یا موزهٔ گل را می‌داد، سحرآمیز و روحبخش. بیشتر گلستان بود تا گورستان. سنگ مزارها هم هر یک فرم و طرح زیبایی داشت، با حکاکیهای گوناگون و سنگ‌نوشته‌های گوناگون. مزار جوزف گاسینسکی در واقع ظریف‌ترین و هنرمندانه‌ترین بود. مادرش طراح هنری بود، و احتمالاً کار و هنر او بود.

آنجلا ایستاد و دسته‌گل را در جایی پایین سنگ گذاشت. مدتی به سنگ و به گلها نگاه کرد. بعد به من نگاه کرد. گفت: «قشنگ نیست؟»

«سنگ قبر؟»

«اوهوم...»

«قشنگ و عجیب.»

یکشنبه روز یادبود خاکسپاری پدرش بود. نام و تاریخ فوت جوزف گاسینسکی، و کلمات «امید است که او با رحمت جاودانی خداوند در آرامش بهشت باشد» انگار نه تنها روی سنگ قبر شیک، بلکه روی قشر مخ آنجلا گاسینسکی حک بود.

وقتی در سایر نقاط زیبای گورستان قدم می‌زدیم و تماشا می‌کردیم، گفت او هم مثل مادرش، طراحی و کنده‌کاری و گراورسازی را دوست داشته و از بچگی می‌آمده اینجا و از طرح سنگ‌قبرهای مختلف قدیمی و جدید گراور می‌ساخته. آلبومی از طرحهای مختلف گراور شده در رنگهای مختلف از سنگ مزار پدرش داشت. این چهره‌ای تازه، یا روحیه‌ای تازه از آنجلا گاسینسکی بود که تا آن روز ندیده بودم. و حالا نوبت من بود که یک‌جور لبخند کمی اخم‌آلود، کمی پژوهشی و آکادمیک تحویلش دهم.

حدود ساعت یک، قبل از اینکه به آن آربر برگردیم، مرا برای ناهار به یک رستوران لوکس بوهمی-لهستانی برد، به نام «راسپوتین»، پشت کاخ مرکز ایالت. ظاهراً در آنجا آشنا داشت. مدیر رستوران آمد و با او با تعظیم و احترام سلام و احوالپرسی کرد. این، رستوران دلخواه پدرش بود. بار شیک و سالن خوبی داشت. استیک فیله‌مینیون خوردیم، با یک بطر آلیاجاکتا که توی سطل یخ آوردند. صورتحساب را که آوردند، آنجلا نگذاشت من پرداخت کنم؛ به خط خودش مبلغی نیز به صورتحساب به عنوان انعام گارسون اضافه کرد، بعد صورتحساب را امضاء کرد و کارت اعتباریش را روی صورتحساب گذاشت. گارسون که قیافهٔ اسلاوی و صورت سرخ و سفید و چاقی داشت، با تشکر و احترام بیشتر تعظیم کرد و رفت.

آن شب در آن آربر، در آپارتمان کوچک من، کنار رودخانه، وقتی در کنارم بود، احساس تازه‌ای داشتم. بانوی «مجسمهٔ آزادی» در جزیرهٔ «ستاتن» نیویورک داشت با عقدهٔ مرگ پدر در «گلشن گل سرخ» بهشت مرا به قلمرو عشق می‌کشاند.

آخرین روزهای آن سپتامبر، قبل از اینکه من با پروازهای «بریتیش ایرویز» و «ایران‌ایر» از طریق لندن و آتن به آبادان برگردم، یک سفر دو روزه به شهر «مینیاپولیس» در ایالت مینه‌سوتا رفتم. این سفر کوتاه برای دیدار دوست و استاد بسیار عزیزی بود از زمان دانشگاه، که من قول رفتن و دیدنشان را از ماهها پیش داده بودم. پروفسور آلمر فرگوسن و زنش مارگریت. تنها رفتم -یعنی بدون آنجلا. پروفسور آلمر فرگوسن هفتاد و دو سال داشت، بازنشسته بود، و بخاطر ناراحتی قلبی، در عزلت خانه‌نشین... و من هیچ میل نداشتم با بردن یک دختر سوپرسکسی بیست ساله به خانه‌اش، که معلوم نبود آن شب توی اتاق مخصوص مهمان آنها، پشت اتاق خواب آلمر و مارگریت، کدام یک از سر و صداهای آنچنانی‌اش را دربیاورد، رئیس پیر دپارتمان فیزیک دانشگاه ایالت مینه‌سوتا در سن پال را

به خالقش تصعید دهم.

جمعه صبح زود رفتم و یکشنبه عصر برگشتم ـ اگرچه در تمام طول سفر، آنجلا روی صفحهٔ مغزم بود، بخصوص آن دو شب توی مینیاپولیس توی اتاق مهمان خالی و سوت و کور، پشت اتاق‌خواب آلمر و مارگریت.

یکشنبه کمی زودتر از آنچه قبلاً تصمیم داشتم به آن‌آربر برگشتم. وقتی به شهر رسیدم و به آپارتمان آمدم اول به مراسم سنتی خانه آمدن پرداختم: دوش گرفتن، صاف و صوف کردن، بعد یک نوشیدنی و بعد نشستن و باز کردن پاکتهای پستی... علاوه بر یکی دو نامه از ایران و چند پاکت از اینطرف و آنطرف، نامهٔ یادداشت‌گونه‌ای هم از آنجلا بود، که جمعه ظهر پست شده بود. مطابق معمول، شعری هم از خودش با خط کتیبه‌ای زیبایش بالای نامه نوشته بود، با روان‌نویسهای قرمز و نارنجی... دلش برایم تنگ بود، جای من خالی بود. عشق...

آپارتمانش تلفن نداشت، و چون یکشنبه بود حدس زدم باید احتمالاً به لنسینگ رفته باشد و دیر برگردد. بنابراین تا اوائل غروب صبر کردم، بعد آماده شدم و رفتم بیرون تا شامی بزنم، و ببینم چه می‌شود کرد.

یک رستوران جوجه‌سوخاری کنتاکی «کلنل ساندرز» مقابل کلیسای بزرگ خیابان «مین» باز بود. من و آنجلا چند بار در آنجا غذا خورده بودیم، چون تقریباً همیشه آرام و خلوت بود. بعد از شام با ماشین انداختم دور «آیلند پارک» و شب پاییزی را که با قرص ماه تمام و ستاره‌های قشنگ روی پارک فرو می‌نشست تماشا کردم. شب بقدری روشن بود که حتی برگهای ریختهٔ زرد و قرمز را در حاشیهٔ رودخانه به خوبی می‌شد دید. شب آنجلا گاسینسکی بود. بنابراین دور زدم و آرام آرام رفتم طرف جادهٔ «والهالا». خیابانهای آکنده از برگهای زرد و سرخ ریختهٔ بلوط و شاه‌بلوط و اقاقیا هم خوب بود.

هم شورلت کوروت سبز رنگ و هم دوچرخه کورسی‌اش هر دو بیرون در فلت/بنگاله‌اش پارک بود. چراغ اتاق سالنش هم روشن بود. بنابراین

ماشینم را پارک کردم، قفل کردم، رفتم طرف در. پیش از آن هیچوقت خودم تنها به آنجا نرفته بودم، بنابراین مدتی دنبال زنگ در گشتم و بالاخره فهمیدم توی دستگیرهٔ در است. از داخل سالن، صدای یک موسیقی آرام جاز، به سبک «لیبراچی» می‌آمد. صدای تقریباً بلند گفت و گوی دو نفر هم می‌آمد که زبان همدیگر را درست نمی‌فهمیدند، اما ظاهراً اوقات خوب و باصفایی داشتند و احتمالاً کله‌هایشان هم گرم بود. این بود که زنگ در را فراموش کردم، چون نمی‌خواستم «پارتی‌شکن» باشم. تصمیم گرفتم برگردم. یکی از صداها البته صدای آنجلا بود. صداش کمی مست بود، یا از مواد مخدر شل بود، یا هر دو. صدای دیگر از مرد جوانی بود با لهجهٔ غلیظ ترکی یا یونانی... صدای او بیشتر از آنجلا کشش مستی داشت، شاید هم نشأهٔ طافح. معلوم نبود دارند چکار می‌کنند اما حوصلهٔ حدس زدنش را هم نداشتم. برگشتم.

ساعت از هفت گذشته بود که یک فقره بطری اسمیرنوف چاپ آبی ۲۰۰ پروف از فروشگاه «پارتی» نبش خیابانهای مین و هشتم خریدم و به سوی خانه گز کردم. در آپارتمان سوت و کور، اول یک نوشیدنی حسابی درست کردم. بعد نشستم تلفن دوستی قدیمی مال اوایل تابستان را گرفتم که در یک شرکت «اسکورت» خصوصی برای آقایان کار می‌کرد. من و این دوست و شرکت، اوایل تابستان با هم در سهام شرکت مشترک‌المنافع بودیم. اما آن شب دوستم هم پیدایش نبود. ظاهراً شب جلال آریان نبود. شب اسمیرنوف بود و آب گوجه‌فرنگی هاینز و کمی فلفل و آبلیمو. و فیلم قدیمی «کازابلانکا» ی هامفری بوگارت و اینگرید برگمن در کانال ۷.

یادم نیست ساعت چند آخرهای شب بود که یکی زنگ زد. سرم حسابی گرم بود و هامفری بوگارت در فرودگاه کازابلانکا اینگرید برگمن را ترک کرده بود و وسط مه راه می‌رفت و با خودش حرف می‌زد. اول گفتم ولش کنم، هر که هست باشد، اما هر که بود دوباره زنگ زد، ول کن نبود. بنابراین لیوان به دست بلند شدم، اندکی تلوتلو خوردم و رفتم و در را باز

کردم. می‌توانست اینگرید برگمن باشد، یک درینک بخواهد.

آنجلا گاسینسکی بود، با همان شلوار بلند سفید فابریک درایلون. یک کاپشن زیتونی نظامی براق، از نوع چیزهایی که خلبانهای جنگنده بمب‌افکنهای نیروی هوایی امریکا وقتی از عملیات برمی‌گردند می‌پوشند. هوشیار هم بود، تقریباً. دستش را هم با یک شاخه گل رز زردرنگ تگزاس به طرفم دراز کرده بود. پرسید آیا می‌تواند بیاید تو؟ نفس بلندی کشیدم و نگاهش کردم. دلش را نداشتم (یا عرضه‌اش را نداشتم) که بگویم برو واشینگتن پهلوی بقیهٔ عشاق بین‌المللی‌ت. یا چیزی کثیف‌تر. ساکت ماندم. چون ضمناً داشت با دست دیگرش انگشتر فیروزهٔ ابواسحق لعنتی را توی صورتم تکان‌تکان می‌داد. بنابراین من هم دیپلماتیک‌بازی درآوردم و تعظیم کردم و اجازه دادم داخل شود. اما آن شب با او به قلمرو عشق قدم نگذاشتم. آن شب نه! من هم ارزشها و تمامیت شخصیت خودم را داشتم. با دختری که سرشب با مرد دیگری بود کاری نداشتم... نه‌خیر... نه همان شب!

اما در ساعت یک دقیقهٔ بامداد روز بعد مسئلهٔ مورد بحث توانست مورد بررسی و تصمیم‌گیری مجدد قرار گیرد. ما در امریکا بودیم.

بقیهٔ آن سال را من در آبادان بودم و او به من نامه می‌نوشت. روی کاغذ، او باز همان آنجلا گاسینسکی شب اول در آن‌آربر بود. عشق و شعر و زیبایی. از عشق می‌نوشت و از انسان در این جهان، از یگانگی انسانهای زمین خدا، و اندکی عرفان حافظ. از ابدیت و از گریختن از بندهای جامعهٔ سنتی، از شراب و باز از عشق. ایران و حافظ و خیام زیر پوست دختر میشیگان رفته بود، چه جور هم.

نوشت امسال سال آخر کار دانشگاهش است و ژوئن آینده فارغ‌التحصیل خواهد شد. می‌گفت یک بورس تحصیلی که مربوط به تدریس زبانهای نادر است به او پیشنهاد شده که می‌خواهد بپذیرد. با دستخط کتیبه‌ای بسیار پرطمطراقش گاهی مشکل می‌توانستم تمام حروف

و کلمات او را درست کشف کنم و باید حدس می‌زدم، بخصوص شعرهایش را. کاغذ و پاکت هم همیشه سوپر شیک و زرق و برقی و زیبا بود، و اغلب در آنها گلهای مختلف در رنگهای مختلف حک و گراور شده بود. «یک روز، به سرزمین رؤیایی و جذاب «پرشیا» خواهم آمد...» در واقع ظاهراً برنامه داشت، یا طرحی داشت، که پس از فارغ‌التحصیل شدن و گذراندن دورهٔ یکسالهٔ فوق‌لیسانسش، اگر شد، به ایران سفر کند.

اما راویان اخبار و ناقلان آثار می‌دانند که اوایل دههٔ ۱۳۵۰ هجری شمسی، ایران شاهنشاه آریامهر رؤیایی را در ارکان شاهنشاهی جادویی خود داشت... ایران و خلیج‌فارس در صلح و آرامش خفته بودند و خواب می‌دیدند. یا ظاهرشان اینطور بود. شاهنشاه محمدرضا پهلوی، با قدرت و قوای نظامی و پلیسی محکم مواظب بود که خفتگان رؤیا‌رفته در کرانه‌های مست «جزیرهٔ ثبات» آسوده بخوابند و پاهایشان با شلپ‌شلوپ یکی دیگر از طوفانهای ادواری خلیج فارس خیس نشود. بویژه، ارتباط ایران و امریکا در این سالها در اوج شیرینی و قربان‌صدقهٔ همدیگر رفتن بود. شاه ایران در جهان یکی از مسن‌ترین و باتجربه‌ترین رهبران محسوب می‌شد. پس از جنگ جهانی دوم، از سالی که پرزیدنت فرانکلین روزولت به تهران آمد (همراه وینستون چرچیل و یوسیف استالین) و آنها شاه را به تخت‌طاووس کیانی نشاندند، سی و سه چهار سال می‌گذشت. دو کشور ایران و امریکا ارتباط سیاسی و اقتصادی و نظامی و فرهنگی داشتند بطوری که اکنون ده‌ها هزار امریکایی در ایران کار و زندگی می‌کردند. بنابراین رؤیای آنجلا گاسینسکی برای آمدن به ایران می‌توانست به آسانی با یک سفر «پان‌امریکن» نیویورک-رم-تهران به واقعیت تبدیل شود. می‌توانست با درجهٔ فوق‌لیسانس زبان در یکی از دانشگاهها یا مؤسسات آموزشی زبان در ایران تدریس کند ـ چیزی که ظاهراً آن سال در ذهنش بود.

۸

پس از حدود نیم ساعت رانندگی، به ساختمانی می‌رسیم نه‌چندان بزرگ، ولی به سبک قفقازی-ارمنی تمیز و لوکس، که تابلوی «پانسیون کریستال» دارد. گاسپار ما را پیاده می‌کند و خودش هم می‌آید و ما را به ارمنی باادب و تمیزی به اسم زاون معرفی می‌کند که بزودی معلوم می‌شود صاحب و مدیر و دفتردار و مسئول آشپزخانه و دربان و پادوی تشکیلات است. او توی لابی کنار میز کوچکش منتظر ماست.

وقتی گاسپار مرا به او معرفی می‌کند، زاون بلند می‌شود و من با او دست می‌دهم. سلام و احوالپرسی می‌کنیم. گاسپار خودش کمی دور و بر می‌پلکد تا من فرم ثبت‌نام مسافرین مهمانخانه را پای میز پذیرش پر کنم و مقدمات صورت می‌گیرد. به دیوار پشت میز، یک عکس بزرگ و قاب شدهٔ امام خمینی است در کنار رهبر اقلیت ارامنهٔ ایران اسقف مارکاریان. کنار یکدیگر روی زمین نشسته‌اند و هر یک دستهایشان را در هم فرو برده‌اند و به یکدیگر تفقد می‌کنند. من به زاون کارت شناسایی شرکت ملی نفت ایران‌ام را نشان می‌دهم و او دیگر از بقیهٔ مراسم فاکتور می‌گیرد. من کارمند بازنشسته‌ای هستم از شرکت نفت خوب رژیم سابق. خانم آریان نیز بانویی

تحصیلکرده به نظر می‌رسد، و امشب کمی بیمارگونه. ما معتبر و بی‌خطریم، آدمهای حسابی ولی بدبخت و بی آزار سابق هستیم.

زاون یک اتاق دوتختهٔ خوب ـ«با حمام خوب»ـ در طبقهٔ همکف به ما می‌دهد که گرم و خوب است. آنجلا بعد از خداحافظی با گاسپار، فوری به اتاق می‌رود و به زاون هم چیزی جز «سلام‌علیکم» و «مرسی، خیلی متشکرم» نمی‌گوید. بعد از رفتن گاسپار، من هم کار ثبت‌نام را تمام می‌کنم و از زاون دربارهٔ امکان غذا سؤال می‌کنم. می‌گوید غذا هست، بنابراین من دستور دو تا شام برای حدود ساعت ده را می‌دهم، و تشکر می‌کنم.

در اتاق کوچک، آنجلا هنوز با تمام لباس، سر یکی از تختخوابها نشسته است، و هیچ کاری نمی‌کند، مات است. فقط روسریش را درآورده است.

«بلند شو کمی تمیزکاری کن. ظاهراً طبقهٔ پایین آب گرم هست.»

«خدا را شکر...» او هم به فارسی جواب می‌دهد. «متشکرم، جی.»

«گفتم شام را ساعت ده بیاره... بنابراین یک ساعتی برای حمام و تمیزکاری وقت داری.» پرده‌ها را می‌کشم. می‌آیم، دستی هم به سرش می‌کشم.

«پاشو حمام و استراحت کن.»

«م م م م... متشکرم.»

«تا شما حمام میگیری من میرم با زاون و شرکاء دربارهٔ فرصت و امکانات برای وسیلهٔ سفر فردا به تهران صحبت کنم. ببینم چی هست، چی نیست...»

دستم را می گیرد. «اوه، جی. خواهش میکنم تنهام نگذار.» اما ظاهراً خیلی هم نمی‌ترسد. بلند می‌شود و شروع می کند به باز کردن دکمه‌های مانتوش.

«من همین بیرون توی لابی‌ام. حرف میزنم، تلفن میکنم. نگران نباش. منم نگران نیستم. اینجا راحتیم. Relax»

بالاخره لبخند می‌زند، با انگشت و با لهجهٔ کابوی‌های فیلمهای امریکایی به من اشاره می کند: «شهر رو ترک نکن.»

من هم با همان لهجه می گویم: «سعی کن جلوم‌رو بگیری.»

می‌خندد و می گوید: «باشه، برو. من یه حموم میگیرم ـ تا تو بیای.»

اما زاون دربارهٔ وسیلهٔ سفر به تهران امیدوارکننده نیست. با وضع تشدید بمباران شهر در این روزها، ظاهراً جمعیت گر و گر تبریز را ترک می کنند. بلیت "قاطار" که اصلاً نیست. بلیت "هاواپیما" که هیچی. برای بلیت اتوبوس هم باید از چهار صبح برید توی "صاف." مینی‌بوس هم که "شأن شما" نیست. «سواریها هم که پول خون پدرشونو میگیرن ـ اگه باشن. اوضاع "خارابه"، آقای مهندس. خیلی "خارابه".»

در واقع بزودی می‌فهمم که زاون راست می گوید. بعد از چند تلفن به بنگاههای مسافرتی و سواری کرایه معلوم می‌شود آنها هم بخاطر وضع بعد برف و جاده‌ها و کمبود سوخت حرکت نمی کنند. صرف ندارد. دربست هم ندارند. حتی آژانسهای تاکسی تلفنی هم نمی‌برند. ربع ساعتی با این و آن تماس می گیرم، بی‌نتیجه.

اما من مایل هم نیستم آنجلا را با وضع فعلی در تبریز نگه‌دارم. هرچه زودتر به تهران برگردیم و به سفارت سویس برسیم بهتر

است. بنابراین سیگار دیگری روشن می‌کنم. از زاون دربارهٔ امکانات شخصی و خصوصی می‌پرسم. تأکید می‌کنم که پول مسئله‌ای نیست. این روزها این پیشنهاد معمولاً صورت مسائل را تغییر می‌دهد، بخصوص با ارامنه. تأکید می‌کنم که خانم آریان می‌بایست هرچه زودتر به تهران به بیمارستان برسند.

بعد ناگهان به برکت پدر و پسر و روح‌القدس گشایش ایجاد می‌شود. زاون دست بر قضا برادری دارد که با پیکان شخصی‌اش مسافرکشی می‌کند. می‌تواند با برادرش صحبت کند، شاید بخواهد و بتواند خیر کند و خدمتی بکند. از او بی‌نهایت تشکر می‌کنم «این در واقع ایدئال است، آقای زاون.» پیشنهاد می‌کنم اگر اخوی‌اش بتواند ما را صبح زود حرکت دهد، می‌توانیم پنج‌هزار تومان تقدیم کنیم. و این قیمت بالایی است، حتی در این مواقع اضطراری و بمباران.

زاون می‌پرسد: «برای هر کدام؟...»

مسیحی خیر و نیکوکاری است، اما ماشاءالله Businessman هم هست.

«باشه، برای هر کدام. ده تومن دونفری. نصفش بیعانه اینجا، بقیه در تهران. البته دربست.»

«"باله"، البته. من حالا باهاش "حارف" میزنم، ببینم وضعش چطوره، اما قولی نمیدم. بنزین الآن ده برابر قیمت دولتی‌یه. روغن ماشین حلبی هفتصد تومنه. روغن ترمز قوطی ششصد تومنه. اما حالا باهاش "حارف" میزنم ببینم چی میشه، چی نمیشه. سعی‌م را میکنم. شما تشریف ببرید اتاق. امیدوارم امشب اوقات خوبی داشته باشید. ما آدمهای خوبی هستیم. ما مثل اونها نیستیم.»

از او تشکر می‌کنم و خواهش می‌کنم یک شماره تلفن تهران برایم بگیرد. وقتی می‌گیرد و فرنگیس می‌آید روی خط، مدتی بی‌عجله با خواهرم صحبت می‌کنم. تنها چیزی که می‌داند این است که من در تبریز به یک دوست قدیمی که ناراحتی دارد کمک می‌کنم. به او می‌گویم کارها خوب پیش رفته و تقریباً تمام شده، و دربارهٔ شهر قشنگ تبریز و هوا و برف و هتل ارمنی خیلی خوب حرف می‌زنم و می‌گویم احتمالاً فردا غروب به تهران برمی‌گردم، یا حداکثر روز بعدش.

بعد از تلفن به فرنگیس، تلفن دیگری به تهران، به دوستم دکتر نصرت‌الله زرین‌نگار می‌کنم. وقتی نصرت می‌آید روی خط، انگلیسی حرف می‌زنیم. از بچه‌های خوب و تحصیل‌کردهٔ امریکا و از کارمندان قدیم شرکت نفت و بعد وزارت امور خارجه است. با وجود پاکسازی شدن و ممنوع‌الخروج بودن هنوز توی دنیای دیپلماتیک تهران چند نفری را می‌شناسد. وقتی می‌شنود که می‌خواهم ملاقاتی با یکی از اعضاء سفارت سویس داشته باشم ـ دربارهٔ یک موضوع خصوصی، مربوط به یک خانم از میشیگان، که بزودی قرار است به تهران بیاید ـ می‌گوید شاید بتواند کمک کند. می‌پرسد چه وقت؟ می‌گویم در ظرف یکی دو روز آینده باز تماس می‌گیرم.

می‌پرسد: «خودت کجایی جلال؟ تهرونی؟ صدات یه‌جوری‌یه. از کجا حرف می‌زنی؟»

«از لوس آنجلس.»

«باورم نمیشه... داری شیطونی میکنی.»

«منم باورم نمیشه. نگاه کن. دارم جدی حرف می‌زنم. اون

موضوع‌رو پیگیری کن. وقت بگیر برای پس‌فردا، هر ساعت. من فردا شب باز تماس میگیرم.»

«باشه.»

وقتی دوباره به اتاق برمی‌گردم، آنجلا حمامش را تمام کرده و روی تختخواب جلوی آینه نشسته است. کیمونوی تمام‌قد روشن بژ-نارنجی رنگ تنش است، و دارد با بروس موهایش را شانه می‌زند. امشب شکل اینگرید برگمن در فیلم «ژاندارک» است، اما یک ژاندارک مسن و واخورده با موهای بلندتر. رنگ تقریباً نارنجی روشن کیمونو، زمردی چشمهایش را تشدید می‌کند. اما زیر چشمها، هنوز حلقه‌های گودرفته وجود دارد.

هر دو خبر را به او می‌دهم. هم وسیلهٔ سواری خصوصی به تهران، و هم موضوع سفارت سویس که او می‌تواند جمعه مراجعه کند. انگلیسی حرف می‌زنیم که زبان رسمی و جدی و واقعیت‌گرا برای اوست. نفس راحتی می‌کشد، تشکر می‌کند. دستهایش را به طرفم دراز می‌کند، هنوز بروس سر توی یک دستش است.

کنارش روی لبهٔ تختخواب می‌نشینم. «خدا بخواد صبح زود حرکت میکنیم. آیا به اندازهٔ کافی قوی هستی؟»

«آره، نگران نباش. وقت زیاده.» بعد می‌گوید: «اما حالا حتماً لازمه که من پناهندهٔ سیاسی بشم، و بچپم توی سفارت سویس؟ واقعاً؟...»

«یکهو بی‌منطق شل نشو، استاد، هیچی نشده. آره... شما حالا فقط یک حموم گرفتی و کمی احساس آرامش میکنی. اما در خطری. شما اینجا را حالا نمیشناسی. و شخصاً هم در مسائل و مخمصه‌های عمیق تشریف داری! یک زن امریکایی، بدون پاسپورت، در

جمهوری اسلامی ایران که با دولت ایالات متحد امریکا نه تنها... قطع روابط سیاسی کرده، بلکه عملاً در جنگه...»

«من فقط بخاطر مهدی... اومدم اینجا... For Mehdi's sake.»

«بخاطر کی؟» کلمهٔ sake را بکار برده که در بعضی جمله‌ها القایی از تقدس دارد و حالا گیج کننده است. خودم هم خسته و منگ هستم و خوابم می‌آید.

«بخاطر پسرم، بچه‌م... بخاطر مهدی.»

«اوه.» بعد می‌گویم: «چند ثانیه‌ای نفهمیدم مقصودت کیه.»

نگاهم می‌کند. «ش‌ش‌ش. من میخوام بچه‌م رو پیدا کنم، ببینمش، و از اینجا، اگه بشه، ببرمش بیرون. بخاطر خدا ـ یا هر که می‌پرستی.»

من هم مدتی نگاهش می‌کنم. «مطمئنی مهدی یی هست؟» دربارهٔ شنیدن خبر بمباران خانهٔ پدرشوهرش حاج آقا توحیدیان در کیان پارس فعلاً چیزی به او نمی‌گویم.

«چی؟... مستی؟... منظورت چیه؟» با چشمهای تلخ و عصبانی نگاهم می‌کند.

دستش را می‌گیرم. «مرا ببخش. در سالهای اخیر در اهواز بمبارانهای شدیدی بوده. دقیقاً چند وقته که شما حتی از او خبری نداشتی؟»

«نزدیک دو سال.»

«نزدیک دو سال در جمهوری اسلامی در حال جنگ مدت زمان بسیار بسیار درازی‌یه. بخصوص در اهواز و دزفول و اونجاها که مرگ مهمان ناخوانده و متجاوز روزانه و شبانه است... با پرزیدنت صدام حسین، اونور مرز. پسر باغبون من در آبادان که بعد از شروع

جنگ هم در آبادان ماند و به بسیج مستضعفان ملحق شد، در ظرف چند ماه یک پا و یک دست و یک‌ور صورتش‌رو از دست داد.»

«اوه، جی، خواهش می‌کنم...»

رادیویش روی موج کوتاه است و ردیف بی‌بی‌سی، که برنامهٔ «سرویس جهانی» پخش می‌کند. با واقعیت وقوع بمبارانهای متعدد در شهرهای ایران توسط عراق و جنگ شدید در جبهه‌های غرب و جنوب ایران، سرخط اخبار جهان از این رادیوی جهانی این است که آیا پرزیدنت رونالد ری‌گن واقعاً "اطلاع داشت" که مشاورین امنیت "کاخ سفید"ش در تلاش معاملهٔ فروش اسلحه به ایران عمل کرده‌اند یا نه. و این سؤال که چقدر از پول سود این معامله را آدمیرال پوینت‌دکستر و سرهنگ اولیور نورث به انقلابیون «کنترا» داده‌اند، که با دولت نیکاراگوئه و دانیل اورتگا مبارزه کنند.

آنجلا آهی می‌کشد که: «من می‌خوام بفهمم...»

«دربارهٔ معاملهٔ اسلحه؟ یا دربارهٔ انجیل مقدسی که رونالد ری‌گن فرستاده؟ یا دربارهٔ شروع روابط سیاسی و دیپلماسی بین ایران و ایالات متحد؟»

«اوه، جی، بچه نشو. تو هیچوقت، هیچی‌رو جدی نمی‌گیری... دربارهٔ بچه‌م، پسرم!... من می‌خوام بفهمم بچه‌م کجاست، در چه وضعی‌یه.»

زاون خودش شام ما را، در یک سینی بزرگ، می‌آورد دم در. می‌روم سینی را می‌گیرم و از او تشکر می‌کنم. چشمک دوستانه‌ای هم می‌زند و می‌گوید شب‌بخیر. بعد از شام فقط کافی است سینی را پشت در بگذاریم. باز تشکر می‌کنم. در را می‌بندم و می‌آیم و سینی را روی میز کوچک کنار تخت می‌گذارم و بزودی هر دو با

گرسنگی شروع می‌کنیم، در حالی که آنجلا هنوز سعی می‌کند برنامه‌های انگلیسی‌زبان ایستگاههای مختلف رادیویی جهان را بگیرد و از اخبار جنگ و بمباران شهرها باخبر شود. اما هیچ یک از رادیوها خبری در این مورد پخش نمی‌کنند الا صدا و سیمای جمهوری اسلامی ایران. صدای امریکا و بی‌بی‌سی و رادیو کلن که همهٔ اخبار «ایران‌گیت» را دارند و بیشتر رادیوهای عربی‌زبان منطقه هم، من‌جمله رادیو بغداد، موسیقی عربی شاد و دنبک‌دار رقص شکم پخش می‌کنند.

شام چلوماهی است، با دیس بزرگی اوردور ماهی تون و خیارشور و زیتون و پنیر سفید با نان بربری. بطریهای پپسی انگار با یک چیز جانانه‌تری تقویت شده است، احتمالاً از کرامات آب حیات گاسپار...

خلاصهٔ اخبار آخر شب رادیو تبریز را می‌گیریم. یازده شهر ایران مورد «حملات هوایی ددمنشانهٔ دولت بعثی-صهیونیستی» قرار گرفته و تعدادی از زنان و کودکان امت شهیدپرور به شهادت رسیده‌اند و در عملیات متقابل حمله به شهرهای ایران، هفت شهر رژیم متجاوز عراق نیز مورد حملات هوایی خلبانان تیزپرواز «لشکریان شجاع اسلام» و حملات موشکی واحدهای جان بر کف «پاسداران اسلام» قرار گرفته است.

آنجلا با شنیدن این اخبار باز غمزده و سرخورده به نظر می‌رسد، بخصوص که اهواز و دزفول در میان شهرهای بمباران شده در ایران هستند. به او می‌گویم احتیاج به یک خواب حسابی دارد. از او خواهش می‌کنم آماده شود دراز بکشد و یکی دو تا از دیازپامهای خواب‌آور خودم را برایش می‌آورم، که قبول می‌کند ولی چیزی

ندارد که قرصها را با آن بخورد.

سینی خالی غذا را می‌آورم می‌گذارم پشت در. بعد از زاون فنجانی شیر گرم می‌خواهم و او فوری آماده می‌کند.

وقتی به اتاق برمی‌گردم، آنجلا روی یکی از تختها دراز کشیده، و قرصها توی مشتش است. فنجان شیر گرم را به او می‌دهم.

«بیا بزن، یک خواب حسابی، تا برای فردا صبح انرژی کافی داشته باشیم.» چراغ‌خواب کوچک کنار تخت را روشن می‌کنم و چراغ سقف را هم خاموش.

پس از اینکه قرصها را می‌خورد، فنجان را می‌گیرم، کناری می‌گذارم و پتو و ملافه رویش می‌کشم و جمع و جورش می‌کنم. دستهایش را به طرفم دراز می‌کند.

«بیا...»

«امشب فقط خواب. اون ترانه چی بود؟... BABY NOT TONIGHT»

نوری که از چراغ‌خواب کوچک، از روی میز کوتاه گوشهٔ اتاق می‌آید، به صورتش نمی‌رسد و چهره‌اش را در سایه‌روشن غمگین‌تر نشان می‌دهد.

«باید برگردم با مسیو زاون صحبت کنم ببینم دربارهٔ ماشین کذائی برای فردا صبح آخرین قرارها را گذاشته یا نه؟ زود برمی‌گردم.»

«باشه.» هنوز آستینم را گرفته است.

شانه‌هایش را به نرمی از روی پتو نوازش می‌کنم... نفس بلندی بیرون می‌دهد، که انگار یک موقعیت بحرانی بزرگ و بد را به پایان رسانده‌ایم. به فارسی می‌گوید: «یکی از غزلهای حافظ را برایم

قشنگ دکلمه کن.»

«الآن؟» خدا را شکر که نگفته از «حدیثهای کلثوم‌ننه» را دکلمه کن.

«Please» خستگی و دیازپامها و شیر گرم چشمانش را سنگین کرده است.

بهترین تقلای آبکی‌ام را با یکی دو خط از دیوان خواجهٔ رند شیراز می‌کنم. «یوسف گمگشته باز آید به کنعان غم مخور/ کلبهٔ احزان شود روزی گلستان غم مخور... / هان مشو نومید چون واقف نه‌ای ز اسرار غیب/ باشد اندر پرده بازیهای پنهان غم مخور.»

می‌گوید: «این مصرع آخر رو دوباره بگو...»

تکرار می‌کنم.

می‌گوید: «بازیهای پنهان... بازیهای پنهان غم مخور... عشق القاء میکنه، مگه نه؟ قشنگه، صدق میکنه. دیکنسون هم میگه:

وقتی می‌آید، هستی گوش می‌دهد،
سایه‌ها بی‌نفس‌اند.
وقتی می‌رود، همچون دوردستهاست
در دیدگاه مرگ...»

«شب‌بخیر... حالا بخواب، آنجلا خانوم.»

«جی، تو خانمی به اسم فریده تیلور رو در دانشگاه جورج واشینگتن میشناسی؟» صداش بیشتر خواب‌آلود شده است، اما دستم را ول نمی‌کند.

«نه... خانم فریده تیلور کی باشند؟»

«یه ایرانی لوس مهاجره که به یه امریکایی دیپلمات اسرائیلی‌الاصل شوهر کرده.»

«آنجلا گاسینسکی... بخاطر عیسی مسیح ناصری، بخواب.»

لبخند محوی می‌زند. «فریده تیلور از دانشگاه جورج واشینگتن عقیده داره که موضوع «ایران‌گیت» معاملهٔ محرمانهٔ جنگ‌افزار از طرف کاخ سفید با ایران، تغییر «قابل توجهی» در نیروهای پتانسیل درگیری «جنگ خلیج» به وجود نمیاره. این را در مصاحبه‌ای با رادیو اسرائیل می‌گفت. ما امریکایی‌های انسان‌دوست در نهایت فقط می‌خواستیم گروگان‌های عزیز را به کمک ایران، از چنگ حزب‌الله لبنان خلاص کنیم. متوجه هستی؟»

«خواب.»

«چند دقیقه باش، بعد برو.»

«چرت و پرت‌های علیامخدره فریده تیلور فعلاً به من و شما مربوط نیست.»

«من او رو تو امریکا، تو واشینگتن می‌شناختم. شما هم ممکنه از او خوشت بیاد. خوشگله.»

«چرا نگیریم یکی دو ساعت بخوابیم، آنجلا؟ جدی.»

«من حالا میفهمم ما غلط میکردیم که اخبار جنگ ایران و عراق را سرپوش می‌گذاشتیم. غلط میکردیم به عراق کمک تبلیغاتی و تسلیحاتی و غذایی میدادیم و میدیم.»

«لالا...»

«او همچنین فکر میکنه ـ یعنی فریده تیلور ـ فکر میکنه «جنگ خلیج» یه فتنه‌بازی ابرقدرت‌ها بخصوص امریکاست، برای فروش و تست اسلحه‌هایشان در خاورمیانه ـ برای دلارهای نفتی.»

لبانش را با نوک انگشتهایم می‌بندم و بسته نگه می‌دارم. بالاخره چشمهایش را می‌بندد و بعد از مدتی از اتاق بیرون می‌روم.

در دفتر زاون، با او حرف می‌زنم. قرار است برادرش ساعت هفت برای سوار کردن ما بیاید. به زاون قول می‌دهم که قبل از هفت آماده خواهیم شد. زاون می‌خواهد بداند ـ از آنجا که فقط من و خانم هستیم ـ آیا اشکال ندارد زن و بچهٔ برادرش هم با ماشین بیایند؟ خیلی بی‌طاقتی می‌کنند و می‌خواهند به تهران بروند، توی مهرشهر کرج، خونهٔ یکی از اقوام... می‌گویم اشکالی ندارد. بعد با لبخند اضافه می‌کنم «و البته چون دیگر دربست نیست باید روی هزینهٔ سفر تجدیدنظر کنیم. تخفیف؟»

«تاخفیف؟ آقای مهندس ماشین مال خودتانه. اصلاً هیچی ندید. خوب یکی چهار تومن.»

«باشه، مرسی.» چهارهزار تومان بیعانه را همانجا به زاون پرداخت می‌کنم تا به برادرش بدهد، و خیال همه راحت باشد. زاون تشکر می‌کند و قول می‌دهد حدود شش و نیم صبح ناشتای ما را به اتاق بیاورد.

وقتی به اتاق برمی‌گردم، آنجلا در خواب سنگینی فرو رفته. تصمیم می‌گیرم حمام کردن را بگذارم باشد تا تهران. کت و کفشها را درمی‌آورم، کمربند را شل می‌کنم و زیر پتویی روی یک مبل دراز می‌کشم.

صدای نفس کشیدن ملایمش راحت و خوب است. نمی‌دانم خواب مهدی‌اش را می‌بیند یا خواب روزهای میشیگانش را.

۹

اوایل پاییز سال بعد، سپتامبر ۱۹۷۵، باز او را در آن‌آربر دیدم.

از اواسط تابستان آن سال، با عود آزار مجدد مرض کلیه‌ها دست به گریبان بودم. اواخر تابستان، برای ادامهٔ معالجات باز سفری به امریکا رفتم. ـبرای بستری شدن در بیمارستان سنت‌جوزف در آن‌آربر.

آن پاییز، بجز چند روزی که در بیمارستان بستری بودم، و معاینات و تستها و تراپیها انجام می‌شد، تقریباً بیشتر مدتی را که او می‌توانست با هم بودیم. من آپارتمان بزرگتری در قسمت جنوبی جادهٔ «واشتنا» گرفته بودم که به بیمارستان نزدیک بود. روزها، بخشهایی از کتاب کذایی ‹ ابین سی. زینر به نام «طلوع و غروب دین زرتشتی» را برای دوستی به فارسی ترجمه می‌کردم. آنجلا به من در تهیهٔ مراجع و پانویسها و غیره در کتابخانه کمک می‌کرد. مثل تمام دخترهای خوب آکادمیک، کرم تحقیق در متون و پیگیری در مراجع و جر و بحث دربارهٔ کتاب را داشت. ضمناً از کار من به ترجمهٔ متون، هم حیرت می‌کرد، هم خوشش می‌آمد، چون باورش نمی‌شد من اصلاً چنین فهم و شعوری داشته باشم، یا صبر و حوصلهٔ این کار را. دیگر اینکه مطالعهٔ متنی دربارهٔ توضیح آیین زرتشتی دین ملی ایرانیان، و پژوهش در متون زرتشتی و پارسی قدیمی به زبان انگلیسی، برای اولین بار دانش و احساس عمیقی از تاریخ باستانی ایران به او می‌داد. به عقیدهٔ او این کار عالی بود. در واقع حتی پیش از آمدن من به این سفر، خودش شروع به خریدن و جمع‌آوری کتب مختلف مربوط به ایران و ایرانیان و

فرهنگ ایرانی کرده بود.

مطمئن نبودم آن سال دوست پسر یا معشوق دیگری داشت یا نه. قدر مسلم این بود که او این پاییز با دوست دختری هم‌اتاق بود. آنها آپارتمانی در همان حوالی جادهٔ «والهالا» داشتند. گرچه چند بار دعوت شدم، ولی هیچوقت به آنجا نرفتم.

شبهایی که می‌آمد و می‌ماند، باز شبهای آنجلا بود... خودش حالا دو سه دفتر اشعار داشت که نمی‌دانم برای چاپ آنها اقدامی کرده بود یا نه. وقتی از او پرسیدم گفت حوصلهٔ «تایپ» کردن ندارد و ناشرین و وکلای ادبی هم دستخط قبول نمی‌کنند. وقتی با هم بودیم از او می‌خواستم که برایم بخواند، و هر وقت می‌خواند می‌دیدم که کارش خوب است، اصیل است، و بعضی از آنها حتی تکان‌دهنده و مثل خودش تعجب‌آفرین.

در میان کتابهایی که من این سفر برایش محض تفریح و خنده برده بودم، یک جلد کتاب کوچولوی قطع جیبی جلد کاغذی و تقریباً عتیقهٔ زمان قاجار بود به نام «حدیثهای کلثوم‌ننه»، دربارهٔ آداب و سنن و اخلاق ایرانیان و دستورات و فضیلتهای شرعی و عرفی ـ که بخواند روشن شود و لذت ببرد و به اصطلاح با سایر ریشه‌های جامعه‌ای که می‌خواهد به آن بیاید آشنایی پیدا کند. گاهی بخشهایی از آن را برایش می‌خواندم و ترجمه می‌کردم، که لذت می‌برد و غش‌غش می‌زد. مثلاً بابهایی در فضیلت انگشتر به دست کردن، آداب سرمه کشیدن، فضیلت مجامعت و مباشرت با زنان، فضیلت مسواک کردن، آداب بیت‌الخلا رفتن، و در فضیلت مصافحه و معانقه یعنی دست یکدیگر را گرفتن و دست در گردن هم انداختن... عاشق کتاب شده بود.

اما در میان کتابهایی که خودش از آثار کلاسیک ادبی ترجمه شدهٔ ایران خریده بود، «شاهنامهٔ فردوسی» بود و «لیلی و مجنون» نظامی، که این دومی را بیشتر دوست داشت و دوست داشت وقتی با هم بودیم بخوانیم. من نسخهٔ فارسی «تولدی دیگر» فروغ فرخزاد را هم برایش برده بودم، آن را هم با هم می‌خواندیم من ترجمه می‌کردم و او ترجمه‌ها را در حاشیهٔ کتاب

با مداد می‌نوشت.

او آن سال مراحل پایانی اخذ درجهٔ فوق‌لیسانسش را در رشتهٔ اختصاصی تدریس زبانهای خارجه می‌گذراند، و عملاً در تلاش پیدا کردن شغلی برای سال آینده در ایران بود. نامه‌هایی به مراکز مختلف در ایران نوشته و پیشنهادهایی نیز دریافت کرده بود. آن سال پرزیدنت ریچارد نیکسون و همسرش پت به دعوت رسمی شاه و ملکه به تهران رفته بودند، و سرخط تمام اخبار رادیوها و تلویزیونهای امریکا حضور نیکسون در تهران و استقبال باشکوه از او بود. در آن سال چیزی شبیه ۶۵٬۰۰۰ امریکایی در ایران کار و زندگی می‌کردند. آنهایی که کار می‌کردند اکثراً در نیروهای مسلح ارتش شاهنشاهی، در صنعت نفت، در سازمانهای دولتی و در دانشگاهها بودند. و البته حتی در بخشهای خصوصی... آنجلا به کمک سایر آشنایان ایرانی به «انجمن ایران و امریکا» در تهران نامه نوشته بود. این انجمن تشکیلات عظیمی برای تدریس کلاسهای زبان انگلیسی در تهران و شهرستانهای عمده داشت. من به او بویژه توصیه کردم که نامه‌هایی به دپارتمانهای زبان دانشگاههای عمدهٔ ایران بفرستد. بخصوص دانشگاه پهلوی در شیراز، دانشگاه صنعتی آریامهر در تهران و دانشکدهٔ زبانهای خارجی دانشگاه تهران. خودم نامهٔ مفصلی برایش به رئیس دپارتمان زبان دانشگاه پهلوی در شیراز فرستادم، چون رئیس آن‌را می‌شناختم. این نه تنها بزرگترین دانشگاه در حال رشد ایران و زیر نظر شهبانو فرح بود، بلکه تنها دانشگاه بزرگ ایران بود که در آن زبان انگلیسی زبان تدریس کلیهٔ دروس و آزمایشگاهها بود و با دانشگاه پنسیلوانیای امریکا همکاری گسترده در زمینهٔ مبادلهٔ استاد و دانشجو داشت.

اوایل آن زمستان، قبل از اینکه با بهبودی تقریبی از مرض کلیه‌ها به آبادان برگردم، او هم اولین پاسخهای مثبت را از طرف دانشکدهٔ زبان دانشگاه پهلوی دریافت کرد. بنابراین شب کریسمس را که شب قبل از پرواز من از دیترویت به لندن و آبادان بود، به چندین جهت جشن گرفتیم. من از او خداحافظی کردم و موفقیت در آینده را برایش در هر جا که می‌شد

آرزو کردم. او را تقریباً به حال وداع همیشگی ترک می کردم، چون خیلی جوان بود، زیبا بود، تخصص داشت، زندگی خوبی در آینده در انتظارش بود.

دی‌ماه آن سال من باز به آبادان برگشتم ـ سرکار و فعالیت در مرکز آموزش فنی پالایشگاه، و یکی دو درس هم در دانشکدهٔ نفت. هنوز یک ماه نگذشته بود که در یکی از نامه‌هایش خبرهای خوب را به من داد. دانشگاه پهلوی قرارداد خدمتی با او به عنوان استادیار زبان انگلیسی بسته بود، برای سال بعد و در بیست و دوم اوت ـ یکم شهریور ـ در شیراز منتظرش بودند! حتی این نامه هم بیشتر قلمفرسایی و شعر بود ـ و همان رؤیاهای عشق. از من تشکر می کرد که این فرصت خوب و ارزشمند را برایش میسر ساخته بودم. قبل از اینکه جواب نامه‌اش را بنویسم، به فاصلهٔ دو روز نامهٔ گلکاری و گراور شدهٔ دیگری آمد، و روزی هم که جواب هر دو نامه را پست کردم، نامهٔ دیگری آمد. و این میانگین میزان مکاتبات آنجلا و من در آن سالها بود ـ سه به یک. من در نامه‌ام به او تبریک گفتم و از اوقات خوش و محبت و زحماتی که او در آن آربر برای من متحمل شده بود، تشکر کردم و نوشتم اگر از دست من برایش کاری بر می آید ملاحظه نکند. همراه نامه، یک قاب خاتمکاری نفیس با یک تابلو مینیاتور از عشقبازیها و شرابخواریهای عارفانهٔ خواجّهٔ شیراز هم برایش فرستادم. و مکاتبه ادامه یافت.

با مرور ایام، با وجود سرگرمیهای خودم در کار و زندگی در آبادان، وقتی مدتی نامه‌اش نمی آمد، حدس می‌زدم باید سرگرمی تازه‌ای پیدا کرده، یا شاید شخص جدیدی وارد زندگیش شده باشد. فکر می کردم دنبال زوج ایدئال است ـ از من که آبی گرم نمی‌شد. اما باز نامهٔ بلندبالایی با شعر و پیامی می‌رسید که از ته دل برخاسته بود. اگرچه ارتباط ما خیلی جدی و مهم نبود، به هر حال، من باعث پیوند او با ایران بودم، و او جذب ایران شده بود. خودم هم ته دلم احساسی داشتم، و مشتاق نامه‌هایش بودم، که زیباییهای منحصر به فرد او را داشت. هیچکس آنجلا گاسینسکی های این دنیا

را فراموش نمی‌کند، و وقتی یکی روی خط زندگی آدم افتاد، اثرش ماندگار است.

ماه آخر تابستان سال بعد را من در ایتالیا پیش خواهرم بودم. وقتی او بالاخره اوائل آن پاییز به ایران آمد و در شیراز در حال مستقر شدن در شهر و جا افتادن در دانشگاه و کلاسها بود، میانگین میزان مکاتبات ما به حدود پنج به یک رسید. به اصرار او، قرار ملاقاتی را هم در شیراز یا در آبادان یا در تهران به هم قول دادیم ـهر وقت هر دو توانستیم همزمان فرصتی داشته باشیم. من دوره‌های فشردهٔ گزارش‌نویسی فنی به زبان انگلیسی را تدریس می‌کردم. هم در آبادان برای مهندسین پالایشگاه و هم در اهواز برای مدیران و مهندسین ایرانی شرکت اکتشاف و تولید. پس از گذشت سه ماه از ورود او به ایران، بالاخره موفق شدیم پس از گذراندن یک دورهٔ گزارش‌نویسی من در اهواز و تعطیلات میان‌ترم او در شیراز، قرار ملاقات را در تهران بگذاریم.

او یک روز زودتر از من به تهران رفت و طبق قرار و پیشنهاد من، در هتل سمیرامیس اتاقی گرفت و تلفن کرد و فردای آن همدیگر را در فرودگاه مهرآباد دیدیم. وقتی من از پله‌های پرواز DC 10 Freindship مخصوص شرکت نفت پیاده می‌شدم، او جلوی نیمدر ورود مسافرین از باند هواپیما ایستاده بود و دست تکان می‌داد. یک بارانی آبی‌رنگ روشن تنش بود، با پوتینهای چرم سفید. در یک دستش دو شاخه رز سفید داشت و یک جلد «ایمان بیاوریم به آغاز فصل سرد» فروغ فرخزاد. دست دیگرش که آن را با شدت و حدت تکان می‌داد انگشتر کنده‌کاری نقره داشت ـبا فیروزهٔ ابواسحقی.

با یکی از تاکسیهای فرودگاه به خیابان روزولت نزدیک تخت‌جمشید رفتیم. کمی نرسیده به هتل پیاده شدیم، و جداگانه وارد شدیم. احتیاط لازم بود. من رزرویشن داشتم و پس از ثبت‌نام به طبقهٔ پنجم رفتم که او نیز اتاق داشت. ربع ساعتی گذشت و من کمی تمیزکاری کردم. روز فرو نشسته بود اما در سایه‌روشن شفق، کوههای قشنگ برف گرفتهٔ البرز از

پنجره پیدا بود. مدت زیادی طول نکشید که کسی به در اتاق ضربه زد و ثانیه‌ای بعد آنجلا آهسته لغزید تو. فقط سه ماه بود که در ایران زندگی می‌کرد، ولی خیلی چیزها یاد گرفته بود. اینجا آن آربر نبود.

آمد، و پس از مدتی که با هم دیدار تازه کردیم و من مالبرو روشن کردم و حرف زدیم، دیدم خوشبختانه آنقدری که حواسش جذب چیزهای دیگر ایران افسانه‌ای و زیباست، جذب من نیست.

اولاً عاشق شیراز شده بود. یک‌بند از شیراز حرف می‌زد. آیا می‌دانستم که شیراز طی قرنها و قرنها چندین بار عملاً پایتخت کشور پارس یا ایران بوده؟ حتی در دوران شاهنشاهی کوروش کبیر که شیراز پایتخت نبوده، و پایتخت تخت‌جمشید بوده ـ که یونانیان آن را «پرس‌پولیس» یعنی «ایرانشهر» می‌نامیدند ـ این شهر زیبا و افسونگر وجود داشته... آیا می‌دانستم کوروش کبیر، بنیانگذار دودمان هخامنشیان امپراتوری بزرگ «پرشیا» را بیست و پنج قرن «پیش» از تاریخ امریکای ابرقدرت در جهان گسترش داده بود؟ خرابه‌های تخت‌جمشید هنوز در شمال شیراز وجود داشت و خیلی قشنگ بود ـ اگرچه کمی غمناک و ملال‌آور... ولی عظمت نشان می‌داد. یک روز جمعه بعدازظهر رفته بود و آنجا را دیده بود. در آن موقع هنگام غروب، منظرهٔ خورشید طلایی که در افق نارنجی فرو می‌رفت، چه پانورامای عظیمی را به یادگار نشان می‌داد! این منظره او را، به نحوی، به یاد منظرهٔ «خورشید در حال طلوع» روی دستهٔ صندلی ریاست در «سالن استقلال» در فیلادلفیا، و آغاز ایجاد دولت ایالات متحد امریکا انداخته بود، که خودش در بچگی با «مامی» و «ددی» رفته و دیده بود. در آن سالن، روی آن صندلی، جورج واشینگتن نشسته بود و اولین جلسات استقلال امریکا را رهبری کرده بود! اما تخت‌جمشید بهتر بود، عظیم‌تر بود، گرچه عظمتی بر باد رفته، که کمی دلتنگی می‌آورد. نام شیراز در کتیبه‌های تخت‌جمشید هم زیاد آمده بود ـ آیا این را می‌دانستم؟ نه، نمی‌دانستم. من فقط یک معلم زبان فنی و گزارش‌نویسی فنی و بازرگانی بودم که شخصیت خام داشت... اوه، نباید با همه چیز شوخی کنم. در حقیقت شیراز

مرا به یاد او می آورد. و چه شهریت زیبایی داشت، در همه جا. و چه باغهای بسیار بزرگ و قشنگی در اطرافش. آیا می‌دانستم شیراز دو تا رودخانه داشته ـ یعنی هنوز دارد؟ خوب، رودخانه‌های خیلی خیلی بزرگی مثل می‌سی‌سی‌پی و میسوری و اینها نیستند، یا حالا نیستند، و در واقع خشک بودند، اما خوب بودند. و مردم شیراز... مردمش خیلی خوب و مهربان و گرم و ادب‌دوست و فرهنگی بودند. آیا من حقیقتاً می‌دانستم که کوروش در واقع اولین دولت جهانی را در تاریخ تمدن «جهان»، در دنیای آن روز به‌وجود آورده بوده؟ یعنی یک دولت ایرانی که چندین کشور دیگر جهان، از مشرق به مغرب، از هندوستان تا مقدونیه و از شمال به جنوب از ارمنستان تا بین‌النهرین و مصر و اتیوپی را در تحت حکومت خود داشته؟... واووو، چه روزهای جلال و عظمتی...

واقعاً سر آدم را می‌خورد. پرسیدم:

«شبهای باعظمت شیراز چی؟» سیگار دیگری روشن کردم و موضوع را عوض کردم. «چطوره لباس بپوشیم بریم یک شامی هم بزنیم.»

«هوم؟ مقصودت چیه ـ شبهای شیراز؟»

«شبهای شیراز هم مثل شبهای آن آربر «پانوراما» داره؟»

«اوه، جی! س‌س‌س... در شیراز همه خوب و مهربان و گرمند.»

«تا حالا دوستی چیزی پیدا کردی؟...»

«البته. راستشو بخوای، من از شیراز و از دوستانم خیلی لذت میبرم، از خانواده‌ای شیرازی که پیششان اتاق دارم و غذا میخورم خیلی راضی و خوشحالم. اونها پدر و مادر یکی از دانشجوها هستند.»

«پسر یا دختر؟»

«اوه، جی! چقدر اذیت میکنی. البته که یک دانشجوی دختر... آنها خیلی هم خوب و محافظه‌کارند، در حقیقت باشخصیت و بافرهنگند، مسلمان خوبی هم هستند. پدرشان مدیر یک دبیرستانه. مادرشان از کارمندان ادارهٔ آموزش و پرورشه. سه تا دختر دارند. همه‌شان، مثل مادرشان باحجاب بیرون میروند، یعنی روسری، نه چادر. حقیقتش را بخوای، من در خانهٔ آنها

احساس میکنم که برای اولین بار در جایی، یعنی در خانواده‌ای زندگی میکنم که بین افرادش محبت و یگانگی و خوبی است... زن و شوهر هر دو اهل آموزش و مطالعه‌ن. کتابخوانند.»

«کتاب «حدیثهای کلثوم‌ننه»رو هم دارند؟»

نگاهم کرد. «فکر نکنم...» لبخند زد و به نرمی بازویم را نیشگون گرفت.

«خوب این یک چیز رو ثابت میکنه.»

«چی؟»

«که عشق‌مشق خبری نیست.» انگشت سبابه‌ام را به نرمی سر دماغش گذاشتم. «به همین دلیل نیست که دنبال من پیرمرد افتادی و پناهنده شدی به سمیرامیس؟»

«آخ، جی...» به شوخی گلوی مرا گرفت و فشار داد. و این کافی بود که یکی دیگر از صحنه‌های شاعرانه‌ـاحساسی به سبک خودش را داشته باشد.

سه روز در تهران بودیم و اوقات خوب و مطبوعی گذشت. روزها را در کتابخانه‌ها و موزه‌ها و پارکها می‌گذراندیم. شبها بهتر بود.

عید همان سال باز همدیگر را در تهران ملاقات کردیم. این بار هم فقط سه روز با هم بودیم، چون او قرار بود برای تعطیلات نوروزی با دو سه نفر دیگر از اساتید همکار امریکایی به آتن برود. من هم می‌خواستم به آبادان پیش خواهرم برگردم، چون شوهرش به تازگی فوت شده بود. این بار در هتل دربند بالاهای تجریش ملاقات کردیم، عملاً توی کوههای البرز با شاخه‌های کاج و جوانه‌های تازهٔ چنار پشت پنجرهٔ اتاقمان.

۱۰

صبح، گرچه برف بند آمده، اما هوای تبریز سرد و یخبندان است و لرزه به مغز استخوان می‌اندازد. خیابانها برف پوشیده و یخ‌زده است.

برادر زاون زود می‌آید و ما بعد از ناشتا و قبل از اینکه آفتاب بزند، حرکت می‌کنیم، تا به تاریکی و ترافیک اتوبانهای شب در تهران برنخوریم. اسمش نوریک و به قول خودش یک رانندهٔ نیم‌حرفه‌ای است. هم در یک گاراژ مکانیکی کار می‌کند هم بطور نیمه‌وقت برای یک آژانس تاکسی. جوان بیست و هفت هشت ساله و ریزه‌ای به نظر می‌آید، اما پیکانش خوب و قبراق است، با یخ‌شکنهای نو، بخاری خوب، و سی لیتر بنزین زاپاس. زن و یک بچهٔ کوچکش را هم آورده و آنها را روی صندلی جلو روبروی خودش نشانده، که بزودی بچه به خواهش آنجلا می‌آید عقب پهلوی او، تا جلوی دست نوریک هم گرفته نشود. دخترک سه سالهٔ قشنگی است به اسم ماریا و آنجلا فوری عاشق او می‌شود و همه چیز ظاهراً روبراه است.

نوریک جادهٔ کمربندی طرف جنوب را می‌آید و بالاخره از جلوی ترمینال وارد جادهٔ میانه-تهران می‌شود، که در پنج شش

کیلومتری آن، صفهای بسیار طویلی از لاری و کامیون و اتوبوس و مینی‌بوس و پیک‌آپ منتظر سوخت کنار پمپ‌بنزینها صف کشیده‌اند.

بزودی توی جادهٔ میانه هستیم و من چشمم به کنار جاده است و منتظر گذشتن از محل پاسگاه پلیس و ایست بازرسی پاسداران، و غیره. ولی فقط پلیس راه است، آن هم برای اتوبوسها، بنابراین به خیر می‌گذرد. برعکس دیروز، امروز آسمان باز و روشن و آفتابی است، و جاده، به علت ترافیک زیاد نسبتاً خشک. خورشید تمام دشت برف پوشیده را چون بستری از کریستال زرق و برق می‌دهد. به آنجلا نگاه می‌کنم که با ماریا دل داده و قلوه گرفته است، و ظاهراً تمرین فارسی می‌کند. فارسی دختر کوچک ارمنی از لحاظ لهجه و جملات شکسته‌بسته شبیه لهجه و جملات فارسی خود آنجلا است، بنابراین با هم جورند. تکیه می‌دهم و می‌گذارم سرگرم باشند.

حدود ساعت ده از شهر کوچک میانه عبور می‌کنیم، با خیابانهای عریض و دکانهای بیشتر یک‌طبقه و قدیمی. وقتی به آنجلا می‌گویم که از چه شهری عبور می‌کنیم، حرف زدن با ماریا را قطع می‌کند و می‌خواهد اگر ممکن است توقف کنیم تا او منظرهٔ مدرسهٔ دخترانه‌ای را که گفته بودم عراقیها بمباران کرده‌اند ببیند. کجاست؟ بعد از اینکه از دو سه پاسبان و عابر سراغ می‌گیریم، ما را به یکی از خیابانهای فرعی نه چندان دورتر از میدان انقلاب راهنمایی می‌کنند و صحنهٔ هولناک و دلخراش را از دور می‌بینیم. نوریک سعی می‌کند به محل ساختمان مدرسه نزدیک شود، اما دور ساختمان را با طناب و محافظ و ماشینهای امداد بسیج محاصره کرده‌اند. در مورد تمام محلهای اصابت بمب و موشک روال عادی کار همین

است ـ برای بیرون آوردن اجساد، تعیین میزان خسارت، محافظت از محل. آنجلا می‌خواهد که پیاده شویم، جلو برویم، نگاهی بیندازیم، شاید عکسی هم بگیریم. منصرفش می‌کنم، چون ممنوع است... نوریک هم جلوتر نمی‌رود. در واقع آنچه از ساختمان مدرسه باقی مانده چیزی نیست جز تلی از خاک و آوار و دیوارهای مخروبه.

در جادهٔ زنجان آنجلا تا مدتی ساکت و مات است. انگار فکر مدرسهٔ بمباران شده از سرش بیرون نمی‌رود. اما بعد دوباره با ماریا شروع به صحبت می‌کند. برای ماریا قصه‌های «سیندرلا» و «پیتر پان» را تعریف می‌کند، و آب و تابی افسانه‌ای به آنها می‌دهد. نمی‌توانم بفهمم که آیا این نشخواری است از سال‌های مادر بودن خودش در اهواز، یا یادآوری زمان عتیقی از دوران سه‌سالگی خودش در لنسینگ میشیگان. بچهٔ سه سالهٔ درون او هر از گاه قل می‌زند و بیرون می‌آید، گاهی خوب و لذتبخش، گاهی ترسیده و غمزده. شاید هم مرگ‌زده.

او با ماریا سرگرم است و من تنها، بیابان برف پوشیده را تماشا می‌کنم. هم می‌خواهم سعی کنم و فکر کنم که آن شب در تهران چکار باید بکنیم و او را کجا ببرم، هم نمی‌خواهم، ایده‌ای ته مغزم هست، می‌گذارم فعلاً باشد. تکیه می‌دهم و می‌گذارم آنجلا با ماریا بازی کند و خودم برای سرگرمی دست دراز می‌کنم و کتاب داستانی فارسی فسقلی و کوچکی را که مال آنجلا و کنار دستش است برمی‌دارم و نگاهی به آن می‌اندازم. این را روز اول ورودش به خاک ایران در کیوسک کتاب و مجلهٔ «بنیاد شهید» در سالن مرز بازرگان خریده است. از این کتاب‌های هفتاد هشتاد صفحه‌ای قطع جیبی است با جلد مقوای سفید، دربارهٔ تقدس و فضائل شهادت و

عشق و خون. روی جلد، تصویر تمام‌قد دختر معلول جوانی است با چادر و کلاشینکف. دخترک با چادر و مقنعه است و یک پا ندارد. لالهٔ سرخ قشنگی روی تمام صفحهٔ جلد سوپر ایمپوز شده و اسم کتاب «عشق: کارنامهٔ یک زندگی» است. نظیر همهٔ شرح‌حالها و بیوگرافیها و خاطره‌نویسیهای ساده و خام و دست‌اول برای فرهنگ شهادت و عشق شهادت است که این روزها همه جا دیده می‌شود. زیر نام اصلی کتاب، با حروفی ریزتر، نوشته شده: «خاطرات و آخرین وصیتنامهٔ یک دختر مبارز بسیج.» روایت به زبان اول شخص مفرد است. انگار با خودش حرف می‌زند ـ همانطور که آنجلا را جذب کرده بود. می‌گفت آن را چند بار وقتی در زیرزمین کلیسا تنها بود خوانده است، و دوستش دارد. دخترک راوی در یکی از اردوگاههای بسیج در گیلانغرب اسکان یافته و اگرچه معلول است، در آنجا کار می‌کند. روایت می‌کند که چگونه پنج برادر بزرگترش به شهادت رسیده‌اند، و چگونه خودش نیز از دوران طفولیت عاشق اسلام بوده و اکنون هم عاشق شهادت شده و زندگانیش را وقف خدمت به رزمندگان کرده است. اسمش صغرا است.

در کتیبه‌ای پیش از شروع داستان، صغرا پاراگرافی از یک کتاب (که نام نبرده) دربارهٔ «حوا» آورده است که احتمالاً معنا و تز کتاب زندگی خودش را القاء می‌کند: «اولین زن عالم حوا «جفت» حضرت آدم علیه‌السلام بود، اگرچه نام او در کتاب آسمانی نیامده است. او با گناه مشترک از بهشت اخراج گردید، چون او به آدم شراب داد و آدم را به خوردن میوهٔ ممنوعهٔ دانش تحریک کرد. ده مکافات بر حوا حکم شد. از جمله خونریزیهای ماهانه، آبستنی، دردهای زایمان و غیره. تنها رحمت او در این بود که اگر هنگام

زایمان بمیرد، جزو شهداء به بهشت خواهد رفت...» صغرا فصل اول کتابش را اینطور شروع کرده:

من صغرا دختری از استان تاریخی خراسانم. تاریخ تولدم روز یکم ماه محرم‌الحرام، ماه پیروزی خون بر شمشیر است، یا اینچنین در شناسنامه‌ام ثبت شده است. محل زادگاهم دهکده‌ای در حومهٔ شهر مقدس مشهد است، که شهادتگاه حضرت موسی‌الرضا امام هشتم شیعیان جهان می‌باشد.

من هفتمین بچه و اولین دختر خانواده بودم. بنابراین عزیز بودم. پدرم که خدایش غریق رحمت فرماید، گوسفندچران بود. مادرم نیز که خدایش رحمت آسمانی و پناهگاه فرشتگان نصیبش فرماید در سن ۲۵ سالگی از این جهان رخت بربست، شبی که آخرین پسرش، یک طفل مرده به دنیا آمده را زایید. در آن تاریخ من سه سالم بود.

ناهار را در اوایل خیابان بولوار ورودی شهر تاکستان می‌خوریم و اوایل بعدازظهر است که وارد اتوبان قزوین-تهران می‌شویم. من با آنجلا به تفصیل و با تجزیه و تحلیل دربارهٔ آن شب و برنامه‌مان بعد از ورود به تهران صحبت می‌کنم. به انگلیسی حرف می‌زنیم -بعد از اینکه می‌پرسم و مطمئن می‌شوم کسی جز او و من در ماشین نمی‌فهمد. بهترین جا برای او سفارت سویس در تهران است، که امن و راحت است و معقول‌تر. من می‌توانم با دوستم زرین‌نگار تلفنی صحبت کنم و مطمئن هستم او قراری با یکی از کارکنان سفارت سویس گذاشته است. یک راه دیگر برای امشب، ماندن در آپارتمان

ماست. اما این کار وقت می‌خواهد، تا من خواهرم فرنگیس را آماده کنم... او ناراحتی قلبی دارد، سیاتیک دارد، دوستانی دارد که می‌آیند و می‌روند. اخیراً هم با تشدید جنگ و ناراحتیهای عصبی حال خواهرم تنش‌دار است. آوردن ناگهانی و مخفی کردن یک زن امریکایی بی‌پاسپورت به خانهٔ کوچک او، کمی زیاد است. خطر هم دارد. آنجلا هم مطمئن نیست که این را می‌خواهد. بخصوص این روزها، با افشاء موصوع «ایران‌گیت» و مک‌فارلین و اولیور نورث و جنگ تبلیغاتی امریکا، وضع زیادی حساس است. گذرنامهٔ او ممکن است هم‌اکنون در دست مقامات اطلاعاتی افتاده باشد. بنابراین، سفارت سویس کلام آخر به نظر می‌رسد.

اما تازه به اتوبان کرج-تهران رسیده‌ایم که ناگهان آنجلا دستم را می‌گیرد و خواهش کذائیش را از من می‌کند.

«جی، خواهش میکنم یکی دو شب به من وقت بده، فکر کنم.»

«یکی دو شب؟ که به چی فکر کنی؟»

«خواهش میکنم، یک شب، دو شب. هر جور خودت صلاح میدونی. من واقعاً باید کمی فکر کنم. میدونم غلطهایی کرده‌م. اما الآن میخوام به بچه‌م و به اوضاع کمی فکر کنم.»

«شما غلط نکردی. شما بخاطر پسرت اومدی. شما همسر یک استاد شهید هستی، منتها گیر کردی و بدشانسی آوردی. خودت خواستی که بخاطر عزیزت جان خودت را تا سرحد رنج و مرگ به خطر بندازی...»

آهی می‌کشد، می‌گوید: «میدونستی توی آلمان، راننده‌هایی رو که بیشتر از سه تا خلاف در حال حرکت میکنن و در گواهینامه و پروندهٔ کامپیوتری ادارهٔ راهنمایی و رانندگی‌شون ضبط میشه مجبور

می‌کنند چکار کنند؟ مجبور می‌کنند بروند یه تست بلاهت Idioten تست بدهند... یک نفر باید به من با آن چیزهای ابلهانه‌ای که نوشتم و بخاطر آمدنم به ایران در این برهه از زمان برای پیدا کردن بچه‌م Idioten تست بده.»

«درست میشه.»

«ولی جی، فقط یکی دو شب میخوام بمونم، بعد ببینم چه باید کرد. بگذار فکر کنم و راههایی را که دارم بررسی کنم. میدونم سخته. میدونم اینجا آن آربر نیست. اما خواهش میکنم.»

«من با فرنگیس زندگی میکنم. در یک آپارتمان دو اتاق‌خوابه. در این شرایط جنگی، وارد کردن یک خانم مسن با ناراحتی قلبی و مرض سیاتیک در این ماجرا کمی وقت میخواد. ما در طبقهٔ دوم ساختمان چندطبقه‌ای زندگی می‌کنیم که بالا و پایین ما مردم جورواجور زندگی میکنند. مردم حرف میزنن و میخواهن سر از همه چیز دربیارن. شبها که آژیر «وضعیت قرمز» میزنن و بمباران میشه، همه باید بریزیم توی زیرزمینی که زیر پارکینگ و به اصطلاح پناهگاهه. حضور شمارو چگونه توضیح بدیم؟»

آهی می‌کشد. «نه... او را فعلاً بگذاریم کنار. میفهمم. هتل چطوره؟»

«هتلها و مهمانخانه‌های پایین شهر که اصلاً اعتبار ندارن. هتلهای بزرگ هم برای ثبت‌نام مدرک شناسایی عکس‌دار میخوان. من ساکن تهرانم. نمیتونم آدرس دروغ در دفتر ثبت هتل وارد کنم.»

آه بلندی می‌کشد. «جی، من نمیخوام حتی یک ثانیه از تو دور باشم.» مضطرب و واخورده به نظر می‌رسد.

«نگران نباش... درستش میکنم. من یه ایده‌ای هم دارم.» بعد از

مدتی می‌گویم: «اگر هیچ جا نشد، میتونی توی یک اتاق-انباری که در زیرزمین ساختمان داریم یکی دو شب بمونی. زیاد بزرگ نیست، اما مفروشش کردیم و مقداری خرت و پرت توش گذاشتیم. برای شبهای بمبارون.»

«اوه... چه خوب.»

روز کوتاه زمستانی به غروب رسیده است و ما حالا وسط ترافیک نزدیکیهای تهران در آزادراه کرج-تهران هستیم. پس از گذشتن از ایست عوارضی، از اتوبان جلال آل‌احمد و خیابان شهید گمنام، نوریک را راهنمایی می‌کنم و از خیابانهای یوسف‌آباد و شهید مطهری وارد جادهٔ قدیم می‌شویم.

شب فرو آمده است که از او خواهش می‌کنم ما را به اوایل خیابان تکش برساند تا ما زحمت را کم کنیم. مسافرت خوبی از آب در آمده است، چون او به هرحال هم پسر خوبی است و هم رانندهٔ بسیار خوبی بوده. بقدری نرم و آرام ما را آورده رسانده که حالا علاوه بر بچه‌اش زنش هم در خواب است. پس از عبور از یکی دو خیابان فرعی برف‌زده ما را به سر خیابان تکش می‌رساند.

نرسیده به ساختمان خانه از او می‌خواهم یک گوشهٔ خلوت خیابان نگه دارد و ما را پیاده کند. بدون حرف قبول می‌کند. ما پیاده می‌شویم و من ساکهایمان را بیرون می‌آورم. زن و بچهٔ نوریک هم بیدار شده‌اند و وقت خداحافظی است. نوریک تعارف زیادی می‌کند، ولی بقیهٔ پول را می‌گیرد، و اصرار زیاد که اگر خدمت دیگری از او برمی‌آید بفرمائیم. دست او را می‌فشرم. آنجلا هم با زن و بچهٔ او ماچ و بوسهٔ ایرانی‌بازی و خداحافظی می‌کند.

آنجلا رویش را سفت توی روسری سرمه‌ای پوشانده است و ما

صحبت‌کنان با ساکها سرازیری کوچه را می‌آییم پایین. سر شب کوچه همیشه خالی است، بخصوص این شب سرد زمستانی و برفی. هم در پارکینگ باز است و هم در بیرونی ساختمان. با نوک پا و آرام می‌آییم. من نگاهی می‌اندازم و می‌بینم ادریس معلول، که حالا مستخدم و دربان ماست، در اتاقک ته پارکینگ، روی یک پای مشهورش، مشغول اقامهٔ نماز است.

آنجلا را به آرامی از پله‌های زیر پارکینگ به قسمت زیرزمین می‌برم. طبقهٔ زیرزمین، علاوه بر یک اتاق-انباری برای هر واحد آپارتمان، یک آپارتمان بزرگ هم در قسمت جلو دارد، که متعلق به یک تیمسار پیر بازنشستهٔ فسیل و زن پیر و چلاق او است که به‌ندرت از خانه بیرون می‌روند، یا کسی جز پسرشان پیش آنها می‌آید. شانس اینکه در آن لحظه در آپارتمان آنها باز شود یا چیزی بشنوند، یک در میلیارد است. بالاخره آنجلا را به سلامت و بدون اینکه کسی ببیند وارد اتاق-انباری شماره ۲ می‌کنم که متعلق به ماست و تنها کلیدش هم دست خودم.

کل ساختمان چهارطبقه مسکونی-تجاری است. طبقهٔ اول ساختمان دفتر یک شرکت است که شبها پیداشان نیست. طبقهٔ سوم و چهارم را هم اخیراً دو تا زن و شوهر جوان و لوس پولدار تهرانی گرفته‌اند که از بمباران زهره‌ترک می‌شوند و اغلب در مواقع حملات هوایی به تهران، می‌ریزند توی زیرزمین، یا فرار می‌کنند پیش پدر و مادرشان، یا خارج از شهر. فرنگیس و من طبقهٔ دوم هستیم. اتاق-انباری زیرزمین‌مان را این دو سه ساله کمی مرتب کرده‌ایم -برای سکونت در مواقع اضطراری. یک قالیچه و حتی مقداری وسائل خواب و رادیو باطری و فلاسک آب و حتی مقداری

خوراکی و کتاب و مجله هم گذاشته‌ایم، و شبهای بد بمباران و آژیرهای متعدد «وضعیت قرمز» را در آنجا به عیش و طرب می‌گذرانیم.

آنجلا را به آرامی داخل اتاق-انباری می‌برم و در را می‌بندم. با دست اشاره می‌کنم که بنشیند و استراحت کند. با صدای یواش می‌گویم: «سمیرامیس نیست... متأسفم.»

می‌گوید: «خیلی هم خوبه. متشکرم.»

«شما بنشین، استراحت کن، یا با کتاب و مجله سرتو گرم کن، تا من برگردم. این بخاری برقی کوچک هم هست، روشن میکنیم.» پریز آن را وصل می‌کنم. «من یک سر برم بالا، پیش خواهرم. بعد برمیگردم.»

«مرا اینجا تنها میگذاری؟» سؤال جدیی نیست.

«شما اینجا در امانی، مطمئن باش. در را از تو قفل کن. وقتی برگشتم سیگنال در میزنم و یواش صدات میکنم. فوقش یکی دو ساعت طول میکشه تا برگردم. میخوام ببینم فرنگیس چه کارهایی داره. میخوام احساس کنه وضع عادی‌یه. باید داستانی هم برای دیشب و برای امشب که پیشش نیستم جور کنم. تلفنی‌م باید به دوستم دربارهٔ سفارت سویس بزنم. دربارهٔ آمدن تو هم به ایران میخوام با فرنگیس حرف بزنم، آماده‌ش کنم.»

«اوه، ای کاش میتونستم او رو ببینم.»

«الآن یکهو نه. گفتم که باید او را آماده کنم. برای اعصابش و قلبش خطر داره. اما آماده‌ش میکنم. اول بذار خودم از گیجی و شوک دربیام. وقتی برگشتم یک فلاسک قهوه و چیزی هم برای سق زدن میارم. بعد میشینیم حرف میزنیم.»

«جی، آیا این وضع و این کارها برای شما واقعاً خطری نداره؟ من نمی‌خوام برای تو و او خطر یا ناراحتی ایجاد کنم.» قوطی سیگارش را درمی‌آورد.

«آروم باش.» به نرمی دستش را فشار می‌دهم. «ضمناً استاد آنجلا گاسینسکی، یا خانم مریم آریان، محل اقامت شما منطقهٔ «سیگار کشیدن ممنوع» است ـ مثل تمام قبرها.»

«نکشم؟»

سرش را از روی روسری نوازش می‌کنم. «یکی دو تا اشکال نداره، بیشترش ممکنه دود از زیر در بره بیرون و این تیمسار بازنشسته و زنش رو که این پایین آپارتمان دارند به وحشت بندازه. اینجا تهویه نداره.»

نگاهم می‌کند، اما لبخند می‌زند. «توالت چی؟»

«آها، توالت... این میتونه کمی مشکل اساسی و بین‌المللی باشه... اما یک مستراح ایرونی کوچک اون ته هست، برای «دست به آب» و رفع حاجت... میدونی دیگه، توالت روی زمین، آفتابه، دست‌ـ‌به‌ـ‌آب... الآن باید بری؟»

«الآن نه، متشکرم. شما هم لازم نیست امشب کمدی بشی، جی. من از این توالتها قبلاً هم استفاده کرده‌م. خیلی هم خوبند.»

«خیلی خوب. بنابراین خوش آمدی به پرشیای عزیز و خاطره‌ای.»

«جی، خواهش می‌کنم!»

«مواظب باش.»

تنها کلید اتاق‌ـ‌انباری را که توی دسته کلید خودم است درمی‌آورم و به او می‌دهم. «در را از تو قفل کن. برای گوش کردن

به رادیو هم میتونی از گوشی استفاده کنی، که هست. اگر احیاناً آژیر «وضعیت قرمز» زدند و صداش‌رو هم از رادیو شنیدی، ممکنه صدای پاهایی هم بشنوی، چون خانواده‌های طبقهٔ سوم و چهارم، اگر باشند، ممکنه چند دقیقه‌ای بریزن پایین، بمونن تا «وضعیت سفید» شه. به هر حال اگر شنیدی آمدند ساکت باش. حتی ممکنه اگر به همین زودیها آژیر بزنن من و فرنگیس هم بیاییم پایین. اما توی اینجا نمی‌آییم. اگر آمدیم ممکنه صدای ما رو بیرون در بشنوی.»

آهی می‌کشد. «خیلی خوب، خیلی خوب. نمیترسم.»

«باریکلا... و در اینصورت تو تنها موجودی هستی که نمیترسه.»

فرنگیس تنها نشسته است، اخبار تلویزیون را تماشا می‌کند. او را می‌بوسم. سلام و احوالپرسی می‌کنم. می‌گوید حالش خوب است. می‌پرسد قبل از شام حمام می‌گیرم؟ می‌گویم شاید یه حمام بگیرم ولی شام باید بروم بیرون، یکی از دوستان قدیمی احتیاج به کمک دارد. و احتمالاً تمام شب را بیرون می‌مانم. چیز مهمی نیست.

تلفنی برای من نشده است. تلویزیون تشییع جنازهٔ دسته‌جمعی شهیدان دزفول را نشان می‌دهد. می‌پرسم امروز تهران بمبی چیزی نبوده؟ سرسری می‌گوید که حدود ساعت ده دو تا زدند. شنیده است یکی انگار حوالی خیابان کریمخان و یکی هم میدان فردوسی بوده. چیزی نبوده. درست می‌شود. هر سال این موقعها حوالی دههٔ فجر جنگ شدت می‌گیرد. به آشپزخانه می‌روم، یک فلاسک نسکافهٔ شیرین/احیا شده با محلول مولتی‌ویتامین آشوت درست می‌کنم برای پایین، با مقداری بیسکوئیت و پنیر و میوه و باطری و آسپرین.

دارم خرت و پرتها را توی کیسهٔ پلاستیک سیاه و توی کیف سامسونایتم می‌گذارم که صدای انفجار شدیدی می‌آید، با موج انفجار بدتری که ساختمان را، و بطور شدیدتری چارچوب فلزی پنجره‌ها و شیشه‌ها را می‌لرزاند. فوری به اتاق نشیمن برمی‌گردم. فرنگیس مثل برق‌گرفته‌ها ایستاده، ماتش برده، دارد امن یجیب می‌خواند. به طرفش می‌روم، دست دور شانه‌هایش می‌اندازم و می‌پرسم میل دارد برویم پایین؟ می‌گوید فعلاً نه... حالا صدای آژیر «وضعیت قرمز» هم از تلویزیون پخش می‌شود، و ضدهواییها هم شروع کرده‌اند.

«نزدیک نبود... اما صدا و موج انفجار بدی داشت.»

می‌گویم: «شاید دیوار صوتی بوده.» اما حق با اوست، بمب و موج‌انفجار است. بعد تا مدتی خبر دیگری نمی‌شود الا صدای ضدهواییها... این تقریباً طرح همیشگی دشمن است: یک یا دو ضربه، و بعد فرار.

پیش خواهرم می‌مانم تا آژیر «وضعیت سفید» کشیده شود. تلفنی هم به زرین‌نگار می‌زنم. به انگلیسی صحبت می‌کنیم. می‌گوید قراری گذاشته. شماره تلفنی هم به من می‌دهد. همه چیز OK است. می‌توانیم هر وقت می‌خواهیم برویم. فقط یک ساعت قبلش باید زنگ بزنیم. یک نام ایرانی و شماره تلفنی هم به من می‌دهد.

چند دقیقهٔ دیگر هم آن اطراف می‌پلکم، سیگاری روشن می‌کنم، با فرنگیس حرف می‌زنم تا حدت بمباران بگذرد. با او چند کلمه‌ای از یک دوست امریکایی قدیمی، خانم آنجلا گاسینسکی که بعد خانم توحیدیان شده بود صحبت می‌کنم، که سالها پیش در آبادان دو سه

بار ملاقات کرده بودیم. به اطلاعش می‌رسانم که اخیراً به ایران آمده، و دنبال بچه‌اش می‌گردد. بچه‌ای که بعد از مرگ شوهرش، خانوادهٔ اهوازی شوهرش از او گرفته‌اند و شنیده‌ام بچه احتمالاً در بمباران خانهٔ پدرشوهرش در اهواز کشته شده، اما او نمی‌داند. ممکن است فردا پس‌فردا از او خواهش کنم بیاید اینجا و تجدید خاطره‌هایی بشود. فرنگیس می‌گوید که به نظرش این کار بسیار خوب و فکری عالی و محبت بزرگی است. می‌گویم شاید یکی دو روزی بیاید اینجا پیش ما، اما موضوع آمدن او باید مخفی بماند و مثلاً به عنوان یک خانم ارمنی اهل آبادان باشد. می‌گوید البته؛ خوشحال می‌شود. برای اینکه وضع و حال را نرمال و آرام جلوه بدهم، درینک کوچکی با مولتی‌ویتامین و غیره درست می‌کنم و می‌روم توی حمام، وان آب را پر می‌کنم، لخت می‌شوم، چند دقیقه‌ای وسط آب گرم دراز می‌کشم.

۱۱

تابستان سال بعد، از اوائل تیرماه به لنسینگ برگشت و یکدیگر را ندیدیم تا آذرماه همان سال. در این مدت نامه‌های کمتری می‌آمدند، بطوریکه گاهی فکر می‌کردم مرا به حال خودم گذاشته و فراموش کرده. ولی از شهریور که برای آغاز سال دوم قراردادش به ایران برگشت، باز میزان نامه‌ها بالا رفت. اصرار داشت سفری به آبادان بیاید و «آن قسمت زیبای ایران» را ببیند و من ترتیبش را دادم. به او هیچوقت نمی‌شد گفت نه. من که نمی‌توانستم.

اکنون تمام نامه‌هایش را تایپ می‌کرد که این، هم برای من مایهٔ تسکین خاطر و روح بود، هم تغییراتی عجیب و واقعیت‌گرا و جدی را در او نوید می‌داد... دیگر مجبور نبودم دستخط زیبا ولی کتیبه‌ای و همچون تارهای ابریشم و پر طمطراقش را ساعتها با رمل و اسطرلاب کشف معنا کنم، که گاهی خیلی اسرارآمیزتر از هنر نقاشیخط خطاطان کشور گل و بلبل خودمان بود. حرف خیلی مهم نبود، زیبایی خیلی مهم بود. برای آنجلا اکنون حرف مهم بود، زیبایی خیلی زیاد مهم نبود. اما شعرها هنوز وجود داشتند، چون آنجلا گاسینسکی وجود داشت. و عشق... که حرف آخر بود. کاغذهای قشنگ و گلاسهٔ کلفت و شیک هم هنوز بود، با گلهای گراور شده در نسج کاغذ، که از امریکا آورده بود و روی آنها تایپ می‌کرد، و می‌خواست بیاید خوزستان افسانه‌ای و جزیرهٔ آبادان و خرمشهر و اروندرود و اگر شد شوش و «بین‌النهرین»! را ببیند ـ که شنیده بود مردمش

خوبند، گرمند، ولی سختی تاریخ و روزگار را هم کشیده‌اند. می‌خواست بیاید سرزمین آفتاب درخشان ایران و زرتشت و خلیج فارس را ببیند...

در شیراز، او تقریباً بطور کلی و به راحتی در ایران و با زندگی ایرانی-امریکایی آکادمیک، جا افتاده بود؛ که البته غیرمنتظره هم نبود. به کلاسهای زبان فارسی می‌رفت و از زبان فارسی «استفاده می‌کرد»، و خوب هم پیشرفت کرده بود.

اما خواهرم فرنگیس آن پاییز هنوز در آبادان زندگی می‌کرد تا دخترش ثریا دبیرستانش را تمام کند. آنها در خانهٔ ۴۰۳ زندگی می‌کردند که از ویلای کوچک من زیاد دور نبود. در منطقهٔ مسکونی شیک و آرام «بریم» خاص کارمندان نسبتاً عالیرتبهٔ شرکت نفت، همه همدیگر را خانه به خانه نمی‌شناختند، ولی جمع و جور بودند. خواهرم یک زن سنتی و مسلمان قدیمی بود و نمی‌توانست هضم کند که جلال ـبرادر مهندس خوبش ـبا یک دختر امریکایی- که با هم ازدواج نکرده‌اند ـتوی یک خانه بلولد. می‌دانست من خلم‌ویک خرده بدم ـاما نه آنقدرها. مردم چه می‌گفتند؟

این بود که برای خانم استاد آنجلا گاسینسکی، به عنوان استاد مهمان دانشگاه پهلوی شیراز، با یک بلیت پرواز دوسرهٔ «ایران‌ایر» شیراز-آبادان-شیراز، در هتل «اینترنشنال آبادان» برای سه روز رزرو جا ترتیب دادم. هدف ایشان بازدید از کلاسهای زبان انگلیسی در آموزش شرکت، و آشنایی با اساتید دپارتمان زبان دانشکدهٔ نفت آبادان بود.

ساعتی که وارد شد، نزدیک غروب یکی از روزهای آفتابی قشنگ و تمیز بود، و افق خوشرنگ و زیبایی روی زاویهٔ نوک شمالی خلیج فارس و جزیرهٔ آبادان و اروندرود گسترده بود، با آسمان آبی، و اندک ابرهایی در شفق نارنجی-ارغوانی. ایستاده بودم و نشستن پروازش را تماشا می‌کردم. چمدان با خودش نداشت، فقط یک ساک و یک کیف دستی. از پله‌های هواپیما که پایین آمد، من کمی دورتر منتظرش بودم. من دست تکان دادم و او هم ابواسحق را.

اول با ماشین دوری توی خیابانها و فلکه‌های اطراف هتل و منطقهٔ «بریم»

زدیم که مالامال از نخل و گل خرزهره و مورت و شمشاد و سایر نباتات فراوان گرمسیری بود. هوا کمی شرجی و مرطوب، ولی خنک و خوب بود. کنار من توی ماشین محو زمین و زیبایی آن بود، می‌گفت همه چیز درست همان طوری است که او تصورش را می‌کرده، یا احساسش را داشته؛ و به یک جور وجد و شور روحانی رسیده. یکی دو ساعت بعد که او در هتل ثبت‌نام کرد و جا افتاد، ما شام را در رستوران باغ هتل، کنار استخر خوردیم. اما بقدری مشتاق رفتن بالا توی اتاق بود که «کوکتیل میگوی اوردور» مخصوص «شف» آشپزخانهٔ هتل را نخواست، و دسر و قهوه هم میل نداشت. بالا، توی اتاق او، رو به اروندرود، منظرهٔ شبه‌جزیرهٔ فاو عراق، زیر قرص ماه زرد قشنگ، احساس خیلی آرامتر و بهتری می‌بخشید. یک شیشهٔ بزرگ «رمی مارتن» هدیهٔ لحظهٔ استقبال او هم ما را تمام شب، تا ساعتهای خوب سحر، گرم نگه داشت.

روز بعد، که پنجشنبه بود، من او را با یک زن و شوهر مسن امریکایی، بیل و لوئیز فیلدز، آشنا کردم، که سالها بود در اداره‌های آموزش شرکت نفت در آبادان و اهواز زبان انگلیسی تدریس می‌کردند. آنجلا و خانم و آقای فیلدز فوری با هم دوست و یکدل و یک‌زبان شدند ـ چیزی که بین امریکاییهای مقیم در کشورهای خارج ساده و حیاتی است، بخصوص در خاور میانه، که فرهنگشان با فرهنگ امریکا تضادهایی داشت. و از طریق دوستی با لوئیز فیلدز بود که آنجلا کم‌کم به چند و چون و پیچ و خم های گرفتن یک شغل تدریس در خوزستان آشنا شد ـ در شرکت نفت، برای وقتی که قرارداد سه‌ساله‌اش در شیراز پایان می‌یافت. آنها اسم و آدرس و تلفن همدیگر را گرفتند و یادداشت کردند و «قول دادند» که با همدیگر در تماس باشند. در مناطق نفتخیز خوزستان حقوق مدرسین زبان بطور محسوسی بیشتر بود، و اگر برای شرکت نفت کار می‌کرد، اقامتگاه بسیار خوب و راحتی هم جزو قرارداد بود.

در معیت بیل و لوئیز فیلدز بود که من بالاخره عصر روز دوم اقامت آنجلا در آبادان، او را به منزل فرنگیس بردم و آنها را با هم آشنا کردم.

بیل و لوئیز فیلدز با فرنگیس آشنایی داشتند. آنجلا از اولین روزهایی که به ایران آمده بود، همیشه خواسته بود «این خواهر افسانه‌ای» مرا ملاقات کند، و اکنون میسر می‌شد. ثریا دختر خواهرم نیز هنوز با او زندگی می‌کرد. هر دو هنوز سیاهپوش بودند و هر دو از ملاقات آنجلا از صمیم قلب خوشحال شدند. از همان نگاه اول از او خوششان آمد و از او خواستند پیش آنها بماند. اما آنجلا آن شب را با «دوستان» قرار ملاقات داشت، ولی قول داد بزودی در سفرهای بعدی حتماً نزدشان بیاید.

آن شب شام را همه مهمان بیل فیلدز بودیم، در باشگاه قایقرانی آبادان، و شب مطبوعی بود. آخر شب، بعد از اینکه همه از هم خداحافظی کردیم، من اول آنجلا را به هتل و بعد فرنگیس و ثریا را به خانه رساندم. بعد نمی‌دانم چرا تنها به هتل برگشتم. چند لحظه‌ای در بار شلوغ پایین نشستم، یک پیک کوروازیه نوشیدم، بعد با آسانسور رفتم بالا. یک نفر با نگلیژهٔ لیمویی‌رنگ و باقی‌ماندهٔ شیشهٔ «رمی مارتن» و دو تا گیلاس منتظرم بود. برای هر دومان ریخت. اما قبل از هر چیز سؤال کرد و خواست بداند چرا من در تمام این سالها ـ بخاطر عیسی مسیح و اهورامزدای زرتشت هر دو ـ به او نگفته بودم که پیش از این در امریکا ازدواج کرده بودم و همسرم هنگام زایمان بچهٔ اولش در واشینگتن مرده بود؟... لیوانم را برداشتم، روی مبل کنار تختخواب نشستم. کمی نوشیدم. گفتم نمی‌خواهم حرفش را بزنم. بعد آهی کشید و گفت که حالا می‌فهمد چرا من از ایران جدانشدنی بودم. من ناآگاهانه عاشق خواهرم «فارانگیس» خانم بودم. گفتم عشق داریم تا عشق. گیلاسش را روی میز آباژور گذاشت و آمد کنارم نشست.

«جی، تو به یک زن، به یک همسر احتیاج داری. شنیده‌م در احکام شریعت اینجا مرد میتونه زن‌رو برای خودش عقد کنه.»

«زن لزوماً نباید همسر باشه.»

«... زن عشقه، زندگیه.»

«کجا هستیم ـ در امرست ماساچوستس؟ یا در آبادان ایران؟»

«تو با یک زنی، جی.»

«با یک گل.»
«یک گل، یک گل است، یک گل است.»
«این را هم امیلی دیکنسون خودمون گفته؟»
«نه. این‌رو گرترود استاین شاعره گفته ـ برای همینگ‌وی ـ هر وقت میخواسته همینگ‌وی بیاد پهلوش. هر وقت احتیاج داشته.»
«الله را شکر که فردا جمعه است.»
ابواسحق را جلوی چشمهایم تکان تکان داد.

۱۲

حوالی نه شب است که با فرنگیس خداحافظی می‌کنم و می‌گویم منتظرم بیدار نماند و با کیف سامسونایت از آپارتمان می‌آیم بیرون. از پله‌ها می‌آیم پایین و بیصدا می‌لغزم توی زیرزمین. هنوز همه جا ساکت و آرام است. بعد از اینکه با انگشت سیگنال مشخصی به در می‌زنم، آنجلا با کلید در اتاق-انباری را باز می‌کند و من می‌روم توی اتاق کوچک و در را پشت سرم می‌بندم. ظاهراً تمام این مدت را مثل بچه‌گربه‌ای مضطرب اما ساکت، آن گوشه سینهٔ دیوار، با رادیو دستی، زیر پتو نشسته. هنوز مانتو تنش و حتی روسری زیر گلو گره‌خورده‌ش سرش است. سیم گوشی رادیو از گوشش آویزان است. صورت سفید و گوشهٔ موهای بور بلوطی و چشمان سبز اوکراینی‌اش، روی قالیچهٔ خرسک قمی زیرزمین، بی‌شباهت به یک زنبق آبی از آکواریوم-گلخانهٔ شهر لنسینگ میشیگان نیست، که به کویر لوت آورده و وسط خاک خشک نشاء زده باشند، و بعد همه چیز با موج انفجار یک‌وری شده باشد. کیف مخلفات را کنارش روی قالیچه می‌گذارم. کاپشنم را درمی‌آورم. مقابلش می‌نشینم.

«این باید شمارو به قول جون بائز ”از شب بگذرانه“...»

آهی می‌کشد و تشکر می‌کند.«ضمناً با دوستم و رابطی که در سفارت سویس دارد صحبت کردم. قرار OK شده. فقط باید یک ساعت قبل تلفن کنیم.»

نشنیده می‌گیرد. «باز هم بمبارون بود، مگه نه؟»

«حملهٔ هوایی بود... شما هم این پایین شنیدی؟» کمی بیسکوئیت و پنیر و میوه جلویش می‌گذارم، و آسپرینها را. بعد در فلاسک را برمی‌دارم و فنجانی برایش می‌ریزم.

«شنیدم؟!... مادر مسیح! تمام سلولهای گوش و مغز رو می‌لرزوند. اینجا از تبریز بدتره.»

«در تبریز شما در جای محکمتر و بهتری بودی... یه‌خرده قهوه بزن.»

«فرنگیس خانم چطوره؟»

«مقداری سیاتیک، مقداری ناراحتی قلبی، مقداری تنهایی و التجای کامل به دعا... بنابراین حالش خوبه.»

«این‌جوری حرف نزن... جی، چیز آرامبخش‌تری نداریم، بخاطر خداوند بخشندهٔ مهربان...»

«دخترجان، یک فنجان قهوهٔ مخصوص بنوش و شکر کن. با کرامات مولتی‌ویتامین یکی از بهترین حواریون مسیح دلخواه من مخصوص شده...»

«آآآه...» فنجان را برمی‌دارد و مزه‌مزه می‌کند. «مممم. تو همیشه مرا غافلگیر میکنی، جی. آیا اینجا از اینها خوردن اشکال نداره؟ مولتی‌ویتامینه؟»

«بخور آروم باش.» به دیوار تکیه می‌زنم و پاهایم را دراز می‌کنم.

«خودت نمیخوری؟»

«فعلاً نه. نباید.»

«اشکال قانونی و شرعی نداره؟ شنیده‌م حالا کیفر و مجازات میکنن.»

«خانم گاسینسکی، مجازات فعل حرام مسکرات مولتی‌ویتامین، در مقابل مکافات یک خانم امریکایی بدون پاسپورت در این کشور، فعلاً قابلی نداره.»

«جی! خواهش میکنم، سعی نکن منو زیادی به وجد و شوق بیاری!»

به او قول و اطمینان می‌دهم که در جای امنی است.

آرام آرام شروع به نوشیدن و ناخنک زدن به غذا می‌کند. من فقط ناخنک. یک ساعتی حرف می‌زنیم ـبیشتر منـ و سعی می‌کنم بطور واقعیت‌گرایانه و منطقی، باز متقاعدش کنم که بهترین راه‌حل موجود واقعهٔ فعلی، همانا اسکان گرفتن او در سفارت سویس است، تا دوباره گذرنامهٔ صحیح برایش درست کنند و او بتواند به مسیر عادی مسافرتش بپردازد. او یک تبعهٔ عادی ملت امریکا، یک خانم معتبر، یک استاد دانشگاه است. نباید بی‌جهت و غیرلازم خودش را به مخاطره می‌انداخت. بخصوص، باز برحسب تصادف، مصادف بودن ورودش با جنجال و آبروریزیهای موضوع مک‌فارلین و اولیور نورث. در مورد پسرش هم که به قول خودش نزدیک دو سال است خبری ندارد، پیدا کردنش وقت می‌خواهد. خانوادهٔ شوهر سابقش هم، اگر زنده باشند، هنوز با او دشمن هستند و احتمالاً نمی‌خواهند او را ببینند، چه رسد به اینکه همکاری کنند، یا کمک کنند. از همه بدتر، او نمی‌داند که آیا فامیل شوهرش هنوز در اهواز

هستند، یا اصلاً در خوزستان هستند. یا اصلاً زنده هستند...»

در مدتی که حرف می‌زنیم، او به اخبار رادیوهای صدای امریکا و بی‌بی‌سی هم گوش می‌کند. اخبار تقریباً تماماً باز دربارهٔ موضوع «ایران‌گیت» و «ایران‌ـ‌کنترا» موج می‌خورد و اسمی از جنگ ایران و عراق و جنگ شهرها نیست... پس از سالها سال جنگ، این اخبار دیگر برای رسانه‌های غرب مرده، یا آنها دفنش کرده‌اند. حال آنکه اخبار رادیوی ایران آکنده از این جنایات و مقابله به مثلهاست. دهها شهر ایران بمباران یا گلوله‌باران شده‌اند. صدها زن و بچهٔ بیگناه شهید شده‌اند. بعد از دو فنجان قهوهٔ خوب، او حالا هم مغشوش و خسته است و هم خوابش نمی‌آید.

نفس بلندی می‌کشد. «جی... من نمیدونم. نمیدونم واقعاً باید چکار کنم. یعنی مقصودم اینه که نمیدونم باید به سفارت سویس مراجعه کنم یا به سفارت ماداگاسکار، یا باید پناهنده بشم یا چی؟ ولی فقط یک چیز رو مطمئنم میدونم، مطمئنم که میخوام بچه‌م رو پیدا کنم. بچهٔ من توی این جامعه‌ست... و جی، این... این انقلاب که در فرهنگ این جامعه اتفاق افتاده‌ـ»

حرفش را قطع می‌کنم. «آنجلا، خواهش میکنم دراماتیک‌ـ‌غم‌انگیز نشو. رؤیایی‌ـ‌عشقی فکر نکن... سعی نکن امروز در این جامعه غوطه‌ور بشی. این رؤیای تو نیست.»

باز حرفم را نشنیده می‌گیرد.

«این جامعه مورد ظلم قرار گرفته و دنیا هم خفه‌خون گرفته. من حالا می‌بینم، می‌فهمم. اون بچه‌مدرسه‌ایهای کوچولو و بیچاره توی شهر میانه چه گناهی داشته‌ن؟ جداً؟ من میخوام بیشتر بفهمم و کمک کنم. اینها قربانیهای یک جنگ تجاوزکارانه و وحشیانه‌اند. آیا آن

روز صبح که اون طفلکها از خواب بلند شدند انتخاب کردند که بخاطر یک ایدئال مقدس...»

باز به میان حرفش می‌دوم. «آنجلا... گوش کن.» گوشهٔ آستین مانتویش را می‌گیرم. «این جنگ و این تز شهادت مربوط به تو نیست. این کشور دیگه کشور تو نیست. این انقلاب هم دیگه انقلاب تو نیست. جنابعالی هم مثل رابرت جردن امریکایی همینگ‌وی، نیامدی به اسپانیای در حال جنگ و انقلاب کمک کنی. خامی و اون لاطائلات دموکراسی‌بازی امریکایی دولتی و کمک به انسانهای دنیای سوم را نگذار توی مغزت رسوخ کنه، بخاطر خدا. خودت رو با اینها و اینجا قاطی نکن. این جنگ و این انقلاب یک پدیدهٔ اسلامی ایرانی و بسیار سیاسی و منطقه‌ای‌یه. حالا خواهش میکنم به من دقیقاً ـخیلی واضح ـ بگو از من چه چیزی میخوای، از من چه کاری میخوای بکنم ـاگه نمیخوای فردا صبح ترتیب ملاقات تورو در سفارت سویس بدم؟ باز هم خواهشم‌رو تکرار میکنم. واقع‌بین شو... فعلاً عشق‌رو بگذار کنار... سانتی‌مانتال بودن، سوسیال دموکرات بودن و رمانتیک‌بازی‌رو بگذار کنار. اینجا فعلاً جاش نیست.»

نگاهم می‌کند. «جی... تو خیلی خشک و کلبی مسلک شدی. آیا اینکه من میخوام بچه‌مرو که در خطر مرگ دست و پا میزنه ببینم و کاری برایش بکنم، سانتی‌مانتال بودن و سوسیال دموکرات بودن و رمانتیک‌بازی‌یه؟ به من بگو...»

«شما اصلاً دقیقاً میدونی این بچه، بچهٔ شما کجاست؟ مطمئنی خدای نکرده... اتفاقی براش نیفتاده... با صدها بار که در عرض این سالها اهواز بمباران شده و هزارها نفر که شهید شده‌ن؟»

«خوب دقیقاً الآن نه. اما من آدرس یک دوست قدیمی خودم و شوهرم رو در اهواز دارم ـ دکتر نمازی. او آدرس منزل حاج توحیدیان اینها رو میدونه و اونهارو خوب میشناسه. مرد خیلی خوبی هم هست.»

«این دکتر نمازی هنوز هم در اهوازه؟»

«آره فکر کنم... او هم در جندی‌شاپور تدریس می‌کرد. ما با هم خیلی مکاتبه داشتیم. دو سال پیش بازنشسته شد. فکر میکنم هنوز هم در اهوازه. اما یکی دو سالی هست که ازش هیچ خبری ندارم.»

«دقیقاً چند وقته که از او هیچ خبری نداری؟ یا از بچه خبری نداری؟» سعی می‌کنم در ذهنش واقعیت ایجاد کنم.

«تقریباً دو سال. و این منو ناراحت کرده. باید اتفاقی افتاده باشه. اما من آدرسش رو دارم.»

به چشمهایش نگاه می‌کنم.

«آیا خونهٔ این نمازی تلفن هم دارن؟»

«نه، خونه‌شون تلفن نداشتند.»

«خیلی خوب. شما برنامهٔ تماس با مقامات سفارت سویس و تقاضای کمک رو شروع کن. اونها آدمهای خوبی هستند، از لحاظ امور بین‌المللی هم افراد قوی و حسابگری هستند، تمام وسائل و امکانات را هم دارند. من میرم اهواز، این دکتر نمازی رو پیدا میکنم، حال و روز بچه رو میپرسم و به اطلاعت میرسانم. قول میدم، آنجلا.»

دستم را به حال التجا می‌گیرد و با چشمهای سرد نگاهم می‌کند.

«متشکرم، جی...» ولی بعد از مدتی سکوت باز می‌گوید: «اگر... اگر من برم و این تقاضای لعنتی پناهندگی رو بکنم، آنها مرا می‌پذیرند،

ولی پنهان می‌کنند، و من از هدفم و از کاری که آمده‌ام بکنم بریده میشم. پدر و مادر توحیدیان بچهٔ منو به تو و به سفارت سویس نخواهند داد. من اونها رو میشناسم. اونها بچهٔ منو از طریق دادگاه و به زور از من گرفتند. من بچه‌م‌رو میخوام. من مهدی‌م‌رو میخوام.» سرش را می‌اندازد پایین. نباید قهوهٔ مولتی‌ویتامینه لعنتی را به او می‌دادم.

دستم را زیر گره روسری‌اش می‌گذارم و سرش را بلند می‌کنم. به چشمهایش نگاه می‌کنم. «خیلی خوب. باز هم میپرسم. بگو دقیقاً حالا میخوای چکار کنی؟ و بخاطر خدا یادت باشه ما اینجا چه امکانات محدود و واقعیتهایی جلو رو داریم و در مقابل چه درگیریها و خطراتی هستیم.»

نفس بلندی توی سینه‌اش می‌دهد، بعد سریع ول می‌کند. «خیلی خوب. حالا که پرسیدی من این چیزها رو میخوام: یک) میخوام بچه‌م‌رو پیدا کنم و پیش خودم نگه‌دارم. دو) میخوام پاسپورت به دست بیارم ـ که شنیده‌م این کار حالا در ایران با پول انجام میشه. سه) میخوام به طریقی از مرز خارج بشم و شنیده‌م این کار هم با پول و تماس با اشخاص وارد امکان‌پذیره، و چهار) و البته این پیش‌درآمد تمام موارد فوقه، میخوام مقداری دلار از خارج به اینجا ترانسفر کنم، از حساب خودم در واشینگتن.»

نفس بلندی می‌کشم. باز آنجلا گاسینسکی آن‌آربر است. میخوام این کار را بکنی. میخوام آن کار را بکنی می‌گویم: «آنجلا، نه...»

«یعنی نه، کمک نمیکنی؟ مرا به هیچ‌وجه و نوع کمک نمیکنی؟!»

«آنجلا، آنجلا. گفتن و خواستن این چیزها موقعی امکان داره که جنابعالی در واشینگتن هستی، یا در لندن هستی و مستی. اولاً در ایران این روزها، وقتی ارز از خارج ترانسفر میشه، تحویل‌گیرنده باید با پاسپورتش یا با حساب ارزی که داره از اون استفاده کنه. یا باید جزو مافیای قاچاق ارز در ایران باشه... نه... شما باید فقط، و تا میتونی، محتاطانه و به آرامی از این کشور خارج بشی. و بعد، دوباره موقعی به ایران برگردی که وضع فرق کرده باشه، یا امکانات و وضعیت شما فرق کرده باشه.»

کمی دیگر می‌نوشد و سرش را برمی‌گرداند.

«تو هنوز مرا دوست نداری، و هنوز اهمیت نمیدی، چون من برات مهم نیستم. یک انسان عادی و دردمند برای تو مهم نیست. اینهمه درد و خون و کشتار و مظلمه‌ای هم که اینجا اتفاق میافته برای تو دیگه اهمیت نداره...»

سرم را به دیوار می‌گذارم، نگاهش می‌کنم. شب تیرهٔ تهران آن بیرون ساکت و مرده است. عملاً به صورت زمزمه و پچ‌پچ حرف می‌زنیم، چون همه جای زیرزمین و اتاق-انبارهای خالی حالا در سکوت و مردگی آخر شب است. فقط صدای خروپف ژنرال پیر شاهنشاه آریامهر را از آن ته زیرزمین می‌شنویم که انگار با هر خرناس فتق مضاعف و کهنه‌ای که دارد بیشتر بیرون می‌زند. آنجلا زانویش را بغل گرفته و ماتمزده نشسته است. آوردنش به اینجا هم اشتباه محض بود.

می‌گویم: «من همینم که گفتی... من فقط یک بازنشستهٔ در نقطهٔ صفرم. اینجا، در این گوشهٔ فلاکت‌زده و جنگ‌زده، یک آمیبم. با خواهر تنها و مریضم، با یک یتیم معلول جنگی آبادانی، خدمتکار.»

دستم را می‌گیرد. «جی، خواهش میکنم...» بعد می‌گوید: «تو میتونی فقط راه و سرنخ‌ها رو به من نشون بدی.»

«نه... نه به تمام چیزهایی که گفتی. شما باید بری ـ‌از طریق سفارت سویس.»

حالا گریه‌اش گرفته است. آهی می‌کشم و کمی برای خودم می‌ریزم.

می‌گویم: «آنجلا. اول بیا موضوع پول‌رو بررسی کن ـ‌که البته جزئی‌ترین عامل کاره... ارز در ایران امروز باید از طریق بانک ملی ایران رد و بدل بشه، والسلام. باید یا روی پاسپورت باشه یا توی حساب ارزی، یا با تجارت رسمی، از طریق وزارت بازرگانی. هر کار دیگری قاچاق و خطرناکه. شما پاسپورت نداری. من هم حساب ارزی ندارم. و الآن فقط بازارسیاه ارز و مافیای تهران به کاری که تو میخوای دست میزنن. و اما در مورد پاسپورت قاچاق تهیه کردن. این کار بسیار بسیار خطرناکه، ولی خب شنیده‌م میشه، عده‌ای کرده‌ن. اما باید به قول معروف پول کلان داشته باشی و «تو باغ» باشی و پیه خیلی چیزهارو هم به تنت بمالی، من‌جمله زندان‌رو. من کوچکترین ایده و اطلاعی ندارم که بازارسیاه گذرنامه یا به قول خودشون «پاس» کی هستند و کی تو باغ هست و کی تو باغ نیست. اما حالا فرضاً، فرضاً اومدیم و با یک معجزهٔ بین‌المللی مقداری دلار ترانسفر کردی اینجا و به دستت رسید، و بعد از ماهها مجاهدت شاید تونستی یک «پاس» هم گیر بیاری. از کجا مطمئنی که میتونی بچه‌رو از چنگ فامیل شوهرت دربیاری و با خودت از راه غیرقانونی خارج کنی؟ شما که نمیخوای با ماجرای بچه‌دزدی هم قاطی بشی؟ شما گفتی میخوای برگردی امریکا و پیام این ظلم و وضعیت‌رو به گوش

مردم دنیا برسونی...»

مدت درازی باز سرش پایین می‌ماند. بعد می‌گوید: «جی، اشتباه میکنی.» خم می‌شود و سرش را روی زانوی من می‌گذارد. نگاهم نمی‌کند، انگار به دنیای منزوی و تنهای خودش فرو می‌رود. در حالی که سرش پایین است می‌گوید: «مردم واقعی امریکا و مردم واقعی تمام دنیا اهمیت میدن ـ اگر دولتها بگذارند. مردم این جهان و به قول سعدی خودتان «بنی‌آدم» اعضای یک پیکر هستند. اعضاء یک بدن با هم همکاری دارند. مردم واقعی امریکا و مردم واقعی ایران به هم اهمیت میدن. ما مردم یک تمدن جدید و شما مردم یک تمدن بزرگ قدیم از یک گوهریم. دولت امریکاست که فعلاً میخواد مردم ایران خون بدن.»

«من نمیخوام وارد این بحثها بشم.»

«تو هم مردم واقعی هستی. دولتمردها و دیکتاتورها میمیرن و نابود میشن. مردم واقعی و ملتها میمونن. افراد یک ملت گاهی از دست دیکتاتورها و دولتمردهای با ایدئولوژی شخصی رنج میبرن، خون میدن، با عشق، یا در فقدان آن عشق زندگی میکنن، میمیرن. مثل بعضی کشورهای افریقایی، یا امریکای لاتین، یا افغانستان همسایهٔ خودتان. اما ملتها باقی می‌مونن. الآن مردم واقعی و «بنی‌آدم» در اینجا در تلاش و خونریزیند. اما مردم واقعی انسانهای واقعیند. این باید فهمیده بشه، دوست داشته بشه، کمک بشه. بچهٔ من یک انسان واقعی‌یه، در گیر و دار این جنگ تحمیلی و هولناک. آیا نباید نجاتش بدم؟» بعد اضافه می‌کند: «تو مرا برای خودت در زیرزمین آن پناهگاه تبریز عقد کردی. گفتی من مریم آریانم.»

«وای، خدای من. تو حالا داری شخصیت خام مرا هم مغشوش‌تر

میکنی.»

«خیلی خوب، بیا فقط به یک مورد خاص توجه کنیم. من به عنوان یک انسان، از تو به عنوان یک انسان خواهشی کردم، باز هم خواهش میکنم که کمک کنی... هر کمکی که میتونی. بگو برای پیدا کردن و نجات بچه‌م از کجا میتونم شروع کنم؟...» اشک توی چشمانش حلقه می‌زند.

نفس بلندی می‌کشم. «این شد یه حرفی.» از فنجان خودم کمی می‌نوشم. «البته باید به اطلاعت برسونم که در کیان‌پارس اهواز بمبارانهایی شده. دوستی داشتم، آقای رنجبری که خانه‌ش در کیان‌پارس بود، خانه‌ش بمباران شد و بیشتر افراد خانواده‌ش کشته شدند.»

سرش را بلند می‌کند، نگاهم می‌کند. «اوه...»

«شما اونهارو میشناختی؟»

«نه زیاد... اما همسایهٔ دیوار به دیوار حاج آقا توحیدیان اینها بودند.»

هنوز دربارهٔ بمباران خانهٔ توحیدیان چیزی نمی‌گویم، می‌ترسم اگر الآن بگویم فکر کند دروغ می‌گویم و تمام امیدش از من بریده شود.

بدنش را به طرف من برمی‌گرداند و یک بازویم را در بغل می‌گیرد. انگشتر فیروزهٔ دستش را جلویم نگه می‌دارد، با انگشتهای دیگرش آن را تکان‌تکان می‌دهد. می‌گوید:

«من باید با چشمهای خودم بچه‌م را ببینم... تو روزگاری منو دوست داشتی. ما با هم عاشق و معشوق بودیم. اگرچه تو هیچوقت نگفتی و به زبان نیاوردی که «دوستت دارم»، اما داشتی. میدونم

داشتی. فکر میکنم هنوزم داری. آن وقتها برای من از دور اهمیت قائل بودی، برایم هر کاری میکردی. ته دلم احساس میکنم هنوزم قائلی و میکنی. تو دردی در اعماق وجودت هست، ضبطی در لابلای نورونهای مغزت هست، که توروواز عاشق شدن و درگیری پیدا کردن در یک رابطهٔ معنی‌دار با زنها منع میکنه، میترسونه. من نمیخوام تورو اونجوری درگیر کنم، اما میخوام کنارت باشم.» بعد می‌گوید: «جی، من میخوام کمک کنی بچه‌م‌رو عملاً پیدا کنم و با خودم از ایران ببرم. یا از خوزستان بیارم پهلوی خودم.»

وقتی ساکت می‌ماند، دستش را فشار می‌دهم. «آنجلا، برای هزارمین بار، جواب تو سفارت سویس در تهرانه. مردمی که از بافت و فرهنگ نوع خودت هستند... مردمی که امکانات واقعی و کافی برای کمک به‌تورو دارن و میتونن به تو کمک درست و حسابی و مناسب بکنند.»

«اونها نمیتونن کمک کنن که من بچه‌م‌رو پیدا کنم.» باز اشکهایش را پاک می‌کند.

بنابراین به اینجا رسیده‌ایم.

مدتی در سکوت نگاهش می‌کنم. آنجلا گاسینسکی ایالت میشیگان، حالا بیوه‌ای گمشده و بی‌نام و نشان در جمهوری اسلامی است، دنبال بچه‌اش است، یا دنبال بچه‌ای می‌گردد که نمی‌داند کجاست، مطمئن نیست زنده است یا مرده، ولی در این تصور و رؤیاست که این بچهٔ دیگر خونریزی و کشتار جنگ تحمیلی «خلیج» است.

آهی می‌کشم که: «باشه.»

تحمل گریهٔ یک زن در دل شب هم چیز دیگری است.

۱۳

اواخر فروردین سال بعد باز با هم در تهران بودیم ـبرای شرکت در یک سمینار یک هفته‌ای برای «آموزش زبان انگلیسی». برنامه توسط دپارتمان زبان دانشکدهٔ پهلوی شیراز، در تهران در محل وزارت فرهنگ و آموزش عالی برگذار می‌شد.

اول که فرمهای دعوت شرکت در این سمینار از شیراز از طرف دکتر یارمحمدی برایم آمد، البته اولین تصمیم این بود که بگذارمش در کوزه، یا بگذارمش توی کشو برای مراسم ابدی خاک خوردن. ولی همراه فرم دعوتنامه، در پاکتی جداگانه، نامه‌ای هم از خانم استاد آنجلا گاسینسکی بود. نامهٔ بلند بالایش را تایپ کرده بود. استقبالی از شعر گرترود استاین را هم با خط زیبا و کتیبه‌وارش در پایین نامه داشت. «و ضمناً در پایان (بعد از تحریر) به اطلاعت می‌رسانم: هان ای دل عبرت بین: حدس بزن چه کسی به عنوان منشی برگذاری سمینار برگزیده شده است؟! جی، دعوت به سمینار، دعوت به یک هفته در تهران با تو است. A woman is a woman is a woman. و (بعد از بعد از تحریر) «برای من هم خوب است.»

گرچه همیشه از سمینارها و سمپوزیومها و این‌جور الم‌شنگه‌ها فراری بودم، این یکی را بخاطر آنجلا رفتم.

سمینار در واقع چیزی عبوس و دلمرده هم از آب درآمد ـحتی از ساعت اولش که مثلاً سمپوزیوم توسط «جناب آقای اسدالله علم» وزیر دربار شاهنشاهی با پیامی از طرف «علیاحضرت» شهبانو فرح گشایش یافت.

اما در میان تمام این الم‌شنگه، ناگهان من با تعجبی دلپذیر، احساس کردم که برای اولین بار آنجلا گاسینسکی را می‌بینم که در مدیریت و اداره کردن یک پروژهٔ رسمی فرهنگی در سطح کشور نقشی دارد و یارمحمدی و سایر ناطقین را کمک و در حقیقت سرپرستی می‌کند و این کار را هم بسیار خوب و مؤثر انجام می‌دهد و ابراز شخصیت می‌کند. علاوه بر توزیع اوراق و جزوات روزانه بین شرکت‌کنندگان، اعلام برنامه‌ها و معرفی ناطقین نیز به عهدهٔ او بود. خوشبختانه، برای من، دو سه نفر دیگر از پرسنل شرکت ملی نفت ایران در سمینار شرکت داشتند، بنابراین من کم‌کم حضور مرتب در تمام جلسات را ول کردم ـ یعنی از بعدازظهر روز اول.

در این سفر، همانطور که برنامه‌ریزی شده بود، ما هر دو در «هتل هیلتون» اتاقهای جداگانه‌ای داشتیم. اگرچه او وظائف بسیار زیادی در رابطه با ادارهٔ سمینار داشت، و تقریباً تمام ساعات روز را مشغول بود و تا دیروقت کار می‌کرد، شبها همدیگر را در هتل می‌دیدیم، معمولاً در بار «پرشن روم». من خوشحال بودم که او بالاخره خودش را تثبیت کرده و شخصیتش در دانشگاه جا افتاده است، و می‌توانست کار آکادمیک عالی ارائه بدهد و رضایت فردی داشته باشد. می‌شنیدم که معلم بسیار خوبی هم هست. ترکیب معلم خوب و مدیریت خوب در کارهای اداری می‌توانست در ایران او را بالا ببرد و از او یک سرمایهٔ خوب دانشگاهی بسازد. جوان بود و پرانرژی، و می‌خواست کار کند و زندگی تازه‌ای در پیش داشت.

بعد از شب اول، او شبها دیرتر و دیرتر به هتل می‌رسید، اما به هر حال می‌آمد و مرا پیدا می‌کرد، نوشیدنی می‌زدیم و شام می‌خوردیم و با هم بودیم. نمی‌دانم در آن شبها سرگرمی دیگری هم داشت یا نه. اما یک واقعیت مهم آن روزها مسلم بود: در طی این سمینار بود که او برای اولین بار با دکتر توحیدیان آشنا شد.

دکتر عباس توحیدیان استاد و زبانشناس جوانی از دپارتمان زبان دانشگاه جندی‌شاپور اهواز بود، و خیلی فعال. او و آنجلا در کارهای اداری

سمینار با یکدیگر همکاری نزدیک داشتند، و تصادفاً مقاله‌های ارائه شدهٔ هر دوشان هم در یک موضوع بود. ولی توحیدیان در هیلتون اقامت نداشت.

هرچه شبهای هفته می‌گذشت، آنجلا دیرتر و دیرتر به هتل می‌آمد. دنبال فعالیتها و مذاکرات و ترتیب کارهای روز بعد سمینار بود. از شب سوم و چهارم من کم‌کم دیگر برای شام منتظرش نمی‌ماندم، و بعد دیگر بیدار هم نمی‌ماندم. یک چیزی می‌خوردم و می‌رفتم توی اتاقم می‌خوابیدم. شب پنجم، سر شب بهرام آذری آمد و با هم رفتیم بیرون شیطانی‌و من نزدیکیهای صبح برگشتم.

شب ششم، که چهارشنبه شبی بود، من سردرد بدی داشتم و آخرهای شب، با حال خراب، تازه به رختخواب رفته بودم و خوابم برده بود که آمد پشت در اتاق و در زد و صدایم کرد. نگاه کردم، ساعت یازده بود: حال و حس جواب دادن نداشتم، و گذاشتم باشد، بماند تا بعد. سر ساعت دوازده و یک و دو هم باز آمد و در زد و صدایم کرد. سر ساعت می‌آمد ـ که برای او کار صحیحی هم نبود. لابد تصور می‌کرد من بیرون هستم. در ساعت دو صبح بالاخره آتش‌بس دادم و خواب‌آلود و گیج بلند شدم و در را باز کردم. دیوانه‌وار به درون اتاق آمد و تقریباً پرید و مرا خیلی محکم و عجیب، مثل بچه‌ای که به بغل پدر گمشده‌اش بپرد، گرفت. حالی ترسخورده و تقریباً گریان داشت. پرسیدم: «آنجلا، بخاطر خدا... طوری شده؟ اتفاقی افتاده؟» آهی از ته سینه کشید و آرام شد. «نه... I just miss you فقط دلم برات تنگ شده بود.» گویی من ستون وجود و سرپا ماندنش بودم، هیچکس، هیچ چیز ممکن نبود مرا از او جدا کند، یا انکار کند، حتی خود من.

این یک جنبهٔ دیگر، یا عمق دیگر از شخصیت آنجلا گاسینسکی بود که تا امشب ندیده بودم... ناگهان مثل بچهٔ بی‌مادری شده بود که از خانه دور افتاده و به گریهٔ هیستریک حاد دچار شده باشد.

تمام شب را بیدار پیش من ماند. حدود ساعت هشت که بیدار شدم، هنوز بیدار بود، داشت نگاهم می‌کرد. حالش تغییر کرده بود و خودش بود.

پیشنهاد کرد، یعنی خواست، دوست داشت، برویم قدم بزنیم... توی هوای عالی... (ظاهراً روز تعطیلی بود و جلسهٔ سمیناری در کار نبود.) «بیا... برای تندرستی و قلب و این چیزها هم خوبه... وقتی برگشتیم ناشتای حسابی میزنیم.»

هر طور بود بلند شدم و با او رفتم، بالاجبار.

از جادهٔ پهلوی که به طرف پارک شاهنشاهی پایین می‌آمدیم، هنوز به بازوی من آویخته بود. امروز صبح، شلوار جین تنگی پاش بود، با پیراهن آستین کوتاه زرد چهارخانه و کفش تنیس. من پیراهن و شلوار و جلیقه داشتم، با کفش معمولی. در پارک، یک جا، زیر یک درخت بید مجنون تازه سبز شده و قشنگ، ایستاد، بازویم را گرفت، نفس عمیقی از اکسیژن صبح بهاری شمال تهران کشید. «م م م... چقدر عالی و زیباست، مگه نه؟» با من هنوز به انگلیسی حرف می‌زد، گرچه با بسیاری از دیگران فارسی. ایستادم. نگاهش کردم.

«عالی و زیباست، مگه نه؟... میگن در یک روز آفتابی و روشن آدم میتونه همه چیز رو ببینه... زیبا نیست، عزیزم؟»

من هم نفس بلندی کشیدم، اما نه برای اکسیژن صبح آفتابی و روشن تهران. «آنجلا، آنجلا، آنجلا...»

«چی، چی، چی؟» خندید.

«تو واقعاً برای من زیادی... بیا بشینیم.»

«نه... بیا جاگینگ کنیم. میای؟»

«من نه، دختر. تو باید برای بعضی از این کارها یکی هم‌قد خودت پیدا کنی. جدی. شوهر موهر پیدا کنی، و مرا یک دوست قدیمی توی خاطراتت بگذاری.»

با اخم اما با تبسم به من نگاه کرد. مدتی سکوت کرد. بعد نفس بلند دیگری کشید. چشمهایش حال یاری عزیز را داشت. پارک خلوت بود.

«جی، تو منو دوست داری؟»

«دوست داشتن انواع مختلف داره خانم آنجلا جرالدین گاسینسکی.»

اسم کاملش را گفتم تا جدی و رسمی باشد.

«من تورو دوست دارم، جی. اما تو هیچوقت نگفتی منو دوست داری. آیا منو دوست داری؟»

من هم نفس بلندی کشیدم. در یک روز آفتابی و روشن آدم می‌توانست همه چیز را ببیند. و این روز و اینجا، بی‌شک وقت و جای بسیار خوبی برای جمع‌بندی‌و نتیجه‌گیری همه چیز بود. شب سرمستی آن آربر میشیگان نبود. توی رختخواب نبودیم. صبح روشن تهران بود. در ایران بودیم، و هر دو هوشیار. ما با هم تا این حد آمده بودیم. هر کدام زندگی خودمان را پیش رو داشتیم. بویژه او. دستش را دوستانه وسط دستهایم گرفتم.

«آنجلا، بیا چند دقیقه اینجا بنشین.»

«برای چی؟»

«حرف بزنیم.»

نشستیم.

«گوش کن. خواهش میکنم منطقی گوش بده. میخوام به زندگیهامون فکر کنی... و به زندگی، و به روال سادهٔ هستی، اینطور که هست، توجه کنی.»

«امروز یه جوری هستی... اینها که میگی قراره چه معنایی بده. نمی‌فهمم.»

«گوش کن... امروز که یه جوری هستم بیا رک حرف بزنیم. من سعی میکنم به زبانی حرف بزنم که تو خیلی خوب میفهمی... شکسپیر در «لیر شاه» از زبان کورنلیا میگه «من تورو دوست دارم بر طبق بندهایی که ما را پیوند میده. نه بیشتر نه کمتر...» درسته؟ من یک مرد نسبتاً پیر و تنها هستم و یک دوست قدیمی تو، دوستدار تو... همین. تو جوانی، پرانرژی و زیبایی، فقط نصف من عمر کردی. باید زندگی خودت را داشته باشی... آنجلای عزیز من، تو نمیتونی تمام عمرت رو معشوقهٔ پاره‌وقت و گهگاهی یک مرد بمونی. منصفانه نیست، برای تو... و این کارها مال امریکاست. ما

متعلق به دو زمان مختلف، و دو دنیای مختلف هستیم...»

امیدوار بودم که قبول کند، نرم شود. یا «فکر» کند. اما آنجلا گاسینسکی ماند. داد زد. «نه! من تورو دوست دارم... و میخوام همینطوری، هر طور هست، تا هر وقت که باشه، با تو... دوست باشم.»

بنابراین، من هم صدایم را بلند کردم. «آنجلا گاسینسکی، منطقی باش. تو یک دختر بیست و یکی دو سه سالهٔ امریکایی هستی، خوشگلی، استاد دانشگاهی، پول داری، آزادی داری، زندگی خوب داری. من یک ماهی پیرم که تو یک روز در نهر آن‌آربر گرفتی مزه‌مزه کردی. خوب، این دیگه گذشته... حالا شما اینجا در دریای ماهیهای بهتری. بیا ما دوستهای خوب و همکارهای خوب باشیم و به هم فشار نیاریم... من همان روز اول توی پیتزافروشی «ویلج‌این» گفتم: «دوستی آره. ازدواج نه... و تو به ازدواج احتیاج داری. اینجا ایرانه ـ یک کشور سنتی اسلامی‌یه. الآن کمی ولنگ و بازی هست... اما نمیشه زیادی بی‌احتیاط و سنت‌شکن بود....»

با چشمهای مبهوت نگاهم کرد. «جی، من تورو دوست دارم. من تورو اونطور که یک زن میتونه یک مردرو عاشقانه دوست داشته باشه، دوست دارم. فقط عشق. و میخوام رابطه و پیوندمون همینطور که هست بمونه. با عشق، عشق عاشقانه، یا عشق صوفیانه، با عشق، هر طور تو بخوای... و اهمیت دادن، و فهم... چه فرق میکنه ایران باشه یا امریکا...»

«نه!...» بلند شدم.

و تنها به طرف هتل راه افتادم.

۱۴

صبح اول فوری سری به دانشکده می‌زنم. اوراق نمرات آخر سال کلاسم را که آماده است تحویل دفتر آموزش می‌دهم. دو نفر از دانشجویانم که جزو بسیج به جبهه‌ها رفته و در امتحانات آخر سال شرکت نکرده‌اند یکی‌شان شهید شده و دیگری بازگشته و آمده و برای امتحان التماس دعا دارد. به او برای آخر هفتهٔ بعد وقت می‌دهم و روانه‌اش می‌کنم.

از دفتر کوچکم، با صرف نصف ابدیت معطلی برای آزاد شدن خط تلفن شهری، دو سه تلفن برای کارهای آنجلا به اینطرف و آنطرف می‌زنم. یکی به اهواز، به دکتر امان‌پور، یکی به بانک ملی شعبهٔ تجریش، به سیستانی در بخش ارز، یکی هم به کاظم آقای خودمان که دوتا پسرش را با کلی دوز و کلک قاچاقی به کانادا فرستاده. یک زنگ هم به نصرت‌الله زرین‌نگار می‌زنم که رابط من با سفارت سویس است. بعد از دانشکده بیرون می‌روم و سری هم به بانک خودم می‌زنم. بعد از مقداری خرید برای فرنگیس، وقتی به خانه برمی‌گردم حدود ظهر است.

تنها کلید اتاق-انباری -پناهگاه را پیش آنجلا گذاشته‌ام تا خیالش راحت باشد و در را از تو قفل نگه‌دارد. بالا، در آپارتمان

مدتی کارهای فرنگیس را روبراه می‌کنم. می‌گویم برای ناهار باید بیرون بروم. ظاهراً خودش هم قرار است عصر برود بیرون، پیش دوستی. پس از مدتی با او خداحافظی می‌کنم و هنگام پایین آمدن، غذای ادریس را هم برایش به اتاقک ته پارکینگ می‌برم. ادریس حالش خوب و مشغول گوش کردن به رادیو، و دعای روز شنبه، بعد از اذان ظهر است.

آنجلا به محض در زدن من، در را باز می‌کند. هنوز رادیوی کوچک در دستش و گوشی آن توی گوشش است. تقریباً یک بسته سیگار را کشیده و اتاق پر از دود است. رنگش زرد و ویر است. گودی زیر چشمانش بد جوری قهوه‌ای رنگ است. وارد اتاق که می‌شوم، مدتی فقط به من می‌آویزد.

«دختر چکار میکنی؟... میخوای خودتو با دود خفه کنی توی این دخمه؟»

«گفتی قبر...» بعد می‌پرسد: «جی، تونستی با دکتر نمازی در اهواز تماس بگیری؟ حرف زدی؟» پچ‌پچ می‌کند. واهمه و ترسش از دیشب بیشتر است، که احتمالاً اثرات تنهایی طولانی و فکر و خیال است.

دستی زیر چانه‌اش می‌زنم. «هم آره و هم نه. بعداً برات تعریف میکنم. اول آماده شو بریم بیرون، قدم بزنیم، ناهار بخوریم.»

«اشکالی نداره؟»

«بچه نشو. اگر محتاط و معمولی باشیم، نمیریزن بازرسی کنن، بگیرن. بیا.»

«OK» مشغول می‌شود به پوشیدن مانتو و روسری و مخلفات. می‌پرسد: «نمازی چی؟ صحبت کردی؟»

«فعلاً بیا بریم بیرون.»

وقتی از توی راهروی زیرزمین می‌آمدم، آپارتمان تیمسار بازنشسته و زن پیرش را دیده بودم که نور چراغشان مثل همیشه حتی هنگام روز از زیر در معلوم بود ـ گرچه درشان بسته و خانه مثل همیشه سوت و کور و مرده بود. به هر حال، نمی‌شود به آنها اعتماد کرد، چون آنها را درست نمی‌شناسم. خیلی پیر و همیشه قایم‌شده و مثل سوسک ترسان و لرزانند، مدام منتظرند که پاسدارها بریزند و به جرم همکاری با طاغوت آنها را بگیرند، بخصوص که پسرشان که از کارمندان ساواک بوده گه‌گاه می‌آید پهلوشان.

وقتی آنجلا حاضر می‌شود، می‌آیم بیرون از اتاق، سرک می‌کشم. کسی را در راهرو و پله‌ها نمی‌بینم. اشاره می‌کنم، او هم در را قفل می‌کند و دنبالم می‌آید. در پارکینگ هم کسی نیست، و ما به راحتی بیرون می‌آییم. کوچه هم معمولاً در این ساعت از روز خالی است. بخصوص امروز که بعد از بمباران‌های دو سه روز اخیر مردم مطابق معمول کم و بیش رفته‌اند. بازویش را می‌گیرم و او نفس بلندی از هوای آزاد می‌کشد.

قدم‌زنان از جادهٔ شمیران می‌آییم بالا. در نور روز، صورتش رنگ‌پریده‌تر و حتی ضعیف‌تر و لاغرتر می‌نماید. برایش شروع می‌کنم به تعریف تلاش‌هایی که مثلاً در رابطه با مسائل او انجام داده‌ام ـ که آنچنان آش دهن‌سوزی هم نبوده. می‌گویم سعی کردم با نمازی از طریق دوستی در شرکت نفت اهواز تماس بگیرم، اما این دوست نمازی را شخصاً نمی‌شناخت، ولی گفت سعی می‌کند پرس و جو کند. اگر اطلاعات دقیقی به دست آورد، امشب تلفن می‌کند و خبر می‌دهد، ولی چون نمازی در اهواز تلفن ندارد شاید پیدا کردنش

طول بکشد ـ اگر هنوز در اهواز باشد. با دوستم نصرت‌الله زرین‌نگار هم باز تماس گرفتم و گفت که دوست کذائیش هنوز در سفارت سویس هست، حاضر است هر وقت خواستیم تماس بگیریم. از آنجلا می‌پرسم حالا نظرش چیست؟ تقریباً مطمئنم که آمادهٔ رفتن به سفارت سویس است.

برمی‌گردد و به صورتم نگاه می‌کند. در چشمانش دلمرده‌گی و ماتم موج می‌زند. باد سرد بهمن‌ماه تهران پوست صورتش را رنگ‌پریده‌تر و دان‌دان کرده است ـ مثل جوجهٔ پرکنده‌ای که با کله برای فروش آویزان می‌کنند.

سر کوچه‌ای که از آن می‌گذریم، حجلهٔ یک شهید است. برای اینکه جوابم را ندهد، جلوی حجله می‌ایستد. محو آن می‌شود... این چیزی است که فکر می‌کنم او برای اولین بار در ایران می‌بیند. به آن توجه می‌کند، چون از پدیده‌های شکوفا شدهٔ این سالها در ایران است. صدای آژیر «وضعیت قرمز» هم از میوه‌فروشی نبش کوچه می‌آید، که تهرانیها، هنگام روز، بخصوص در خیابانها، دیگر اهمیت زیادی به آن نمی‌دهند.

او هنوز جلوی حجله ایستاده است و به آینه و کریستال فراوان آن خیره شده. اول خیال می‌کنم دارد صورت خودش را در آن نگاه می‌کند. اما به صورت خودش نگاه نمی‌کند. به عکس قاب شدهٔ پسرک شهیدی که حجله را برای او گذاشته‌اند خیره شده. پسری بسیجی است حدود دوازده سیزده ساله...

«این چیه؟» فارسی حرف می‌زند.

«حجله‌س، سمبل و یادبودی برای یک شهید... که ظاهراً از اهالی این کوچه بوده و در جبهه‌ها شهید شده. بسیجی‌یه ـ بسیج مستضعفان

«در دفاع مقدس.»

«پسربچه است!...»

«خیلی‌هاشان بچه‌سالند.»

«میتونیم یه عکس بگیریم؟» دوربین ندارد، ولی من به او قول می‌دهم که می‌توانم عکسی از آن برایش فراهم کنم، بفرستم. می‌خواهم آمادهٔ رفتن باشد.

«قول میدی؟... پدیدهٔ خیلی منحصر به فرد و اسرارآمیزی یه.» هنوز به حجله و عکس پسرک شهید زل زده. بعد می‌گوید: «خیلی هم زیباست ـ یعنی ساختار حجله. توی خیابانهای شهرهایی که دیروز رد شدیم هم پر بود. اما تا حالا از نزدیک ندیده بودم.»

آستین مانتویش را می‌گیرم. «خانم آنجلا گاسینسکی، همچنین خیلی منحصر به فرد هم نیست، نگاه کن.» به دو حجلهٔ دیگر که کمی بالاتر، سر کوچهٔ دیگری آنطرف خیابان برپا شده‌اند، اشاره می‌کنم. پایین خیابان هم دو سه حجلهٔ دیگر هست. باز برمی‌گردد و به عکس پسربچهٔ شهید حجله‌ای که جلویش ایستاده‌ایم نگاه می‌کند. بعد باز حرکت می‌کنیم. می‌پرسد: «چه وقت میتونیم با خود نمازی در اهواز صحبت کنیم؟»

«آنجلا گوش کن...» حالا باز به طرف شمال قدم می‌زنیم. «برای تماس با این دکتر نمازی، هر که هست، و نهایتاً با خانوادهٔ دکتر توحیدیان، شما عملاً باید سفری به اهواز بکنی ـ شاید هم به دزفول... و این مسافرت وقت‌گیره. شاید هم روزها، اونم در مناطق جنگی. این یک طرف مسئله‌ست. از طرف دیگه، گرفتن گذرنامهٔ جعلی و مسافرت قاچاق کردن و گذشتن از مرز، برای خودت و برای بچه ـ اگه بتونی او را پیداش کنی و از چنگ اونها دربیاری، اون هم

وقت میخواد ـشاید ماهها. و پول کلان حرام کردن و شناختن و تماس گرفتن با زد و بندچیها و اینجور کارها. تازه، تمام کشور اسیر جنگه. مردم با ترس و لرز دست به هر کاری می‌زنند، یا اصلاً نمی‌زنند. همه عصبی‌اند و در فکر خودشان. اینجا شهر زندگی نرمال و کشور برنامه‌ریزی نرمال نیست. مرگ و خطر مردن یک جور فلج نامرئی‌یه که از جسم و روان مردم بالا میره...»

باز برمی‌گردد و نگاهم می‌کند، انگار که تصمیمی در روح خودش دارد که به رأی نهایی رسیده و حکم شده و مهر خورده است. می‌گوید: «مقصودت از این حرفها چیه، جی؟»

«مقصودم اینه که به خودت فکر کن، آنجلا. خودت باش، واقع‌بین باش... میدونم که ما دیشب خیلی حرف زدیم، قول و قرارهایی گذاشتیم و تصمیمهایی گرفتیم. اما تصمیمهایی که در شرائط پرتنش شب تاریک و بمبارانی گرفته میشه، می‌شود در آتمسفر آرام روز روشن به آن بازنگری کرد و دوباره ارزیابی کرد. بیا اینجا واسهٔ من یک چلوکباب تمیز بخر، بعد اجازه بده با هم قدم‌بزنیم‌بریم یه جایی که برای تو امنیت و اعتبار و آسایش هست، و دسترسی به همه چیز. تلفن به همه جا، دسترسی به تلکس، به پول، به گذرنامهٔ معتبر و خوب برای خودت، و برای هر کی که بخوای...»

«مقصودت سفارت سویسه؟» صداش می‌لرزد.

«بله... سفارت سویس. بخش حافظ منافع دولت ایالات متحد امریکا.» باز بازویش را روی مانتوی تیره لمس می‌کنم. «آنجلا، اگر برحسب یک تصادف لعنتی ترا به عنوان یک زن امریکایی بی‌پاسپورت دستگیر کنن، و برای تحقیقات ببرند ـکه البته مقامات

پلیس حق دارند- در این صورت نه تنها برای خودت، بلکه برای کسانی هم که‌تورو دوست‌دارند دردسر و غم درست میشه.»

نفس بلند دیگری می کشد. «برای کی مثلاً -دردسر و غم درست میشه، برای شما؟»

«مثلاً برای مادرت در امریکا. و احتمالاً برای پسرت در اینجا، اگه دلیل واقعی آمدنت رو به اینجا براشون توضیح بدی. میرن میارن و از او بازجویی و بازپرسی میکنن.»

«من به اونها هیچ توضیحی نمیدم. به مامی هم این یکشنبه میخوام زنگ بزنم. سالگرد سی و پنجمین سال ازدواج او و باباست. هر سال به او با تلفن تبریک میگم. بش میگم که الآن کجا هستم و چه منظوری دارم. میفهمه.»

«ماشاالله، چه دختر خوبی هستی. اگه اینجا دستگیر شدی باید خیلی شانس بیاری که بتونی پنجاهمین سالگرد ازدواجشان‌رو تبریک بگی.»

«نه... من آمده‌م اینجا که بچه‌م‌رو ببینم، و ازش نگه‌داری کنم. در این فکر هم بوده‌م که برای یک کتاب، کتابی که دربارهٔ انقلاب ایران و این پدیدهٔ عظیم شهادت در این قرن می‌نویسم، نت و ماتریال جمع کنم. اگر برای شما دردسر درست کرده‌م، یا ممکنه درست کنم، متأسفم. برای همه چیز متشکرم. یک جا یک چلوکباب تمیز میخوریم و خداحافظی میکنیم. خداحافظ گذشته‌ها.»

سرش را می‌اندازد پایین، و در حالی که دستهایش را توی جیبهای مانتوی سیاهش روی شکمش فشار می‌دهد، مدتی ساکت قدم می‌زند، و کم‌کم از من فاصله می‌گیرد. جاده حالا خلوت است و بجز صفهای جلوی نانوایی و قصابی و کیوسک روزنامه‌های

عصر، جمعیت زیادی نیست. من آرنجش را یواش می‌گیرم. می‌ترسم یکهو بپرد، فرار کند، یا کارهای عجیب‌تری بکند.

«خیلی خوب. دیگه اون حرف‌رو پیش نمی‌کشم.»

«جی، من این همه که خطر کرده‌م، نیومده‌م اینجا که گوشهٔ یک کنسولگری فسیل بشم. نیومده‌م تا توی دخمهٔ مصونیت دیپلماتیک یک سفارتخانه محبوس بشم. بالاتر از اینها، نیومده‌م گروگان حماقتها و ترس و تنبلی خودم بشم. من از دست این چیزها از امریکا فرار کرده‌م.»

«یه چلوکبابی اونجاست. بیا بریم یه چیزی بزنیم فعلاً... و حرف بزنیم، خوشگله. خدای من!»

«باشه.» او هم بازوی مرا از روی آستین پالتو فشار می‌دهد. مثل همیشه به کوچکترین کلام و پیام محبت می‌آویزد.

یک چلوکبابی سبک قدیمی است، توی زیرزمین، با یک چراغ زنبوری پایه‌دار روشن جلوی در و تابلوی «غذا حاضر است» به نیمدری جلو. وارد می‌شویم و از پله‌های باریک می‌رویم پایین. سالن غذاخوری در چنین ساعت دیروقت بعدازظهر تقریباً خالی است. میزهای چوبی و صندلیهای فلزی ارج زهوار دررفتهٔ قدیمی در سراسر سالن بزرگ تقریباً لخت و رها شده به نظر می‌رسند. بجز دو نفر ته سالن کس دیگری دیده نمی‌شود. صاحب پیر دکان، پشت میز کوچکی، زیر عکس امام خمینی و ساعت دیواری نشسته است و به آخرهای اخبار ساعت ۲ گوش می‌دهد. شعار زیر تمثال امام اعلام می‌کند: «جمهوری اسلامی با خون شهیدان بنیانگذاری شده است.»

ما پشت میزی در یک نقطهٔ دور از همه چیز می‌نشینیم و هر دو

سلطانی سفارش می‌دهیم. تا سرویس و غذا برسد، آنجلا به دستشویی می‌رود. مدت زیادی طول می‌کشد، بطوری که وقتی برمی‌گردد هم سرویس شامل سالاد و ماست و نان و پیاز، و هم غذای اصلی همه چیز رسیده، که شامل چلو و یک سیخ برگ و یک سیخ کوبیده و یک سیخ گوجه است. خودش هم تر و تمیز شده است، بخصوص تر. دستهایش هنوز خیس است.

با خنده و خوشحالی روی صندلیش می‌نشیند. با استفاده از تکه‌های کاغذ کاهی که به عنوان کلینکس روی میز است دستهایش را خشک می‌کند. من‌باب توضیح می‌گوید: «صابون و کاغذ توالت اونجا نبود. مگر کاغذ کم است؟»

«بشین... شانس آوردی که آب مطهر هست.» بعد می‌گویم: «بفرما، بسم‌الله.»

«جی، خواهش میکنم انقدر بدبین نباش.» و بلافاصله با لقمه‌ای از نان و پیاز و ماست شروع می‌کند. «مممم. سالهاست چیزهایی به این خوبی ندیده‌م. من اونوقتها هم چلوکبابیهای ایرانی را دوست داشتم. سنتی‌اند، مگه نه؟ و عالی. دو قرن دیگر هم که به ایران برگردی، هنوز همین بوی چربی کباب کوبیده‌رو استشمام میکنی... پیاز خام، نان تافتون، شیشهٔ دوغ، سماق‌دان.» خوشحال است.

دربارهٔ انتقال پول از امریکا می‌پرسد. می‌گویم: «دوستی در بانک ملی شعبهٔ تجریش دارم که گفت خودش حساب ارزی نداره، اما دوستانی داره که حساب ارزی دارند و در کار خرید و فروش ارز هستند. او قابل اعتماده، اما بالاتر از رقمهای ده پانزده هزار دلار نمیره.»

تندتند کوبیده با سماق روی چلو می‌گذارد و لوف‌لوف

می‌خورد. بعد دوغ. انگار جد و آباءاش کوبیده‌خورهای قهار لهستان و اوکراین بوده‌اند. بعد از موضوع گرفتن پاسپورت سؤال می‌کند ـ انگار این هم گرفتن یک دستگاه ویدئو از فروشگاه «جی‌سی‌پنی» در دیترویت است. به اطلاعش می‌رسانم که این کار در اینجا ریسک بسیار خطرناکی است. به هر حال، برایش توضیح می‌دهم که یک کاظم آقا، فامیل دور خودم را دارم، که در دنیای پول و زد و بند است، و موفق شده دو پسر بزرگش را یکی بدون پاسپورت و یکی را با پاسپورت جعلی از مرز ترکیه فرار دهد و به کانادا برساند.

«چه‌جوری این کارا رو میکنن؟»

«خانم عزیز، من از این زد و بندهای چسبناک چیزی نمیدونم... ظاهراً اول با یکی از افراد باند کارچاق‌کنهای این مافیا تماس میگیرند، پول را یکجا تحویل میدهند ـ بعد مینشینند و صبر میکنند، تا طرف خبر بدهد. ممکن است برایت بلیت تور با اتوبوس بفرستند که در فلان روز با فلان اتوبوس حرکت کنی برای ترکیه، که در فلان ساعت از طریق تبریز میرسه به مرز بازرگان، و در آنجا یک نفر با تو تماس میگیره و به نحوی جزو یک گروه توریستی ردت میکنند.»

لرزه‌ای به تن خودش می‌اندازد. «وووی‌ی‌ی! تبریز و بازرگان!»

«البته این‌طور کارها با رفتن به «درایوین سینما» در جادهٔ «واشتنا» در آن آربر مختصری تفاوت داره.»

«جی، شوخی نکن، تورو به‌خدا. این آدمها واقعاً کی هستند؟ تا چه حد میشه به اونها اعتماد کرد و مطمئن بود؟»

«خدا میدونه... احتمالاً اکیپی هستند از نصف کوسه‌های پول‌خور

ایران و نصف برادران ظاهراً حزب‌اللهی در ادارات. متأسفانه بیشتر اوقات در ادارات نمیشه گفت کدوم واقعاً خوب و سالم و پاکند و کدوم مار دغل... بیشترشون ریش و سبیل و تسبیح دارند. الآن، در زمان جنگ، که پسرهای پانزده سال به بالا با قانون مشمول بودن زودرس ممنوع‌الخروجند، این یکی از داغ‌ترین معاملات زیرزمینی مملکته.»

«God!»

از چلوکبابی که بیرون می‌آییم هوا بدجوری ابری شده است و باد تیزی می‌زند. قدم‌زنان می‌آییم طرف سه‌راه قصر، در آنجا یک ادارهٔ کوچک مخابرات سراغ دارم که معمولاً تا ساعت شش بعدازظهر باز است. داخل می‌شویم. او گوشهٔ نیمکتی می‌نشیند، من جلوی باجه‌ای می‌روم و درخواست تلفن راه دور به اهواز را می‌کنم و شمارهٔ منزل دوست شرکت‌نفتی‌ام امان‌پور را می‌دهم. جمعیتی حدود سی چهل نفر برای تلفن به شهرستان‌ها و خارج از کشور توی سالن منتظرند. تا خط اهواز وصل شود، از تلفن عمومی شهری گوشهٔ سالن تلفنی به منزل کاظم آقا می‌کنم. یک تلفن هم به دوستم جناب سیستانی می‌کنم که در بانک ملی شعبهٔ تجریش متصدی قسمت ارز است. بعد تلفن امان‌پور هم وصل می‌شود، که می‌گوید هنوز نتوانسته دکتر نمازی استاد سابق جندی‌شاپور را پیدا کند، ولی دربارهٔ خانوادهٔ توحیدیان شنیده که منزلشان و تقریباً تمام فامیل در بمباران شدید اهواز در کیان‌پارس کشته شده‌اند. همه؟ مطمئن نیست چند نفر. فقط شنیده خانه‌شان با خاک یکسان شده. نفس بلندی می‌کشم، خواهش می‌کنم باز هم دنبال نمازی باشد. خداحافظی می‌کنم و از کابین در بسته بیرون می‌آیم و به طرف

آنجلا می‌روم. هنوز ساکت همان گوشه نشسته است. در امعاء و احشائم احساس التهاب بدی دارم. آنجلا تندی بلند می‌شود و به طرف من می‌آید.

«خبری هست؟»

«بعداً، بیا از اینجا بریم بیرون.»

دستم را می‌گیرد. «من هم میخوام تلفنی به واشینگتن بکنم. فکر می‌کنم تماس بگیرم برای ارسال ارز دستوراتی بدم.»

«اینجا نه.»

به من نگاه ماتی می‌اندازد. «چرا نه؟...»

«در حال حاضر صحیح نیست...»

«چرا؟... میترسی من تلفن کنم به رابطم در دایرهٔ امنیت کاخ سفید؟» باز با عصبانیت و به انگلیسی حرف می‌زند.

«بیا... الآن نه، دختر. بیا بریم بیرون.»

«من میخوام به واشینگتن تلفن کنم.»

«بهتره فعلاً صبر کنیم، اینجا نه. شما باید بری توی اون کابین و بلندبلند وسط این جمعیت انگلیسی جیغ بکشی، داد بزنی، صدا خوب نیست، صحیح نیست... سالن شلوغه و لملمه از آدمهای جورواجور.»

ساکت نگاهم می‌کند. بعد می‌پرسد: «بعداً ـ چه وقت؟»

«آنجلا، از یک تلفن خصوصی. بیا، خواهش می‌کنم.» هنوز فارسی حرف می‌زنم. «صحنه درست نکن. بخاطر خودت، بخاطر مسیح!»

«میتونم از یه جای دیگه به واشینگتن تلفن کنم؟ پول لازم دارم.»

«بعداً. الآن ساعت شش عصر اینجاست، اما در واشینگتن نصفه‌های شبه... کسی بیدار نیست. کسی هوشیار نیست.»

«او ه...»

از ساختمان مخابرات قدم‌زنان می آییم پایین، طرف پارک دکتر شریعتی، بالاتر از پل سیدخندان، و حرف می‌زنیم. خلقش بهتر است. روزنامه و مجله می‌خرد. از یک داروخانه یکی دو جور قرص می‌خرد. قبل از اینکه حدود هشت به خانه برگردیم، شام مختصری هم در یک پیتزافروشی می‌خوریم ـ باماءالشعیر به جای پال‌مسان.

آخر شب کوچه خلوت است و همه جا تاریک. ما به آرامی و بی اینکه کسی ببیند، با کلید من وارد پارکینگ ساختمان می‌شویم و از پله‌ها پایین می‌رویم. زیرزمین تاریک و خالی است و مثل همیشه سوت و کور، به استثناء خروپف سوپرسونیک تیمسار که ظاهراً سوسکها را هم ترسانده و فرار داده. در اتاق انباری را آهسته باز می‌کنم و هر دو می‌خزیم تو.

بعد از آنکه جا و همه چیز او را برای استراحت شب درست می‌کنم، می آیم بیرون و راه می‌افتم طرف منزل کاظم آقا سنگلجی، دوست بچگی و نوهٔ یکی از بچه‌های زن دیگر پدرم ارباب‌حسن. تصمیم دارم با او دربارهٔ تماس با مافیای گذرنامهٔ جعلی مذاکراتی کنم، ببینم چه می‌شود.

۱۵

آن تابستان من دو ماه با فرنگیس و ثریا به پاریس رفته بودم. ثریا تحصیلاتش را در سوربن ادامه می‌داد.

اوایل مهر که به آبادان برگشتم، سه نامه از آنجلا گوشهٔ میز دفترم بود ـ از شیراز. این از میزان سال قبلش هم که کم بود، کمتر شده بود. اما هنوز مارک و نثر و نظم آنجلا گاسینسکی را داشت.

نوشته بود آن سال تابستان به لنسینگ نرفته بود. نشده بود، چون تمام تابستان را در دانشگاه کار داشتند. مسئولیت سرپرستی بازنویسی کلیهٔ مواد دروس دوره‌های دپارتمان به او محول شده بود. همچنین تهیهٔ رئوس مطالب و برنامهٔ ساعت‌ـ‌به‌ـ‌ساعت کار لابراتوار زبان و سایر کلاسهای سمعی‌ـ‌بصری، کلاسهای سریع‌خوانی و چه و چه و چه.

نامه‌هایش تا حدی گزارشی و واقعیت‌گرایانه شده بود، بیشتر آکادمیک، و نه مثل گذشته عشقی/احساسی. و همه تایپ شده بودند، جمع و جور، با پاراگراف‌بندیها و فاصله‌ها و حاشیه‌های مناسب و نرمال. آنجلا گاسینسکی کرم کادر دانشگاهی تولد می‌یافت. در نامه‌ها اکنون اینجا و آنجا نام دکتر توحیدیان، یا عباس توحیدیان، یا گاهی فقط عباس نیز به چشم می‌خورد، که با هم کار می‌کردند. توحیدیان ظاهراً از دانشگاه جندی‌شاپور به دانشگاه پهلوی شیراز منتقل شده بود. تحصیلاتش ادبیات انگلیسی بود، با درجهٔ دکترا از دانشگاه ابردین در اسکاتلند. از یکی از «خانواده‌های خوب ریشه‌دار مذهبی اصیل» از اهواز بود. او را در سمت معاون دپارتمان از جندی‌شاپور

اهواز به شیراز برده بودند. خلاصه ظاهراً وضعش خوب بود ـ این دکتر عباس توحیدیان.

از زاویهٔ دیگر، جوری که از عباس توحیدیان حرف می‌زد، می‌رساند که با هم درگیری سکسی ندارند، ظاهراً چون دکتر توحیدیان متعهد و سربراه بود. اما هرچه بود، با هم آشنا شده بودند و احتمالاً آشنائیشان جدی بود، یا من اینطور فکر می‌کردم. به هر حال من راضی و خوشحال بودم. گاهی در حین خواندن نامه‌هایش، احساسی داشتم که او این حرفها را برای این به من می‌نویسد که می‌خواهد حداقل در تماس باشد: از آنجا که من باعث آمدن او به ایران شده بودم، می‌خواست منشأ و مرجع نخستین را در آرشیو فکر و خیالش داشته باشد، یا نمی‌توانست از آرشیو پاک کند. من نیز کم و بیش به او می‌نوشتم، و از کارها و برنامه‌های آموزشی در آبادان و مسافرت‌هایم به مناطق نفت‌خیز گزارش می‌کردم و حرف می‌زدم.

اواخر آذرماه آن سال، نامه‌ای آمد که نوشته بود سفر «یک هفته‌ای بسیار بسیار خوب و خوش‌خاطره‌ای» با دکتر توحیدیان به اهواز کرده و عاشق اهواز شده بود. در این سفر، در خانهٔ پدر و مادر دکتر توحیدیان اقامت کرده و بسیار به او خوش گذشته بود... خانهٔ قشنگی در کیان‌پارس، نه‌چندان دور از رودخانهٔ کارون افسانه‌ای... Oh, Lovely.

و بعد ناگهان در اوایل دی‌ماه، ضمیمهٔ پاکت کارت تبریک کریسمس و سال نوی مسیحی، با واژهٔ هان ای دل عبرت‌بین: (Lo and Behold) یادداشت کوتاه و تاریخی‌اش آمد. «جی... من اواخر ماه آینده با دکتر توحیدیان ازدواج می‌کنم...» عقد و ازدواج بعد از ماه محرم، حوالی نوروز انجام می‌شد، در اهواز. نمی‌گفت به دین اسلام مشرف خواهد شد یا نه. ولی یکصد و بیست و چهار هزار پیغمبر خدا را شکر که من به مجلس عقد و عروسی دعوت نشده بودم.

نامه‌هایش به من از آن به بعد عملاً متوقف شد. همانطور که معشوقه و دوست و استاد خوبی بود، همسری عالی نیز از آب درآمد. (من از دور، از طریق بیل و لوئیز فیلدز که در اهواز بودند و با آنجلا و شوهرش رفت و

آمد داشتند، کم و بیش از حال و احوالشان باخبر می‌شدم.) اما تماس خودش هم بطور کلی قطع نبود، کارتهای تبریک نوروز می آمد، همچنین کارتهای کریسمس و البته تولد من. بدون ردخور، چند کلامی یا شعری در جوف کارتهای تبریک زیبایش می‌فرستاد. شعرها اغلب مال امیلی دیکنسون یا خودش، یا مال فروغ بود و همه تز موجودیت و مسائل و فضائل زن و عشق یا فقدان عشق را در این دنیا داشت ـ با راز و رمزهایی از احساسهای آن لحظهٔ خاص زندگیش. در کارت تبریک تولد من اوایل آن تابستان، شعری تکان‌دهنده داشت.

زندگیم، همچون تفنگی پر
در گوشه‌ای نهفته بود
تا روزی که صاحب آن آمد
فهمید مال اوست
و با خود برد.

شعر انتخابی‌اش از امیلی دیکنسون بود، با اولین طعم و لحن تلخ، احتمالاً از ازدواجش. کمی احساس تعجب کردم. از طریق لوئیز فیلدز احوالش را پرسیدم. گفت آنجلا و شوهرش هنوز در شیرازند، ولی قرار است از مهرماه به اهواز منتقل شوند... آنجلا با او مکاتبه و گهگاه تماس تلفنی داشت، تدریسش را می کرد، حالش خوب بود. بعد گفت آنجلا هنوز به دین اسلام مشرف نشده است، گرچه پدر و مادرشوهرش اکنون مصرانه خواستار این امر هستند. اما عدم تشرف به اسلام، که در موقعیتی دیگر آنجلا آن را احتمالاً به آسانی قبول می‌کرد، و توبه می‌کرد و مسلمان خوبی هم از آب درمی‌آمد، اکنون علامت چیز دیگری به‌نظر می‌رسید. ظاهراً آنطور که با شوهرش جور بود با خانوادهٔ شوهرش جور نبود. لوئیز می‌گفت تابستان آن سال، آنجلا و شوهرش سفر کوتاهی به لنسینگ رفته بودند. آنجلا برای این سفر گذرنامهٔ ایرانی گرفته بود، و با احساس افتخار از گذرنامهٔ ایرانی‌اش استفاده می‌کرد.

۱٦

صبح هنوز هوا کاملاً تاریک است و فرنگیس سر نماز، که با مقداری قهوه و کیک می‌لغزم پایین. آنجلا بیدار است، آهسته در را باز می‌کند. زیاد حرف نمی‌زنیم. در سکوت مطلق زیرزمین، تیمسار پیر و زنش ممکن است صدای ما را بشنوند. شنیده‌ام هر دو صبح زود بلند می‌شوند و نماز و طاعت می‌کنند و تیمسار به ورزش باستانی و دنبک و زیم‌زالام‌زیمبو گوش می‌کند. ربع ساعت بعد، هنوز هوا گرگ و میش است که آنجلا را با خودم از خانه بیرون می‌برم.

با یک تاکسی دربست تا میدان راه‌آهن، و از آنجا با سواریهای ویژه می‌آییم به گورستان بهشت‌زهرای بزرگ شهر تهران. توی تاکسی تا آنجایی که بشود با پچ‌پچ شرح دیدارم را با کاظم آقا برای آنجلا تعریف می‌کنم. کاظم آقا که تصدیق ششم ابتدایی‌اش را هم به زور گرفته، در عصر آریامهر با نزول پول و زد و بند، چند پارچه ملک و ماشین و چندمیلیونی پول به هم زده و حالا هم کارش بهتر شده و تا آنجا که شنیده‌ام توی خرید و فروش ارز قاچاق یکی از کوسه‌های گنده است. طبق توصیه و پیامی از جانب او، ما امروز پیش برادر سلیمانی نامی می‌رویم. باید او را ببینیم. تماس گرفتن با

گروه کسانی که گذرنامه و سایر مدارک مهم را تهیه می‌کنند کار برادر سلیمانی است. این البته از فعالیتهای جنبی برادر سلیمانی است. شاید هم کاری که اینجا دارد، و اگر داشته باشد، جنبی است. یا شاید هم اینجاها فقط می‌پلکد. اول خواسته بودم آنجلا را نیاورم و بگذارم در خانه بماند، اما او از ثانیهٔ اول اصرار کرده بود که بیاید. می‌خواست بهشت‌زهرای معروف و محل دفن بسیاری از شهدای ایران، بویژه تهران را ببیند. قول داده بود تا آنجا که ممکن است در حاشیه و پنهان بماند... من تقریباً اشتغال ذهنی‌اش را با سنگ قبرها و گراورسازی از آنها را فراموش کرده بودم.

هوا باز ابری است و خیابانهای شلوغ جنوب تهران، هنوز روز بالا نیامده، با ترافیک دیوانه‌وار و ازدحام دستفروشها و عابرین پیاده غلغله است. چهارراهها شلوغ‌ترند و حرکت ترافیک کند و قاراشمیش. دیوارها، در هر جا که شده پوشیده از شعارهای جنگ و شهادت و مرگ بر امریکا است. خیابانها و کوچه‌ها همه به اسم شهدای جنگ تغییر نام گرفته‌اند. نام شهداء بر روی تابلوهای سر هر کوچه بدون استثناء به رنگ قرمز دیده می‌شود، و برای آنهایی که تازه شهید شده‌اند حجله برپاست. و حجله فراوان است.

به بهشت‌زهرا که می‌رسیم، از جلوی دروازهٔ ورودی بزرگ با مناره‌های زیبا و سر به فلک کشیدهٔ آن می‌گذریم و قدم‌زنان از وسط بلوکها به طرف غسالخانه می‌رویم. ساعت حدود هشت و نیم نه است و همه جا شلوغ. کاظم آقا گفته که محل ملاقات ما با برادر سلیمانی پشت ادارهٔ صندوق گورستان، پشت غسالخانهٔ شهدا است، و ما به آنطرف می‌رویم. ظاهراً در اینجا یک گلفروشی دارد، یا سهم دارد.

پس از مدتها، این اولین دیدار خود من از بهشت‌زهرای تهران هم است. آنجلا با چشمهای باز و بهت‌زده و اندکی افسرده نگاه می‌کند. اینجا با «رز گاردن» لنسینگ در میشیگان کمی فرق دارد. اینجا علاوه بر اقیانوسی از قبرهای مرگ و میر عادی پایتخت کشور در حال جنگ، دارای تعداد بسیار زیادی بلوکهای بزرگ مخصوص مزار شهیدان است. این گورستان سالها قبل از انقلاب برای تهرانی به مراتب کم‌جمعیت‌تر برنامه‌ریزی شده بود و اکنون تنها گورستان فعال و قابل استفادهٔ شهر است. انقلاب و هفت سال جنگ هم فشار بیشتری به آن وارد کرده و می‌کند. بلوکهای اول نزدیک دروازهٔ ورودی که قبرهای قدیمی هستند، گل و درختی دارند. در بلوکهای ویژهٔ شهیدان قبرها بدون استثناء دارای نشان یادبود و عکس و حتی پرچم، و تک و توک گلدان گل، و سطل آبی برای آب پاشیدن بر قبر هستند. سنگ‌نوشتهٔ این قبرها علاوه بر تاریخ و محل شهادت، کلماتی از اعتلای خون دادن و شهادت و عشق در خود دارند. قبل از اینکه به غسالخانه برسیم، در یکی از چهارراهها، ساختار فواره و حوض بزرگ سنتی دایره‌شکلی را می‌بینیم که دارای آب قرمز رنگ است و دراماتیک‌وار، در آسمان گورستان بالا می‌رود و به لبه‌های حوض در پایین آن می‌ریزد که سمبل خون شهیدان است و نمادی دردناک دارد. به آنجلا نگاه می‌کنم. چشمانش پر از اشک است. یادم می‌آید که خودش هم همسر یک شهید است. زیر بازوی او را به آرامی می‌گیرم، اما دستش را تقریباً با خشونت بیرون می‌کشد و زیر لب چیزی می‌گوید که درست نمی‌فهمم.

«بیا بریم برادر سلیمانی را پیدا کنیم... ما کار داریم.»

جلوی غسالخانه که می‌رسیم، شهیدی را تازه آورده‌اند و جمعیت

زیادی سینه می‌زنند، نوحه می‌خوانند و زنها گریه می‌کنند. جنازه را به طرف قسمت مخصوص شهیدان می‌برند. آنجلا را گوشه‌ای دورتر زیر تنها درخت اقاقیای بزرگ می‌گذارم بایستد و منتظر باشد، تا من بروم پشت ساختمان و سر و گوشی آب بدهم، دنبال برادر سلیمانی. می‌پذیرد و به تماشا می‌ایستد. و منظرهٔ دردناکی است. جنازه‌ای را لااله الا الله گویان می‌آورند و مردم شیون می‌زنند و اشک می‌ریزند. گوشهٔ دیگر برای میتی نماز می‌خوانند. مادری روی جنازهٔ پسر شهیدش افتاده و از بس گریه کرده از حال رفته و بدن او را هم مثل بدن بچه‌اش به طرفی حمل می‌کنند...

جلوی محلی که گفته بودند محل کار سلیمانی است، مدتی همان اطراف می‌پلکم. پشت سالن گیشه‌ها، یک نیمدری نیم‌بسته است که با ماژیک قرمز رویش نوشته‌اند «ورود اکیداً ممنوع». پس از مدتی که آن اطراف پرسه می‌زنم و گردن می‌کشم و پرس و جو می‌کنم، معلوم می‌شود که برادر سلیمانی فعلاً تشریف ندارند. رفته‌اند به غسالخانهٔ مردانه، کار دارند، معلوم نیست کی برمی‌گردند. آنجا هستند. این همان جایی است که من آنجلا را گذاشته‌ام. بنابراین برمی‌گردم.

جلوی غسالخانهٔ مردانه، آنجلا زیر درخت اقاقیا نیست. به اطراف نگاه می‌کنم. با اضطراب دنبالش می‌گردم. بعد او را می‌بینم که رفته جلوی درهای غسالخانه و محو تماشای جنازه‌هایی است که برای بردن به درون غسالخانه‌ها به نوبت روی زمین ردیف کرده‌اند. به طرفش می‌روم. حدود بیست سی جنازهٔ کوچک و بزرگ آنجاست. در ملافه یا تن‌پوشهای جورواجور. صاحبان عزا دور و بر ایستاده‌اند، گریه و زاری و شیون می‌کنند، یا بغمه زده‌اند.

بازویش را می‌گیرم و او را با خودم از لابلای جنازه و گریه و لابه بیرون می‌کشم.
«بیا خانم... نباید از آنجا تکان میخوردی. ممکن بود همدیگر را گم کنیم.»
«متأسفم. اینهمه گریه و اشک و توی سر و سینه زدن مرا کشاند اینجا. برای شستن مرده هم صف هست.»
«بیا بریم... از پارتی آن شب کریسمس در ادارهٔ سرویس اطلاعات امریکا در واشینگتن برام تعریف کن. از فریده تیلور.»
حتی برنمی‌گردد به من نگاه کند. هنوز مشغول تماشای جنازه‌هاست. «پیداش کردی؟» کم‌کم همراه من می‌آید بیرون.
«گفتند آمده اینجاها. هرچه ایستادم نیامد... نگران تو شدم. حالا باز برمیگردم. همینجا زیر درخت باش، دخترجان. اینور و اونور نرو، ممکنه همدیگر را گم کنیم.» هنوز از دور به صف جنازه‌های روی زمین زل زده است.
«همه‌شون شهید جبهه‌ها هستند؟»
«نه. غسالخانهٔ شهیدان سواست، یه طرف دیگه‌س. این تنها گورستان موجود در پایتخته. همین جا باش.»
«باشه. نگران من نباش.»
«نذار موج اشک ببردت.»
به پشت ادارهٔ صندوق برمی‌گردم. جمعیتهای عزادار گله به گله راه را پر کرده‌اند. حالا جنازهٔ دیگری را می‌آورند که انگار فک و فامیل‌دار است. حدود صد نفری با گریه و شیون محوطه را شلوغ‌تر کرده‌اند.
نرسیده به گیشه‌های صندوق، کنار دیوار پشت غسالخانه، یک زن

چادری چاقالو می‌آید جلویم. سلام می‌کند. «سلام‌علیکم، حاج آقا.»

فکر می‌کنم عوضی گرفته، یا شاید هم آدرس محلی را می‌خواهد. فقط صورتش معلوم است، و می‌تواند چیزی در حدود ۳۰ تا ۵۰ ساله باشد. تنها چیزی که از تمام وجودش بیرون است، دماغ و دو تا چشم است و دو تا پشت لب پف‌کرده. مرا یاد ربابه‌خانم زن اوس ماشاالله نانوایی سر خیابان فرهنگ می‌اندازد، که با خانمجان رفت و آمد داشت. یک دختر جوان هم پشت سر زن چادری است با چادر گل‌باقالی‌رنگ. این یکی تمام صورت و کمی از جلوی موهایش بیرون است. پانزده شانزده ساله به نظر می‌رسد.

زن مسن رو به من می‌گوید: «حاج آقا، میتونم باهاتون دو کلمه عرض معروض باشم. ببخشید آ.» گفتن «حاج آقا» در این سال و زمانه البته ادب و احترام گذاشتن به آقایان است. خانمها هم البته حاج‌خانم‌اند.

«بله؟ بفرمایید خواهش میکنم.»

پیشنهادی می‌کند که قابل نقل نیست و من تندی معذرت می‌خواهم و خداحافظی می‌کنم.

پشت اتاقهای امور مالی و صندوق، در یک محوطهٔ مجزا، اتاقی است که تابلوی کاغذی کوچک با قلم ماژیک دارد با عنوان برنامهٔ سفارشات گلکاری. یک نیمدری کوچک باز است و من گردن می‌کشم تو. سالن بزرگی است که از پنجره‌اش ساختمان گیشه‌ها و تشکیلات صندوق و امور مالی نمایان است. توی سالن، سه چهار میز این‌ور و آن‌ور است، با دو تا کابینت و چهار تا گاوصندوق. شعارهای جنگ و شهادت هم به دیوار فراوان است. و عکس بعضی

از مقامات دولتی.

در یک گوشهٔ این سالن، نزدیک یکی از میزهای کار، روی یک صندلی بغل میز، مرد چاق و نه‌چندان قدبلندی نشسته، دارد ناشتا می‌خورد. سینی ناشتایش روی یک صندلی پهلوی دستش است. حدود سی سال دارد. ریش توپی پر و بلندی دارد، با موهای پرپشت سیاه مجعد، کاپشن شبه‌نظامی روی پیراهن سیاه، شلوار نظامی. ابهت دارد. روی میز خیلی تمیز، هیچ چیز نیست الا یک تسبیح و یک تلفن. مرد ریش‌توپی انگار مهمان است، یا همچو چیزی.

کله‌ام را کمی بیشتر می‌برم تو. نگاهش می‌کنم. «ببخشید... سلام. میتونید بفرمایید برادر سلیمانی چه وقت تشریف می‌آورند؟» وقتی تمام‌رخ برمی‌گردد و صورتش را نگاه می‌کنم، یکه می‌خورم. کمدی هم نیست. عین سیبی است که با دکتر عباس توحیدیان نصف کرده باشند! البته خیلی پشمالوتر و زمخت‌تر. توحیدیان ظرافت داشت و تمیز بود. این دماغش کوفته‌ای‌تر است.

می‌گوید: «سلام‌علیکم.» سینی را عقب می‌زند. «چه فرمایشی داشتین؟» تأکید جمله روی کلمهٔ فرمایش است.

«بنده با برادر سلیمانی کار داشتم. حضرتعالی جناب سلیمانی هستید؟»

به کت و شلوار فاستونی تمیز، عینک پنسی طلایی و موهای سفید من نگاه می‌کند. من گدای سر قبر آقا نیستم. شاید خل باشم، اما گدا نیستم، و بی‌آزارم. می‌خندد. یک دندان پایین کم دارد، که به صورتش کمی هم منظرهٔ دراکولا می‌دهد.

«بفرمائید، استدعا میکنم. چه خدمتی از ما برمیاد. یاالله.» هنوز معلوم نیست خودش باشد.

می‌روم توی سالن و به میزش نزدیک می‌شوم. «فرمودید حضرتعالی جناب سلیمانی هستید؟».

تلفن روی میز زنگ می‌زند. دست دراز می‌کند گوشی را برمی‌دارد، و بدون اینکه کلمه‌ای حرف بزند، مدت درازی گوش می‌کند. دستش که گوشی را گرفته، با گوشش زاویهٔ ۹۰ درجه دارد. با کلماتی مثل «نه» یا «خوب» یا «نچ» وارد مکالمهٔ تلفنی طولانی می‌شود. توی سینی کنارش، آثار چهار پنج تخم‌مرغ آب‌پز، و مقداری از ذرات پنیر و مقداری گوجه‌فرنگی خام قاچ کرده و پیاز پوست‌کنده و دوره‌های نان تافتون دیده می‌شود. یک بطر پپسی نیم‌خالی هم کنار سینی است. همین. از جلو که نگاه می‌کنم روی میز شیشهٔ یک‌تکهٔ تمام‌قدی انداخته‌اند. زیر شیشهٔ میز یک تمثال رنگی از حضرت امیرالمؤمنین علیه‌السلام است با لیست کتیبه‌واری از فرمایشات آن حضرت، چند پوستر کوچک از آیات قرآن مجید به خط نستعلیق خوب و پرطمطراق، تصویری سیاه و سفید در اندازهٔ یک کارت‌پستال از امام خمینی، یک بیت شعر هم با خط نستعلیق خوب از سعدی: سعدی به روزگاران مهری نشسته بر دل/ بیرون نمی‌توان شد الا به روزگاران. وقتی تلفنش تمام می‌شود، فقط عددی را کف دستش با خودکار یادداشت می‌کند بعد دوباره از من استدعا می‌کند بفرمایم چه خدمتی از ایشان برمی‌آید.

«جنابعالی آقای سلیمانی هستید...» سؤال نمی‌کنم.

با لبخند می‌گوید: «در خدمتم، بله. بفرمائید.»

«عرض شود، بنده در رابطه با صحبت شما با جناب **کاظم آقا اینجا** خدمت رسیده‌م. **دیشب خدمتتون تلفن کردند. من منزلشون بودم. ما مشکلی داریم.»**

«کاظم آقا؟» به چشمهای من زل می‌زند. با یک انگشت سبابه‌اش، خلال‌دندان‌وار، با دندانهای بالایش ور می‌رود. بعد سرش را می‌آورد پایین و خندهٔ راحتی می‌کند. «اوه، کاظم آقا سنگلجی.» یک آروغ جانانه می‌زند.

با صدای پایین‌تری می‌گویم: «جناب سلیمانی، ممکنه چند کلمه‌ای... خدمتتان عرضی داشتم. اگر باعث زحمت نیستم.» به طرف کارمندان پشت گیشه‌ها آن طرف ساختمان نگاه می‌کنم.

«خیره، انشاالله.» دستهایش را بالای سینی به هم می‌مالد و پاک می‌کند. ذرات نان و پنیر تخم‌مرغ از دستهایش توی سینی می‌ریزد. بعد بلند می‌شود، با لبخند و تواضع با من دست می‌دهد. ولی اسم و رسمم را هم می‌پرسد. اسمم را می‌گویم، کارم را هم می‌گویم، و روی کلمات استاد حق‌التدریسی دانشکدهٔ اقتصاد و دانشگاه علامهٔ طباطبایی، هم سنگین می‌آیم پایین. با هم قدم‌زنان می‌آییم بیرون، گرچه او همان جا پشت در می‌ایستد، در را نیمه‌باز می‌گذارد، انگاری که منتظر کسی باشد، یا بخواهد سالن را زیر نظر داشته باشد. کم‌کم وارد اصل موضوع می‌شوم و هدف از مزاحمت و مسئلهٔ نیازمان را با او در میان می‌گذارم. گذرنامه و خروج.

«برای خودتونه؟» بربر نگاهم می‌کند. «برای خودتون «پاس» میخواین؟»

«نه، جناب سلیمانی. برای خودم نیست.» سینه‌ام‌راصاف می‌کنم. «برای یکی‌از بستگان، دوره. خانم بنده خدایی است با یک پسر هشت نه ساله. نمیتونه رسماً درخواست پاسپورت بکنه، بیچاره. مسئله داره. میخواد از کشور خارج بشه، طفلک. کاظم آقا هم که گفت خدمتتون. خلاصه، بفرمایید چه باید بکنیم. جنابعالی چه محبتی

میتونید بفرمایید.» از خودم بدم می‌آید که لنترانی و مجیز می‌گویم. اما راه دیگری ندارم.

خیلی مطلق و شرعی می‌گوید: «بنده نمیتونم هیچ کاری براشون انجام بدم.» دستش را تکان می‌دهد و تقریباً خداحافظی می‌کند. «یعنی شخصاً نه. کاظم آقا خودش هم میدونه. ما اهل این فرقه نیستیم. جان شما.»

«محبت بفرمائید، کمک کنید. پولش مسئله‌ای نیست.»

«بنده فقط و فقط یه مخلصم. یه دوست خیر. فوقش یه راهنما. یا یه کارگشا. بنده فقط دوست برادری دارم توی دفتر یکی از «آقایون» هست. اون شاید بتونه کمک کنه.»

«ما خیلی خیلی تحسین میکنیم این لطف و محبت رو اگر ایشون بتونند به این انسان نیازمند کمک مرحمت کنن. امر خیره.»

نگاهم می‌کند، آهی می‌کشد.

«از مرز ترکیه میخوان برن یا از مهرآباد؟»

«تا چه امکاناتی پیش بیاد. ترجیحاً از فرودگاه مهرآباد.»

«دلیل ممنوع‌الخروج بودنشون دقیقاً چیه؟ جزو مجاهدین و گروهک مروهکهای منافقین که نیستند؟»

«وای، یا حضرت عباس، نه بابا، بیچاره. تقریباً نیمه‌خارجی ـ نیمه‌ایرانی‌یه. میشه گفت ارمنی‌یه. مسئله‌ش با فک و فامیل شوهرشه، که ایرونی‌ن و بخصوص که قیمومت بچه‌ش رو میخوان ازش بگیرن. بدبخت و ذله‌ش کرده‌ن. جوونه. یه پسر کوچولو داره. توی تله افتاده. میخواد بره خارج زندگیشو از نو شروع کنه. آدم حسابی‌یه. مطمئن باشین.»

سرش را می‌خاراند. «پس بهتره از مرز ترکیه نرن. این وقت سال

خیلی سخته.»

«باشه... اگه مهرآباد بشه بهتره.»

ضجه و شیون تازه‌ای از سوی جمعیت تشییع کننده بلند می‌شود، که لابد جنازهٔ عزیزی را می‌آورند، احتمالاً یک شهید، چون با سینه‌زنی و نوحه‌خوانی توأم است.

«بله، بهتره از مهرآباد تشریف ببرن، طفلکها» نگاهم می‌کند. «البته یه کمی خرجشون بیشتر میشه، اما راحت‌تر و امن‌تره، انشاالله.»

«پس شما میتونین به کمک این دوست برادر ترتیب کارشون رو بدین؟ کار خیره. بیچاره‌ن. مسئله‌ای هم ندارن.»

«دست خداست. میگن در کار خیر حاجت هیچ استخاره نیست. اما باید محتاط بود.»

«ثواب کنید. کاری براشون انجام بدید.»

حالا دارد با یک انگشت سوراخ گوش چپش را سوک می‌زند. شاید سیستم فکر کردن و تصمیم‌گیری در کارهای خیرش اینطور است. بعد می‌گوید: «والله... کاظم آقا میدونه. برای این موضوع باید ساعتها صحبت و مذاکره کنیم. اما دوست ما در دفتر حاج آقا برای مرز ترکیه معمولاً ده‌هزار خرجی میخواد. برای مهرآباد بیست‌هزار... برای هر پاس...»

«دلار؟»

«بله، دلار دیگه... فقط دلار.» این ارقام کمی بالاتر از چیزی است که کاظم آقا به عنوان «فی» داده. اما خوب تورم، تورم است.

«پاسپورت و کل مدارک و قضایا؟»

«البته.» برادر سلیمانی می‌خندد و قیافهٔ حق به جانبی می‌گیرد. «و ترتیبی داده میشه که مسافر به سلامت سوار میشه و به مقصد میرسه.»

«ممنون.»

بعد ریشش را می‌خاراند و می‌پرسد: «اینجاست ـ خواهری که میخوان خارج بشن؟»

از طرز نگاهش خوشم نمی‌آید. می‌گویم: «والله، الآن شمالند. ولی من میتونم هر وقت که بفرمایید عکس و مدارک و پول را بیارم. البته با دو سه روز فرصت...»

«چشم... من با این برادر دوستمون صحبت میکنم، انشاالله هفتهٔ آینده. تلفن شوما چند بود حاج آقا؟» اسمم را فراموش کرده. اسم خودم و شماره تلفن کاظم آقا را روی تکه کاغذی می‌نویسم و به او می‌دهم.

«شما میتونید از طریق کاظم آقا با بنده تماس بگیرید... اما ممکنه خواهش کنم حتی‌الامکان این کار زودتر انجام بگیره؟ یعنی مقدماتش این هفته شروع بشه.»

«به امید حق تعالی، باشه، ببینیم چکار میشه کرد.» هنوز ریشش را می‌خاراند. «فرمودید پسربچه چند سالشه؟ اگر پونزده سالش گذشته باشه، فرق میکنه.»

«من مطمئنم از نه سال کمتره. مثل بچهٔ خودم میشناسمش. بنده خودم این را گارانتی میکنم.» بعد می‌پرسم: «خوب چند رقم مبلغی که باید خدمتشون عرض کنم تا فراهم کنند چقدره؟ بیست هزار؟»

«بله. فعلاً بگیرید بیست. اگه کم و زیادی بود، چون بچهٔ همراه دارند، بعداً یه جوری کنار می‌آیید. فعلاً روی همین رقم نگه دارید.»

موج سینه‌زنی و نوحه‌خوانی برای شهیدی که چند دقیقه پیش

آورده‌اند، بالا می‌گیرد. من و برادر سلیمانی دو سه دقیقهٔ دیگر هم صحبت می‌کنیم. دربارهٔ جزئیات و مدارک لازم و طرز تهیه. پول چگونه تحویل شود. نقد، اسکناس درشت، ولی نه درشت‌تر از صد دلاری، چون اعتبار ندارد، و نه کمتر از پنجاهی، چون زیاد جا می‌گیرد. قول می‌دهد تا پنجشنبه جمعه انشاالله تماس بگیرد.

وقتی برمی‌گردم طرف درغسالخانه، بادخیلی سردو تندی توی صورتم می‌زند. جمعیت جلوی در غسالخانه بیشتر و متراکم‌تر شده است. در دوردست، زن چادری چاقالو همراه دختر جوان با چادر گل‌باقالی هنوز سر پیچ پیاده‌رو، ایستاده‌اند. اما حالا دارند با زن چادر سیاه قدبلندی حرف می‌زنند. و انگار یکی به دو می‌کنند.

آنجلا باز داخل سالن روباز غسالخانه شده و نزدیک نیمدری بسته‌ای که جنازه‌ها را به نوبت توی آن می‌برند ایستاده. وسط جمعیتی از زن و مرد عزادار بهتش زده. یا گیر کرده. انگار موج عزادارها او را با خود برده و نمی‌تواند حرکتی بکند، یا صدایی بکند. هر طور شده نزدیکش می‌روم و او را با خودم نرم‌نرمک می‌کشم بیرون. کم‌کم اطلاعات به دست آمده از برادر سلیمانی را رله می‌کنم. فارسی حرف می‌زنیم، و او بیشتر گوش می‌کند. سرش را پایین انداخته، ولی چشمهایش به جنازهٔ بچه‌ای روی زمین دوخته شده. جنازهٔ بچه را در صف نوبت برای بردن به داخل غسالخانه گذاشته‌اند. پارچهٔ نه‌چندان سفیدی دور جسد پیچیده‌اند، جفت پاهای برهنهٔ بچه بیرون است.

«بیا بریم...» دستش را می‌گیرم. «تماس و اطلاعاتی را که میخواستیم بدست آوردیم.»

«نگاهش کن.» به جنازهٔ بچه اشاره می‌کند. «میگن در بمباران

دیروز کشته شده.»

«بیا... از اینجا بریم بیرون.»

«هشت نه ساله‌ست...»

«بیا...» از محوطهٔ غسالخانه بیرونش می‌برم. نفس بلندی می‌کشد.

«گفتی دیدیش؟ این رابط را، هر که بود؟»

«آره...»

«چه جور آدمی‌یه؟»

«روی در اتاقش نوشته مأمور سفارشات گلکاری‌یه. ممکنه یکی از بستگان یا کارکنان ادارهٔ صندوق مرده‌شورخونه‌م باشه. یا ممکنه اصلاً فقط همین جاها ولو باشه. باهاش صحبت کردم. دلال و کارچاق‌کنه. اما فامیلم کاظم آقا می‌گفت کار میکنه. شما باید دست کم بیست‌هزار دلار نقد بدی ـبعد بشینی، صبر کنی. اسکناسهای درشت لطفاً.»

«مرا هم میخواد ـیعنی الآن ـ ببینه؟ من که نمیرم اون تو.»

«ابداً ـما هم بهتره هرچه زودتر بریم بیرون از اینجا. میگفت خودش هیچکاره‌س. میگفت فقط با برادری در دفتر یک «حاج آقا» ارتباط داره. اون فقط پول‌رو تحویل میگیره. بیا.» با سرعت می‌رویم طرف در. می‌خواهم قبل از اینکه برادر سلیمانی تصمیم بگیرد بیاید بیرون، از گورستان خارج شده باشیم. بخصوص که خیلی هم شکل توحیدیان است. آنجلا نمی‌فهمد چرا آنقدر عجله می‌کنم.

«چرا انقدر تند می‌رویم؟ این نحوهٔ معمول کارشونه؟»

«آره، بیا.»

به طرف خیابان فوارهٔ قرمز می‌رویم.

«بهشون اعتماد میکنی؟»

«دفتر بیمهٔ مریل اینشورنس یا دفتر بیمهٔ مسافرت هوایی پان‌امریکن نیست.»

«شما یه کلمهٔ خوب برای این‌جور آدم‌ها دارید ـ نیست؟ مرده‌خور؟»

«س س س. بریم.»

«... داره دلم آشوب میشه.»

بازویش را فشار می‌دهم. تندتند به راهمان ادامه می‌دهیم.

«اون بچه... اون بچه همسن و سال مهدی بود.» برمی‌گردد و به چشم‌های من نگاه می‌کند. نفس عصبی و بلندی می‌کشد. «بهترین کاری که می‌تونیم بکنیم، یعنی اولین کاری که باید بکنیم، اینه که اول اونو پیدا کنیم. بعد تصمیم بگیریم چکار باید بکنیم.»

«حالا داری با عقل سلیم و واقع‌بینی حرف میزنی. و کلاغه خبر میده که حرکت بعدی ما به طرف اهوازه.»

«نمیتونم تحمل کنم.»

«پنج تا تخم‌مرغ آب‌پز برای ناشتا زده بود. مثل یه انگل گوشهٔ یه میز خالی که معلوم نبود مال کیه.»

«پس حرومزاده شام چی میخوره.» این را به صورت سؤال نمی‌گوید.

«میخوای باور کن، میخوای باور نکن. به روایت از کاظم آقا سنگلجی ما، برادر سلیمانی یک فلسفهٔ جالب داره: برادر احمدرضا سلیمانی صادقانه اعتقاد داره که به ضیافت خداوند دعوت شده. بنابراین برای شام، هر شب میگه دو تا مرغ سر میبرن و براش میپزن. از اینطرف بیا، طرف در خروجی. شاید بتونیم یه تاکسی دربست برای جادهٔ قدیم بگیریم.»

۱۷

از مهر سال ۱۳۵۵ (یا ۲۵۳۵ کذایی شاهنشاهی آن سال) که خانم و آقای توحیدیان به اهواز منتقل شدند، کارت تبریک کریسمسی که اوائل دی‌ماه از آنجلا آمد، خبرهای بزرگ را به من می‌داد: «سوپرایز، سوپرایز... یک نفر بزودی صاحب بچه‌ای خواهد شد!... احساسی آسمانی، و... زیبا دارم ـ یک زن کامل. جی، من خوشحالم... متشکرم که باعث شدی به ایران بیایم.» و تابستان بعد، که من از تعطیلاتی از اروپا بازگشتم، همراه کارت تبریک تولد من، یادداشتی از او بود که خبر تولد بچه‌اش را می‌داد. «پسر است...» ولی کمی هم درد دل داشت. تعطیلات تابستان بسیار مهم و کذایی را موفق نشده بود آنطور که قبلاً خودش و عباس برنامه‌ریزی کرده بودند به لنسینگ برود تا بچه را در آنجا به دنیا بیاورد. فامیل شوهرش اصرار کرده بودند بچه باید در ایران به دنیا بیاید، با مراسم خوب اسلامی و ایرانی، شب شش و ختنه‌سوران و غیره... و «عباس» هم طرف آنها را گرفته بود. مدتی بود که یادداشتهای کوچکش را با خودکار می‌نوشت، نه با ماژیک نرم یا روان‌نویسهای رنگی که اوایل داشت. به خوبی می‌شد فشار روح و دستش را از برآمدگیهای پشت کاغذ دید.

من سالها بود که به او ننوشته بودم ـ یعنی از سال ازدواجش با دکتر توحیدیان. و باز هم تصمیم داشتم در حاشیه بمانم. از طریق لوئیز فیلدز بود که اخبار زندگی او و خلاصهٔ حال و احوالش را می‌شنیدم و جسته و گریخته تعقیب می‌کردم، و همین کارت‌تبریکها و گهگاه یکی دو کار از

خودش. می‌دانست که من کارتها و یادداشتهایش را دریافت می‌کنم. احساس مرا می‌فهمید. در نظر من زن شوهردار در ایران یک متاع شخصی بود، حتی آنجلا گاسینسکی توحیدیان ـ بخصوص با خانوادهٔ متعصب و سنتی دزفولی/اهوازی شوهرش. خانوادهٔ حاج حسن آقا توحیدیان.

آنجلا و دکتر توحیدیان با لوئیز و شوهرش بیل فیلدز در اهواز رفت و آمد داشتند والبته بیشتر بخاطر لوئیز و آنجلا. ملاقاتها بیشتر در منزل لوئیز فیلدز و شوهرش یا در یکی از باشگاههای شرکت نفت صورت می‌گرفت. دکتر توحیدیان و آنجلا و لوئیز فیلدز لب به مشروب نمی‌زدند، فقط بیل فیلدز بود که توی آکواریوم ویسکی و آبجو تنفس می‌کرد. من نیز هر وقت اهواز بودم سری به خانوادهٔ فیلدز می‌زدم. و یک شب که شام پیش آنها در خانهٔ شرکتی قشنگشان در منطقهٔ مسکونی نیوسایت اهواز بودم، و بعد از شام داشتیم یک فیلم امریکایی را از تلویزیون تماشا می‌کردیم، لوئیز از پای تلفن آمد. و به من گفت که یک نفر می‌خواهد به من سلامی بکند.

آنجلا روی خط بود. «سلام، سوپرایز، سوپرایز.» خوشحال بودم که صدایش را می‌شنیدم، گرچه زیاد حرف نزد. مرتب هم مرا «بیل» صدا می‌کرد. ظاهراً در خانه و پیش فک و فامیل بود و عباس توحیدیان هم نزدیکش بود. خیلی هم از خوشحالی نمی‌ترکید. همه خوب بودند. هنوز در خانهٔ پدر و مادر عباس زندگی می‌کردند، اما دنبال جا می‌گشتند. برایش آرزوی موفقیت و خوشحالی کردم و گفتم امیدوارم روزی او و شوهر و فرزندش را ملاقات کنم.

لوئیز فیلدز در میان اخبار حال و روزگار زندگی این روزهای آنجلا به من گفت که خانم آنجلا توحیدیان دارای کیفیت و محبوبیت بسیار عالی در دانشگاه بود، بطوری که می‌گفتند بهترین استاد زبان امریکایی است که در تمام این سالها داشته‌اند. و این چیزی بود که همهٔ دانشجویان و اعضاء هیأت اساتید در آن متفق‌القول بودند.

از اوایل اسفند آن سال، من برای نه ماه جهت مرخصی پژوهشی به دانشگاه براون در امریکا رفتم و اواخر آذر ۵۶ به خوزستان برگشتم و این همان پاییزی بود که اولین موجهای ناآرامی سیاسی/اجتماعی علنی ضد شاه در ایران در دانشگاهها به حرکت در آمده بود. اعتصابها و شورشها و سرکوبیها کم و بیش شروع شده بود و طوفان نزدیک می‌شد. اگرچه گروهها و عناصر فعال دانشجویی در این مرحله مجاهدین و چپیها و بچه‌های اسلامی بنیادگرا بودند، اما گروه اخیر آزادتر و قوی‌تر بودند و بطور رسمی انجمنهای اسلامی را در دانشگاهها داشتند. نسل جوان اساتید و معلمین نیز نقش مؤثری در این نهضت داشتند، به‌ویژه آن عده که به خارج رفته و در معرض سیستمها و آزادیهای اجتماعی کشورهای غربی قرار گرفته بودند. در میان کادر اساتید نیز از هر سه گروه فعال انقلابی وجود داشت، و کلیهٔ آنها با برنامه‌های پر زرق و برق تمدن بزرگ شاهنشاه آریامهر و عدم تساوی اجتماعی و فساد سیستم در سایهٔ دیکتاتوری، که بهای آن را بخشهای عظیم ملت فقرزده باید می‌پرداختند مخالف بودند. «امریکا» توسط مبارزین محکوم و منفور بود، چون این ابرقدرت از بزرگ‌ترین طرفداران شاه و بنابراین بزرگ‌ترین استفاده کننده از برنامه‌های رژیم بود. دو دولت امریکا و ایران در آن زمان در اوج ارتباط و پیوندهای گوناگون و پیچیدهٔ سیاسی/اقتصادی/فرهنگی/تسلیحاتی بودند. بیش از شصت‌هزار امریکایی که در ایران کار و زندگی می‌کردند، فقط نمادی از گستردگی و **پیچیدگی** این ارتباط دو دولت بودند.

۱۸

تا شب بسیاری از شهرهای جنوب و غرب کشور مورد حملهٔ هوایی و موشکی عراقیها قرار می‌گیرد، از جمله تهران. ساعت سهٔ بعدازظهر باز میگها می‌آیند و در حریم هوایی تهران دیوار صوتی را بطور هولناکی می‌شکنند، تا حدی که من و آنجلا که در تجریش، در رستورانی غذا می‌خوریم، صداهای کذایی را می‌شنویم.

سر شب، بعد از اینکه او را به خانه برمی‌گردانم و در اتاق زیرزمین مستقر می‌کنم، سری به بالا، به آپارتمان می‌زنم.

فرنگیس خانه نیست، ولی یادداشتی روی آینهٔ جلوی در نصب کرده. به خانهٔ دوست و جاری پیرش بدری خانم رفته. بدری خانم از شروع جنگ تا به حال دو تا سکتهٔ قلبی داشته، چون شبهای بمباران تقریباً جنون سوپرمالیخولیایی می‌گیرد. ضمناً هیچوقت هم از ترس دزدهای لاشخور جنگ به خاطرش خطور نمی‌کند که خانهٔ نازنینش را ترک کند و بیاید پیش ما، یا از تهران برود جایی. یادداشت فرنگیس گزارش می‌دهد که او شب را پیش بدری خانم می‌ماند، شام ادریس را داده، شام خود من هم توی فر است، با سالاد توی یخچال.

به زیرزمین برمی‌گردم و پس از مدتی مذاکره و تصمیم‌گیری،

آنجلا را با خودم می آورم بالا، با ساک و همه چیز. توی آپارتمان راحت‌تر و آبرومندانه‌تر است. می‌تواند یک دوش بگیرد، به خودش برسد، دسترسی به تلفن هم دارد. قرار شده است روز بعد سفری به اهواز برویم تا او خودش تمام اطلاعات مربوط به بچه‌اش را کشف کند.

از آپارتمان خیلی خوشش می آید، و بزودی احساس اندک آرامش خوبی پیدا می کند. کمی که جا می‌افتد، من چند دقیقه‌ای می‌روم بیرون، تا سر کوچه. اول سری به ادریس می‌زنم. دارد شام می‌خورد و به رادیو گوش می کند. سر کوچه از مغازهٔ سوپر دریائی مقداری خرت و پرت می‌خرم. به آپارتمان که برمی‌گردم، آنجلا هنوز جلوی تلویزیون نشسته، محو شده. یک داستان تلویزیونی دراماتیک و کمی آبکی را در برنامهٔ کودکان نگاه می کند.

چیزهایی را که خریده‌ام به آشپزخانه می‌برم و به رتق و فتق تهیهٔ یک بشقاب سرد مشغول می‌شوم. گهگاه سر می‌کشم او را نگاه می‌کنم، پای تلویزیون مات است. زن و شوهر جوانی دربارهٔ مسئلهٔ بغرنج روحی پسر ده ساله‌شان حرف می‌زنند. ظاهراً پسرک می‌خواهد کاری بکند که آنها از فهم آن عاجزند. پسرک مدام غمگین است و در مدرسه هم نمره‌های بد می‌گیرد و از همه بریده است. می‌خواهد کاری بکند، اما می‌ترسد والدینش به او اجازه ندهند. در آن صحنه، که آخر شب است، زن و مرد در رختخوابند و دارند دربارهٔ این مسئله حرف می‌زنند. زن در رختخواب و در کنار شوهرش حجاب اسلامی را سخت رعایت کرده است. و در این صحنه است که راز ناراحتی و درگیری پسرشان معلوم می‌شود. مادر فهمیده. پسرک می‌خواهد دوچرخهٔ هدیهٔ تولدش را بفروشد و پولش

را به صندوق خیرات و مبرات مدرسه بریزد، ولی می‌ترسد پدر و مادرش ناراحت شوند.
بعد از پایان داستان دراماتیک کودکان، «کانال یک» برنامه‌ای از گزارشهای جنگی را نشان می‌دهد. بچه‌های سرباز و سپاهی در مردابها و نیزارهای جبهه‌ای در شرق بصره، زیر بمباران عراقیها تلاش و جانفشانی می‌کنند. در زمینهٔ فیلم خبری، یک نوحهٔ شهادت هم مترنم است. آنجلا هنوز محو برنامه است. ظاهراً اولین باری است که تلویزیون جمهوری اسلامی را پس از شروع جنگ تماشا می‌کند. بهت‌زده، مات و غمناک همانجا نشسته. هنوز هیچ کاری نکرده. نه حمام، نه نظافت. انگار حتی ساک مسافرتش را هم باز نکرده. فردا صبح زود باید برویم خوزستان. یک مسافرت تقریباً بیست ساعته که مجبوریم با اتوبوس برویم.
به اتاق نشیمن می‌آیم. جلو می‌روم و سر شانه‌اش را تپ تپ لمس می‌کنم.
فقط می‌گوید: «سلام.»
«نمیخوای یه حموم بگیری؟ بعد میتونیم یه چیزی بزنیم و استراحت کنی. صبح خیلی زود باید در ترمینال جنوب باشیم...»
سرش را به طرف من برمی‌گرداند. «نگاهشون کن... بچه‌ن.»
«پاشو تمیزکاری کنیم، استاد آنجلا گاسینسکی توحیدیان. یه چیزکی بخوریم. کمی هم استراحت لازمه. آره، بچه‌ن.»
آهی می‌کشد. «باشه.»
ما حالا البته فارسی حرف می‌زنیم، که طبیعی است، و او هم دوست دارد.
«پاشو، باگت خشخاشی تازه گرفته‌م، با پنیر خوب و ماهی تون،

چیزهای خوب دیگه‌م هست که بشوریم بدیم پایین.»

نگاهم می‌کند و لبخندی می‌زند. «جی عزیز و نازنین من... آیا تو هرگز هرگز به چیز دیگه‌ای فکر میکنی ـجز خوردن و شیطونی؟»

«اگه وقت داشتیم میتونستم برات حلوای ماماجیم‌جیم درست کنم که شیرازیها زیاد می‌خورند، اما ماتریال ندارم. یا میتونستم به رویال هیلتون که حالا شده هتل آزادی تلفن کنم و سفارش بدم کوکتل میگو و شاتوبریان و شامپانی «مونه» برامون بفرستند. اما بعید نیست بگن مالا سیدی سه دست، صبح و ظهر و عصر، قبل از غذا.»

بالاخره خنده‌ای از ته دل می‌زند و بلند می‌شود، به دیوار تکیه می‌زند. «دیگه از دست من عصبانی نیستی، هستی؟»

نوازشش می‌کنم. «فقط منگم. اگه نمیخوای یه دوش یا یه حموم بگیری، میتونیم بشینیم غذا رو بزنیم.»

«چرا، فکر میکنم یه حموم کوچک بگیرم. خیلی وقته توی وان حموم نکرده‌م. دیدم وان دارید.»

«باشه. پس من یه شمع واسه‌ت میذارم توی حموم.»

«شمع؟ شمع دیگه واسه چی؟ امشب رمانتیک شدیم؟»

«برق شهر ممکنه هر آن یکهو بره.»

«هان...»

«گوش کن. رادیو را هم برات میذارم، باطری داره. اگه برق رفت و هنوز توی حموم بودی، نگران نشو. حمومت رو تموم کن. بعد بیا بیرون. باشه؟ ولی اگر «وضعیت قرمز» شد و از رادیو آژیر شنیدی، فوری پاشو بیا بیرون، کت حوله‌ای بنداز تنت و بیا، چون اونوقت

باید بریم شرایتون زیرزمینی انباری -پایین.»

«اوه. اون جای لعنتی... نه دوباره.»

«آره، اون جای لعنتی، دوباره. یک در میلیون ممکنه بمب درست بخوره روی کاسهٔ سرمون، که در اینصورت دیگه مسئله‌ای نداریم. اما گلوله‌باران شیشهٔ شکسته در اثر موج انفجار بمبی که در شعاع دویست سیصد متری خیابون میخوره داستان دیگه‌ای یه.»

«خیلی خوب، باشه. از خوشحالی دلم را به غنج آوردی.»

«اون کت حوله‌ای‌رو هم دم دست نگه دار...» این روزها «جنگ شهرها» بالا گرفته. امشب میتونه شب سگی باشه. یا شب جاودانی شدن باشه.»

«دلم میخواد تو جاودانیم کنی.»

«آنجلا گاسینسکی... حموم.»

او هنوز توی حمام است و من دارم سینی غذا را روی میز کوچک جلوی تلویزیون می‌گذارم، که آژیر لعنتی دوباره به صدا درمی‌آید و بلافاصله دو بمب، نه چندان دور، در قسمت غرب ما زمین و زمان را تکان می‌دهد. او توی حمام جیغی می‌کشد، چون ضربهٔ اصابت بمبها زیاد است. موج انفجار پنجره‌های بزرگ فولادی و شیشه را بدجوری به لرزه درمی‌آورد.

«چی بود؟» به انگلیسی فریاد می‌زند.

برق هم حالا رفته. سینی غذا را می‌گذارم کنار، می‌آیم پشت در حمام. خودم هم عصبی هستم. «آنجلا، پاشو کت حوله‌رو بپوش، یه حوله‌م بنداز سرت، و بیا بیرون. خواهش میکنم.» بعد باید کلام احمقانهٔ شب را هم به زبان بیاورم. «نترس، آروم باش.»

داد می‌زند: «شمع از روی شیشهٔ بالای دستشویی افتاد، خاموش شده، همه جا سیاهه... اه.» به جای این کلمه، واژهٔ چهارحرفی کلاسیک امریکایی آن را به کار می‌برد، که این سالها، مثل دو سه کلمهٔ چهارحرفی دیگر، از جلوه‌های تابناک زبان و فرهنگ ایالات متحد است.

می‌گویم «صبر کن چراغ‌قوه بیارم. ضمناً یه خرده‌م جیغ بکش!»

«کجا خورد؟ تو چیزیت نشده؟ انگار خیلی نزدیک بود! من داره زهره‌م میره. اه.» این ظاهراً اولین رودررویی‌اش با بمباران نزدیک و خارج از پناهگاهش است. و اصابت نزدیک.

«همین نزدیکیها بود. منم چیزیم نشده، خانم محترم... فقط از وان بیا بیرون، کت حوله‌ای رو بنداز تنت. آماده شو. من حالا چراغ‌قوه‌رو پیدا میکنم، و با هم میریم پایین.»

«همسایه‌ها چی؟»

«اگه شلوغ بود نمیریم. اما انگار نیستند، رفته‌ن.»

در حمام را از داخل نبسته، باز می‌کنم و نگاهی می‌اندازم. هنوز توی وان پر از آب و کف‌صابون است ولی مات و منگ توی تاریکی نشسته. می‌روم توی حمام، چراغ‌قوه را می‌گذارم گوشه‌ای، و دارم کت حوله‌ای را برایش روی لبهٔ وان می‌گذارم، و می‌گویم بلند شود بیندازد تنش و بیاید، که تلفن زنگ می‌زند.

«بپوش و بیا بیرون، عزیزم... ببینم کیه.»

فرنگیس است. می‌خواهد بفهمد کجا بمب خورده. من حالم چطور است؟ بمب نزدیک نخورده؟ می‌گویم وضعیت من خوب است. برق آن قسمت از شهر هم رفته. رادیو هنوز روی آژیر خطر

و حرفهای مواقع اضطراری است. یک موزیک، با تم سینه‌زنی هم در زمینهٔ حرفهای گوینده نواخته می‌شود. فرنگیس تند تند حرف می‌زند و اصرار دارد که فوری گوشی را بگذارم و بروم پایین! ادریس را هم اگر مضطرب است با خودم ببرم. به او قول می‌دهم که فوراً همین کارها را بکنم. بعد می‌پرسم او و دوستش در آنجا به چیزی احتیاج ندارند؟ از دست من کاری برایشان برمی‌آید؟ آه تندی می‌کشد که نه. «هستیم دیگه. چکار میشه کرد. با خداست.» از من می‌خواهد گوشی را بگذارم و راه بیفتم.

ظاهراً انگار بیشتر شهر در خاموشی است: شاید بخاطر دفاع استراتژیک، شاید هم به علت اینکه حملات آن شب سخت‌تر از معمول است، و نیروگاهی هم آسیب دیده. شاید هم چیزهای دیگر. وقتی آنجلا با کت حوله‌ای می‌آید بیرون و چیزهای دیگری هم می‌اندازد تنش، من با احتیاط او را می‌برم پایین.

از پله‌ها با دقت و به کمک چراغ‌قوه می‌رویم طرف زیرزمین. او می‌لرزد و حرف می‌زند. امشب، ظاهراً ما تنها ساکنین طبقات بالای ساختمان هستیم، چون از طبقهٔ سوم و چهارم سر و صدایی نمی‌آید. طبقهٔ اول هم که شرکت است و شبها خالی.

بعد از استقرار آنجلا در اتاق انباری زیرزمین، چراغ گاز را هم برایش روشن می‌کنم و می‌آیم بالا توی پارکینگ سراغ ادریس. در ورودی و دروازهٔ بزرگ پارکینگ بسته است، قفل است. بچهٔ آبادان، بسیجی معلول خودمان، شامش را خورده و توی اتاقش گوشهٔ پارکینگ توی رختخواب و در عالم خواب هفت پادشاه است. اگر هم بیدار باشد، هرگز نمی‌آید توی انباری زیرزمین پناهگاه! یک حملهٔ هوایی و دو تا میگ یا میراژ این حرفها را ندارد.

می‌آمدند یک چیزی می‌انداختند و می‌رفتند. آدم از این چیزها می‌ترسد؟

و اما توی انباری زیرزمین آنجلا گاسینسکی-توحیدیان، چمباتمه زیر پتو، مثل بید مجنون معلق «رز گاردن» لنسینگ وسط باد می‌لرزد. رادیو را بغل گرفته است. ضمناً تمام زیرزمین و حتی آپارتمان تیمسار پیر غرق در سکوت و تاریکی است. تیمسار و زنش هم انگار در اغما هستند. در مواقع بمباران هرگز آپارتمان یا خانه را ترک نمی‌کنند. آپارتمانشان پناهگاه است، و احتمالاً آرامگاهشان.

آنجلا می‌لرزد و می‌گوید: «تمام تنم هنوز خیسه. ووووه!» لرز و تکان مصنوعی به بدنش می‌دهد.

کنارش می‌نشینم اما دست به او نمی‌زنم. سیگاری به او تعارف می‌کنم، نمی‌گیرد. برای خودم روشن می‌کنم. «بهتره خیس زندگی باشی، تا خشک مرگ.»

«هوم؟...» نگاهم می‌کند. نفس راحتی می‌کشد. «فکر کردم گفتی اینجا قسمت No Smoking است، برادر آریان.» در کنار من ترسش انگار رفته. اما صدایش هنوز هم لرزش دارد.

«وضعیت قرمز است، خواهر. بجز شما کسان دیگری هم هستند که می‌ترسند و عصبی می‌شوند.»

«بازم بگو.» به بازویم می‌آویزد.

«در لحظات «وضعیت قرمز» بعضی چیزها مستحبه. مثلاً سیگار کشیدن، جیغ کشیدن، دویدن، از شهر بیرون رفتن، خل شدن، افتادن توی حوض حیاط تاریک، افتادن توی مستراح، افتادن شمع توی وان، رفتن توی پناهگاه، افتادن از پله‌ها، چپیدن توی دخمه‌ها... و

می خوردن.»

«!Jesus Christ هنوز آژیر وضعیت سفید را نزده‌اند؟»

«نه، خیلی وقته که قرمزه.»

«حمله‌های هوایی تبریز معمولاً دو سه دقیقه، فوقش پنج دقیقه بیشتر طول نمیکشید.»

«آره... حملهٔ امشب تهران کمی طولانی‌تر و خشن‌تر از معموله. ممکنه یکی از تأسیسات انشعاب برق‌رو هم زده باشند. رفع اختلال در مدار زود انجام نمیگیره. گرچه برادرها خوب و سریع عمل میکنن، آمادگی و تجربه دارن.»

«یا خدا!...» باز تمام بدنش را می‌لرزاند و توی حلقوم و دهانش یک صدای «رررر...» درمی‌آورد.

شانه‌اش را لمس می‌کنم. «به محض اینکه وضعیت سفید شد برمیگردیم بالا.»

«جی، نمیتونیم اون بخاری برقی‌رو بیاریم اینجا؟... اوه، یادم نبود، برق نیست.»

«فکر نکنم تمام شب طول بکشه. امیدوارم.»

«مطمئن نیستی؟»

«اینجا ایرانه، نازنین من.»

آه پر از غیظی می‌کشد. «نگاهمون کن... آخرهای قرن بیستم، عصر کامپیوتر و سازشهای اجتماعی انسان تمدن جدید و فهمیدن و اطلاعات و تلویزیونهای ماهواره‌ای... ما، دو تا آدم گنده و دانشگاهی، اینجا توی تاریکی چپیدیم توی زیرزمین. من تمام تنم خیس توی حوله و کاپشن. تو خسته و گرسنه. هیچی هم نداریم که گرممون کنه.»

«نگران اون آخری نباش. «من میتونم برم بالا یه چیزی بیارم که گرممون کنه. تازه یه حاضری درست کرده بودم! میتونم دو سه تا بلوز پشمی و مقداری هم خوراکی برای هر دومون بیارم، و غیره.»

«و غیره‌ش خوبه. ترو خدا یه چیزی بیار که حسابی گرم کنه.»

«تنها بمونی اشکال نداره؟»

«از این که بدتر نمیشه. میشه؟»

«باید دید.»

می‌روم بالا و بعد از هفت هشت دقیقه با خرت و پرتها برمی‌گردم. هنوز درست کنارش مستقر نشده‌ام که می‌گوید: «مهدی...» هنوز مات چمبره زده است و دستهایش را جلوی سینه و شکمش چسبانده.

یک بلوز پشمی کلفت می‌اندازم روی پاهایش، شروع می‌کنم به باز کردن در فلاسک. «مهدی چی؟»

«فکر میکنم وقتی مهدی را پیدا کردیم من واقع‌بین میشم و سر عقل میام. جدی.»

لبخند می‌زنم. «آفرین، صد آفرین، هزار و سیصد آفرین!»

نگاهی به طرفم می‌اندازد، اما هیچ نمی‌گوید.

«با این حرفها هیچی نشده شب را روشن میکنی، و گرمارا»

برای هر دومان یکی یک فنجان قهوهٔ داغ حسابی می‌ریزم که کالری و انرژی قوی‌تری گرفته. حسابی قلپ‌قلپ می‌خوریم. حالا دارد جورابهای پشمی را که آورده‌ام به پا می‌کند و یک‌بند حرف می‌زند.

«فکر میکنم از حالا به بعد واقع‌بین و منطقی باشم، همونطور که تو گفتی... اول مهدی را پیدا میکنیم، میاریمش تهران. حتی اگر لازم

شد بچه‌م را، بچهٔ خودم را از فامیل شوهرم میدزدم!» باز برای خودش می‌ریزد.

«یعنی گروگان‌گیری میکنی.»

«بچهٔ خودمه.»

«این‌رو میگن واقعیت‌گرایی منطقی.»

«خوب، شاید از یه راه بهتر. به هر حال میارمش تهران.»

«به سبک ایران‌گیت؟»

«د... جی، قول میدی کمکم کنی این بچه‌رو پیدا کنم؟ بعد من هم به تو قول میدم به هر چی تو بگی رفتار کنم... حتی سفارت سویس.»

«این را قول میدم...» هنوز تمام پوست صورتش دان‌دان و سرد است. «با این حرفها داری وضعیت را سفید میکنی.»

«متشکرم، جی.» چشمهاش، و صداش، حالا کمی چشمها و صدای آنجلا گاسینسکی کتابخانهٔ فوق‌لیسانس دانشگاه میشیگان است. «آیا تو هم با من میای؟... یا بعداً میای؟»

«بیا اول بچه‌رو پیدا کنیم. گاماس گاماس...» سیگار دیگری روشن می‌کنم. هنوز دلم نمی‌آید، یا صلاح نمی‌دانم، خبر بمباران خانهٔ حاج آقا توحیدیان را در اهواز به او بگویم.

باز مقداری می‌نوشد. مدت درازی نگاهم می‌کند. آهی می‌کشد. می‌گوید: «جی ـ ترو خدا، تو هم به خودت و به زندگیت نگاه کن... جداً. بیا یه خرده شوخی نکن. فکر کن. تو هم واقع‌بین باش و منطقی فکر کن. من به تو که در اینجا نگاه میکنم چیزی نمیبینم جز غم... و تنهایی.»

«این تازگی داره؟»

«نه این جور... نه این جور غم و طاعون و عذاب توی تمام روزها و شبهای زندگیت. تو اونوقتها خوشی و سرگرمی داشتی. از زندگی لذت میبردی. به جاهای مختلف دنیا سفر میکردی. اعتماد به نفس داشتی. غرور داشتی. خوب، یک درد و راز و رمز درون شخصی خودت رو داشتی، اما از زندگانی و ساعات زندگیت لذت میبردی. من حالا به زندگی تو در اینجا نگاه میکنم، به این شهر نگاه میکنم، هیچ خوشی و لذتی نیست. به قبرستان نگاه میکنم که آکنده از مرگ پسربچه‌هاست، که عکسهاشان را گراور و قاب کرده‌ن به صورت ویترین و نمایشگاه--»

«آنجلا، خواهش میکنم خفه شو.»

نگاهم می‌کند. «چشم، چشم، چشم. متأسفم عزیزم... خیلی متأسفم، جی. میدونم، تو به این چیزها حساسیت داری، عاطفه داری، میخوای کمک کنی.» دستهایش را می‌گذارد روی صورتش، بعد برمی‌دارد، آهی می‌کشد. «من واقعاً متأسفم، جی. یک روز در آینده، یا روزهایی در آینده، باید بشینیم و دربارهٔ این «فرهنگ شهادت» که امروز یک جامعه و نسل جوان‌رو فرا گرفته برای من صحبت کنی.»

«من هیچی دربارهٔ «فرهنگ شهادت»... که شما آنالیستهای اجتماعی حرفش‌رو میزنین نمیدونم...»

یکی دیگر از آن نگاههای آکادمیک توأم با اخم و لبخند آن موقعها را به من می‌اندازد. «میدونی من قبل از اینکه بیام اینجا، داشتم توی واشینگتن دنبال چی میگشتم؟ دنبال مطالب و متونی میگشتم که ما امریکاییها دربارهٔ فهمیدن اوضاع ایران تهیه کرده‌ایم -یعنی جریان بعد از انقلاب ایران و این جنگ. میدونی چی کردم؟ عملاً هیچ

چیزی که به لعنت خدا بیارزه. رسانه‌های خبری غرب که روی این اخبار و حوادث عملاً پردهٔ سیاه کشیده‌ن. بین دو «ملت» ایران و امریکا هم عملاً هیچ تماس و ارتباطی وجود نداره جز صداهای رادیوهای لوس و آبکی و پر از پروپاگاند و حربهٔ کوبیدن. دو ملت از هم بریده شده‌ن ــ مقصودم اون ارتباط انسانی ــ عشق ــ اهمیت دادنه که پیش از این وجود داشت. و باید بین ملل و مردم دنیا باشه. این طرف ما هستیم: یک ملت جوان، غنی، سرمست که زمام امور دولتش را به دست یک هنرپیشهٔ انتر بدون هیچ تجربهٔ سیاسی جهانی داده... آن طرف شما هستید: کهن‌ترین ملت، یا بزرگ‌ترین و پرافتخارترین و رنج‌کشیده‌ترین ملتهای تاریخ جهان...»

«لازمه بیخودی چاخان کنی و روغن غاز مالی کنیم؟...»

می‌خندد. «جدی میگم، جی. مست هم نیستم. و هنرپیشهٔ درجه دوی هولیوود ــ ریاست جمهوری ما ــ رانی ری‌گن در کاخ سفید، مردم این کشور تاریخی‌رو «وحشی و بربر» نامیده... ولی بعد یکی از مشاورین امنیتی کاخ سفیدرو، با یک جلد «انجیل» برای رهبر شیعیان جهان، به ایران میفرسته. برای فروش جنگ‌افزارهایی که یواشکی به ایران رد شده، یا باید بشه! جی، ما احمقیم، و پارانوئیک... در دنیایی عمل میکنیم که مغشوش و در هم گوریده است. ما ارزشهای زیبا و انسانهای جوان و زیبامون‌رو نابود میکنیم. اینجا... مسحور میشن. روی مین راه میرن، شهید میشن. اونجا... ما مست، پشت ترمینالهای کامپیوترها میشینیم و جواب میخوایم و پاتیل میشیم. من هم باید امشب بشینم، انقدر زر بزنم!... سرت‌رو توی این وضعیت بیشتر درد بیارم. اما جداً... فکر نمیکنی ما واقعاً باید ارتباط انسانی ــ عشق ــ و اهمیت دادن به همدیگه‌رو داشته باشیم؟ مقصودم

دولتها نیستند. یعنی «مردم»، مردم واقعی کوچه و بازار شروع به ارتباط و پیوند عاشقانه کنن. امثال من و تو، خواهر دردمند تو و مادر دردمند من، پسرهای ایرانی، پسرهای عراقی، آدمهایی که رنج میبرن... شروع کنن، دست محبت و پیوند دراز کنن... یعنی جداً جی، من این مدت یک احمق نفهم بوده‌م.» فقط فنجان چهارمی‌اش را تمام کرده.

«نه. بازم چاخان کن. روغن غازمالی کن. توی «وضعیت قرمز» مستحبه. مگه مادر تو هم رنج میبره.»

ساکت می‌شود. نگاه درازی به من می‌اندازد. می‌گوید: «دردهایی بدتر از درد سیاتیک هم داریم.»

«برام تشریح کن.»

نگاهم می‌کند. بعد سرش را پایین می‌اندازد. «چند دقیقه پیش داشتم یه مروری هم روی زندگی خودم میکردم... وقتی شما رفته بودی بالا و تنها بودم. اون دقایق تقریباً سمبلی بود از تمام زندگیم... تنها مانده، دو دل، در التهاب. که تازگی هم نداره.»

دستم را از روی کت حوله‌ای روی زانوهایش می‌گذارم که بهم چسبیده و لرزانا‌ند.»

«بعد از اینکه «ددی» خودکشی کرده بود و مامی هم مرضش بدتر شد و در بیمارستان بستری شده بود، یه روز حرفی به من زد -یعنی مامی... گفت ما کسانی رو که دوست داریم میکشیم. چون خودخواه هستیم و چون اونهارو نمیفهمیم.»

«حالا داری منو هم مغشوش‌تر میکنی. این بیوگرافی زندگی منه. کمی از اون پنیر و بیسکوئیت بخور و کمی هم یواش‌تر از اون قهوه بزن... من نمیدونستم پدرت خودکشی کرده.»

«خیلی چیزهاست که تو دربارهٔ من نمیدونی.» باز برای خودش می‌ریزد.

«چه جوری خودکشی کرد؟»

قلپ بزرگی می‌نوشد. مدتی ساکت می‌ماند.

«ددی توی یک کارخونهٔ ذوب آهن و فولادسازی کار میکرد. سرپرست کارگاه مرکزی‌شون بود. یک روز بعدازظهر ساعت پنج که دارن دست از کار میکشن، ددی میره جلو، خودشو میندازه جلوی یک کورهٔ روشن. زغال میشه. من از مامی نفرت پیدا کردم.»

دستش را می‌گیرم و نگاهش می‌کنم. نمی‌شود فهمید تراوشات قهوهٔ احیاء شده است یا تراوشات شب بمبارانی. یا چیزهای عمیق‌تر.

«او و مامی هیچوقت واقعاً همدیگه رو نمیفهمیدن، آسون تحمل نمیکردن. تضاد داشتن. یعنی عشق نداشتن. به هم احتیاج داشتن، اما هر دو تنها بودن. من هم تنها هستم، اما یه جور دیگه. اونها هر دو از خونواده‌های شکسته بودند. انگار ارثی‌یه. مادرم یک طراح و گرافیست بود. از یک خونوادهٔ اصیل انگلیسی بود که در قرن نوزدهم اومده بودند امریکا، و در بوستون مقیم شده بودند. پدر و مادر «مامی» متأسفانه وقتی مامی کوچک بوده فوت میکنن. مامی پیش عمهٔ پیرش بزرگ میشه. «ددی» یک مهاجر لهستانی بوده، کارگری میکرده، بعد میاد بالا. در بوستون، با مامی آشنا میشه و ازدواج میکنن، و بعد هم میان میشیگان.»

مدتی ساکت می‌ماند. فنجانش را نگاه می‌کند. می‌خواهم بگویم بیا وارد این جور مطالب نشویم، اما شده‌ایم و راهی هم نیست. «ددی زیاد مشروب میخورد. گوشه‌گیر و بیشتر توی خودش بود. گاهی

وقتها هم که دیپرس بود و مامی تحریکش میکرد، مامی را کتک میزد، واقعاً بد میشد. به قول مامی اون خلق و خوی گند و اسلاویک اصیلش بالا میومد. با این تفاوت که مامی نمیگفت Slovic، میگفت خلق و خوی گند Slobish یعنی پست و کثیف. اما او «مامی» را دوست داشت و بی او نمیتونست زندگی کنه. واقعاً غم‌انگیز بود. روزگار اونها را در مسیر زندگی هم گذاشته بود، اما بدون عشق. انسانها به عشق نیاز دارند. پدر من خودش رو کشت، چون نمیخواست مامی رو از دست خودش به کشتن بده. مردها توی این کارها حساس‌ترند، مثل خود تو... که بعد از ازدواج اولت سالهاست داری در تنهایی خودت رو مثل خوره میخوری... اوه، خدای من. منو ببخش، جداً منو ببخش، جی... نمیخواستم این موضوع رو پیش بکشم. از دهنم پرید.»

«بیا فعلاً به ماجرای تو بچسبیم، حلش کنیم. این زندگی تست که ما میخوایم دوباره به صراط مستقیم راست و ریس کنیم و به حال نرمال برگردونیم. درU.S. of A...»

بربر نگاهم می‌کند. «زندگی من درU.S. of A...هیچوقت معنی پیدا نمیکنه، مگر اینکه من به مقصود و منظوری که از ترک اونجا داشتم برسم. یعنی بچه‌م، مهدی. دو سه سال آخر جونم به لبم رسیده بود، در این جنگ، و دیگه در این شرایط، نمیتونم دور از او و بدون او زندگی کنم. جی، تو هیچوقت بچه نداشتی و نمیدونی من چی میگم. هفت سال پیش، من در اهواز، اجازه دادم فامیل خشکه‌مقدس و متعصب شوهرم، منو با زور و اعمال قانون شرعی از ایران فرار بدن. اون یک اشتباه احمقانه بود. انقلاب اسلامی بود، اوضاع را برای یک زن امریکایی‌الاصل متشنج جلوه دادن، تهدیدم کردن و

بچه‌ام‌رو گرفتن. شوهرم مرده بود، بچه به من میرسید، اما اونها بیرونم کردند. تو اون قماش آدمهارو میشناسی. من یک زن و یک مادر و بیوهٔ یک شهید بودم... چرا باید مرا گول می‌زدند؟»

«آیا عباس توحیدیان هم ترو گول زد؟» حالا بی‌جهت صورت برادر سلیمانی، در گلفروشی بغل ادارهٔ صندوق بهشت‌زهرا جلوی چشمم می‌آید.

«اوه، نه. فکر نمیکنم. اما...» فین می‌کند، بعد دماغش را با یک دستمال کاغذی پاک می‌کند. صدایش کمی تودماغی و گرفته است. شاید از سرماخوردگی باشد، یا از قهوهٔ زیاد، یا از هر دو. «جی، ما همه همدیگه‌رو یه‌جور گول میزنیم. ما مردم‌رو گول میزنیم برای اینکه به اونها احتیاج داریم، و برای اینکه چیزی از اونها میخوایم ـ مثل عشق. عباس عاشق من بود. منو میخواست. مرا گرفت. از من یک زن خوب ساخت. ازش متشکرم. اما بعد از او امریکا از من یک زن عصیانگر و بد ساخت. او یک شهید واقعی بود. داوطلب شد به خرمشهر بره و شعبهٔ جدید دانشگاه‌رو باز کنه ـ در شهری که در بهار سال ۵۹ خطر بود. او ایمان داشت. پیش از ازدواج و بعد از ازدواجمان به من گفت لازم نیست به دین اسلام دربیایم، چون مرا از خانوادهٔ مسیحی خوبی میدانست. من هم کم‌کم هر طور که احساس میکردم او ترجیح میدهد عمل میکردم و لباس میپوشیدم. تا موقعی که ما در شیراز بودیم و خانوادهٔ او در اهواز بودند، وضع خوب و ایدئال بود. وقتی پسرم به دنیا آمد، میخواستم اسمش را بگذاریم کوروش، که یک اسم زیبا و اصیل ایرانیه و من از روزهای اولی که به ایران آمده بودم دوست داشتم. اما چون در اهواز بودیم و خانواده‌اش مدام دور و بر ما بودند، همه حکم میکردند که باید اسم

بچه مهدی باشد، چون هر خانوادهٔ معتقد به مذهب شیعه «باید» اسم یک پسرش را مهدی بگذارد، که اسم حضرت امام زمان (عج) است، و نام او را اشاعهٔ بیشتری میدهد. عباس هم در نهاد فامیل‌دوست و تقریباً کدخدایی‌مسلک و عشیره‌ای‌مسلک بود. بعضی وقتها همه چیز یک طرف میرفت، پدر و مادرش یک طرف. جی، من مستم؟»

«کم‌کم داری آروم میشی و عقده‌های دلت رو چهارتاق میکنی.»

«آره، ضمناً از شدت سرما هم انگار دارم ذات‌الریهٔ مرگ میگیرم.»

«ما هنوز در «وضعیت قرمز»یم، بنابراین فکر میکنم عجالتاً همین پایین باشیم بهتره. شب سنگین و پدرسگی‌یه.»

بخش فارسی صدای امریکا را برایش می‌گیرم. گوینده پس از اخبار «ایران-گیت» می‌گوید Hello, Los Angeles و با «اندی» خوانندهٔ محبوب موزیک «پاپ» ایرانی در لوس آنجلس «اینترویو» می‌کند. ضمن احوالپرسی از او می‌پرسد که تا به حال چند تا «سینگل» از او پخش شده و اندی هم دارد می‌شمرد، که آنجلا از من می‌خواهد رادیو را خفه کنم. خفه‌اش می‌کنم.

«چرا؟... ایرونیها در واشینگتن دی.سی. و لوس آنجلس شما دارند مجاهدت میکنن که فرهنگ موسیقی ایران را حفظ بفرمایند ـ البته با کمک کاخ سفید و کنگره.»

«برن خفه شن... من نمیتونم اون منظرهٔ امروز صبح و اون بچهٔ طفلک را که توی بمباران کشته شده و توی صف اجساد کف سالن مرده‌شورخانه بود فراموش کنم.»

مدتی ساکت می‌ماند. نگاهش می‌کنم. دارد توی حال غمی جدید

و عجیب فرو می‌رود. و احساس پیدا می‌کند. بعد آه بلند دیگری می‌کشد.

«جی، شنیده‌م یک سنت «هندویی» هست، در یکی از قسمتهای مسلمان‌نشینِ هندوستان... شنیده‌م در اوایل فصل بذرپاشی، باید جمجمهٔ یک پسربچه را بردارند، پودر کنند و روی مزرعه بپاشند، مثلاً کود بدهند، تا از مزرعه محصول بهتری بدست بیاد... اینجا، در این سالها، یک نسل از... اوه، جی... معذرت، معذرت، معذرت میخوام! باز با بلاهت حرف زدم.»

من هم نفس بلندی می‌کشم. «آنجلا... از اینجا برو. هرچه زودتر. اینجا، این چیزها را نه به زبان بیار، نه بهش فکر کن. تو این جامعه‌رو نمیفهمی. هر جامعه‌ای خصوصیات خودش‌رو داره. برگرد برو ایالات متحد امریکا. تو یک زن مال اونجا و متعلق به اون فرهنگی. بعد که رفتی و آروم گرفتی، اگر هنوز اهمیت میدادی، بردار خاطره بنویس، شعر بنویس... اما برو.»

برمی‌گردد و نگاهم می‌کند. «میرم... بعد از اینکه مهدی‌رو پیدا کردم.» بعد به دستم می‌آویزد. «... تو چی؟ با من میای؟»

«... من اینجام. من اینجا زندگی میکنم و اینجا میمیرم.»

«اه... جی، فکر کن. این دگردیسی به عصر حجره.»

«این زندگی منه، زندگی خونوادهٔ منه.»

«این زندگی نیست. این بی‌ارزش کردن زندگی‌یه.»

به چشمهایش نگاه می‌کنم. «بیا دیگه زیادی سانتی‌مانتال نشیم، دختر. گفتی میخوای واقع‌بین باشی.»

«چرا ما نمیتونیم با هم باشیم؟ تفاهم داشته باشیم... با هم باشیم.»

همیشه منظورش را از این حرف می‌فهمیدم.

«... آنجلا گاسینسکی، ما سر این مقوله جر و بحثهامون‌رو کردیم. اون روز صبح زود، جاگینگ توی پارک شاهنشاهی تهران. تو یک زندگی خوب و پرزرق و برق و سکس و پول داری. تو یک زن جهان آزادی... اونجا! و من اینجام، به قول تو در سالن ترانزیت عصر حجر...»

نفس خیلی بلندی می‌کشد. چشمهای زمردین ولی غمزده‌اش را مدت زیادی به چشمان من می‌دوزد. بعد زانوهایش را با خشم در بغل می‌گیرد. «من چی؟ زندگی من چی؟ به قول تو «اونجا!» در امریکا. آدم میتونه توی امریکا هم خورهٔ روحی داشته باشه و در تنهایی و در تنش خون بخوره.»

«مقصودت چیه؟...»

«جی، هیچ به خاطرت خطور کرده که بشینی و واقعاً به زندگی من فکر کنی؟ نه به عنوان یک معشوقهٔ قدیمی‌ت که فعلاً اومده در جمهوری اسلامی دنبال بچه‌ش ـو در این... اغتشاش گیر کرده. یعنی به زندگی من بطورکلی ـبه عنوان یک زن، در این دنیاـ فکر کنی؟ من یک زنم، در آخرهای قرن بیستم این دنیا... الآن سی و سه سالمه. توی این دنیا، در این سی و سه سال چه زندگی‌یی داشته‌ام؟ اونجا یا اینجا مهم نیست. اون بچگی من در اونجا. اون زندگی من در اینجا... اون شوهرم اینجا. اون مادر بودنم اینجا و اونجا. شغل من به عنوان یک استادیار باارزش و احترام دانشگاه اینجا. چقدر چیزها از من ربوده شده، در من خفه شده، کشته شده؟ من بعد از اینکه از اینجا رانده شدم چه کار کرده‌م؟ چی بودم؟ بی عشق... سر این شغل و اون شغل آلاخون والاخون... تنها... و حالا چی دارم؟»

نگاهش می‌کنم. می‌گویم: «ما هر کدوم دردهای درونی و

شخصی خودمون‌رو داریم. هر انسانی یک جور فرمول پیچیدهٔ خودش رو داره.»

«فرمول من ساده است: عشق.» مدت دراز دیگری حرف می‌زند و حرف می‌زند. هم گوش می‌کنم، هم کم‌کم دارد خوابم می‌گیرد. نگاهش می‌کنم و نفس بلندی می‌کشم. «من خنگ خدا هستم و حالا تو داری منو خنگ‌تر و مغشوش‌تر میکنی، دختر. بسیارخوب. من به تو کمک میکنم مهدی‌رو پیدا کنی. ولی باید انتظار هر چیزی‌رو داشته باشی. اهواز و دزفول، میشیگان و واشینگتن و لوس‌آنجلس نبوده. اما، بسیار خوب، با هم میریم. از یک زاویه که نگاه کنی، اون بچهٔ من هم هست. من بودم که باعث فریفته شدن و درگیری و جذبهٔ اول تو با کشور گل و بلبل شدم.»

رادیو آژیر «وضعیت سفید» را پخش می‌کند.

«اوه... جی. من تورو دوست داشته‌م. هنوزم دارم. چرا این احساس رو نمیفهمی؟ باید چکار کنم که تو این احساس رو بفهمی؟ من ضمناً دارم از سرما منجمد میشم! میتونیم برگردیم بالا توی آپارتمان؟»

هنوز برق نیامده و آسانسور هم کار نمی‌کند. هر طور هست، در تاریکی، به کمک چراغ‌قوه از پله‌ها برمی‌گردیم بالا. در اتاق نسبتاً گرم من، او بالاخره از توی کاپشن و کت حوله‌ای درمی‌آید و لباس خواب می‌پوشد. برایش یک لیوان شیر گرم درست می‌کنم با یک دیازپام ۱۰ میلیگرمی. به رختخواب می‌فرستمش تا تخت را گرم نگه دارد. به او قول می‌دهم که صبح زود به طرف اهواز حرکت کنیم، برای تدارک سفر فردا کارهایی لازم است.

مدتی تنهایش می‌گذارم تا استراحت کند، که احتیاج هم دارد.

خودم در اتاق دیگر مشغول جمع و جور وسائل سفر فردا و بستن ساک و سامسونایت می‌شوم. ساعتی که آهسته به اتاق‌خواب برمی‌گردم، خوابش برده. هنوز برق نیامده. بنابراین، خودم هم با لباس گوشهٔ اتاق روی یک مبل دراز می‌کشم.

فرنگیس دیگر تلفن نمی‌کند، اما ساعت دوازده و نیم که حملهٔ هوایی شدیدتری صورت می‌گیرد، و این بار دو بمب خیلی نزدیک‌تر و در جنوب محل ما اصابت می‌کند، آنجلا با شیونی هولناک‌تر از جیغ سرشب توی وان حمام، از خواب و از رختخواب می‌پرد. و این بار به چیزهایی بیشتر از شیر گرم و دیازپام ۱۰ میلیگرمی احتیاج دارد تا دوباره خوابش ببرد.

۱۹

اولین باری که من آنجلا را در سالهای پس از ازدواجش ملاقات کردم، اوایل بهار ۵۷ بود ـ کمی بیشتر از سه ماه پس از بازگشتم از سفر مرخصی پژوهشی به آبادان. یک روز اوایل فروردین، بیل و لوئیز فیلدز مرا برای یک پارتی کوچک به اهواز دعوت کردند ـ به مناسبت عید پاک مسیحی. گرچه بعداً فهمیدم این پارتی خداحافظی آنها از دوستان و آشنایان ـ و ایران بود ـ به قول بیل فیلدز «آخرین نوشیدنی سرد در خوزستان... داغ.» من رفتم، چون لوئیز در تلفن گفت آنجلا و شوهرش هم قرار است بیایند.

در منزل لوئیز فیلدز بود که من سرانجام آنجلا و دکتر توحیدیان را پس از سالها با هم دیدم، و همچنین پسر کوچکشان مهدی را. توحیدیان محاسن سیاه و پری داشت و کراوات نزده بود و بحثهای انقلابی اسلامی می‌کرد ـ که در مقایسه با آنچه از او در سمینار زبان انگلیسی در تهران دیده و شنیده بودم، این نیز ندایی تازه بود. آنجلا هم پیراهن مخمل قهوه‌ای رنگ آستین بلند و گشادی به تن داشت، با روسری نه چندان سفت و محکم ـ حجاب در حضور مردان حاضر. جوراب بلند سفید هم داشت. بزودی متوجه شدم که این حجاب را نه فقط در محیط مهمانان فامیلی می‌پوشد ـ که تمام زنها سنتاً چادری‌اند ـ بلکه در محیط دانشگاه هم رعایت می‌کند ـ که منقلب از اولین اثرات شورشهای ضدشاهی ـ ضدامریکایی بود.

پسرشان مهدی خوب و باهوش و شیطان بود. صورت و لبهای

توحیدیان را داشت. اما چشمها و موها، چشمها و موهای آنجلا بود. دو سه مرد ایرانی با زنهای انگلیسی و امریکایی دیگر هم بودند، ولی بطور کلی مجلس غمزده و ترسخورده بود و صحبتها و سؤالها دور و بر این بود که چه خواهد شد... بیل فیلدز که پیرمردی دنیا دیده بود تکیه کلامهایش تلخ بود و پیش‌بینی سقوط دولت و احتمالاً درگیری و جنگ با کشورهای همسایه را می‌کرد... لوئیز فیلدز که آنجلا را دوست داشت، در میان صحبتها کم و بیش به آنجلا و توحیدیان توصیه می‌کرد که مدتی به امریکا برگردند، تا این آشوبها و تلاطمها بخوابد ـ بخصوص در دانشگاههای در حال اعتصاب که ناآرامی و شور و درگیریها بیشتر بود.

اما آنجلا نه. فکر رفتن از ایران به خاطر آنجلا توحیدیان خطور نمی‌کرد. اینجا کشورش بود. کار و خانواده‌اش اینجا بود. می‌خواست بماند. نه فقط به دلیل اینکه شوهرش می‌خواست بماند و افکار انقلابی داشت، بلکه آنجلا خودش هم شارژ بود. تحولات و اصلاحات و تغییرات در ایران کنونی لازم بود. وضع مردم محروم ظالمانه بود. تساوی اجتماعی باید صورت می‌گرفت. مردم فقیر و محروم شهرها و دهات باید وضع زندگیشان بهتر می‌شد. انقلابهای اصیل مردمی همیشه پدیده‌ای بزرگ بشمار می‌رفتند. انقلاب در کشورهای بزرگ و تاریخی را نباید دست کم گرفت. و ایران کشوری بزرگ و بااهمیت بود. اینگونه انقلابها همیشه دنیا را تکان می‌دادند و پیامدهای عظیم داشتند. او می‌خواست بماند و کمک کند، در دانشگاه یا در هر جا که نیاز باشد. به من کم نگاه می‌کرد، چون من دیگر در سیطرهٔ فکر و زندگیش نبودم. در واقع، در مهمانی آن شب، او و شوهرش، تنها طرفداران اعتصابات و تغییرات بودند. هر دو با اصالت و از ته دل، و با همه جر و بحث می‌کردند ـ البته دوستانه.

اما وقتی من با همه خداحافظی کردم و آمادهٔ رفتن شدم، لوئیز تا دم در با من آمد. گفت که «دوست قدیمی»ام زیر مقداری فشار روحی و اجتماعی موج جدید است. خانوادهٔ شوهرش ناگهان تعصبات بیشتری نشان داده‌اند و در واقع دیگر آنها روی تشرف آنجلا به دین اسلام و حجاب کامل اصرار

نمی‌کنند، بلکه صحبت سر طلاق و فرستادن آنجلا به امریکا است ـ البته بدون مهدی.

در آبان‌ماه سال ۵۷، بعد از اینکه اعتصابات در شرکت ملی نفت ایران و سایر شرکتهای وابستهٔ آن نیز به اوج خود رسید، و در جریان یک بمب‌گذاری در یکی از اتومبیلهای شرکت نفت یک مهندس امریکایی به نام فیلیپ استوارت، معاون ادارهٔ کل حفاری به قتل رسید، پایان کار امریکاییها و انگلیسیها در شرکت نفت جنوب آغاز شد. از طرف سفارتخانه‌ها دستور آمد که کلیهٔ اتباع خارجی از خاک خوزستان خارج شوند. و همه در ظرف یک هفته رفتند.

اما آنجلا توحیدیان در ایران ماند، چون خود را خارجی نمی‌دانست. خودش و شوهر و بچه‌اش ایرانی بودند، و انقلابی. با توحیدیان توافق و یگانگی کامل داشت. شعار انقلاب ایران، استقلال، آزادی، حکومت اسلامی (یا الهی) بود؛ این خوب بود و اشکالی نداشت، چون هدف خدمت به طبقهٔ فقیر و برانداختن فساد در هیئت حاکمه بود. او مطمئن بود که این تغییر در زندگی کلیهٔ قشرهای ایران مثبت و خوب خواهد بود.

اما در فاصلهٔ زمانی سقوط حکومت دودمان پهلوی در ۲۲ بهمن آن سال و آغاز پرالتهاب حکومت اسلامی «ولایت فقیه» آیت‌الله خمینی در ایران، تا اوایل شهریور ۵۹ زندگی آنجلا توحیدیان در ایران نیز، همرنگ با تغییرات و دگرگونیهای عجیب و غریب، دستخوش تغییراتی غیرمنتظره شد.

اولین تغییر، از دست دادن شغل استادیاری‌اش در دانشگاه جندی‌شاپور از مهرماه ۵۸ بود. یک زن امریکایی نمی‌توانست در یک دانشگاه اسلامی تدریس کند ـ نه در شرایطی که کلیهٔ کارمندان سفارت امریکا (لانهٔ جاسوسی) در تهران گروگان گروههای برادران اسلامی طرفدار «خط امام» بودند. علی‌رغم اینکه با حجاب محکم وارد محوطهٔ دانشگاه می‌شد و همسر یک استاد ایرانی مسلمان با عقاید انقلابی بود و خودش نیز به انقلاب ایران اعتقاد کامل داشت، رئیس انجمن اسلامی دانشگاه که جزو هیأت‌مدیره بود،

دستور بازخرید باقیماندهٔ قرارداد تدریس وی را داد. آنجلا تلفن مرا در آبادان داشت و گهگاه که تنها می‌شد برای درد دل یا کمک فکری تلفن می‌کرد، بخصوص بعدازظهر روزی که حکم انفصال از شغل تدریسش را به او ابلاغ کردند. منصفانه نبود. چرا باید او را برکنار کنند، اما شوهرش سر کار بماند؟ تبعیض محض بود. سعی کردم او را دلداری بدهم. با این یادآوری که دنیای ایران همواره بالا و پایین داشته است...

فامیل توحیدیان نیز اکنون با او مخالفت علنی داشتند و حتی دعوا و هتاکی می‌کردند. بخصوص در مورد بچه که نمی‌خواستند پهلوی او باشد، و «امریکایی» حرف بزند. عباس توحیدیان هم تنها اولادشان بود و آنجلا نیز (پس از مشکلات و مسائلی که هنگام عمل سزارین و زاییدن مهدی داشت) دیگر صاحب فرزند نمی‌شد. بنابراین مهدی کوچولو برای آنها عزیزدردانه و یکی‌یکدانه و ظاهراً تنها میراث پسری آنها به حساب می‌آمد ـ و نمی‌خواستند امریکایی و نمازنخوان بار بیاید.

بعد ضربتها فرود آمدند. در دی‌ماه سال ۵۸، بعد از اینکه دکتر عباس توحیدیان برای انجام مأموریت افتتاح شعبهٔ جدید دانشگاه جندی‌شاپور به خرمشهر رفت، در اثر انفجار بمب در محل مدرسهٔ عالی تربیت معلم جدید کشته شد. این انفجار، برای زندگی آنجلا هولناک و تکان‌دهنده بود، ولی موج انفجاری دردناک‌تر و خانمان‌برانداز‌تر، هفتهٔ بعدش به‌وقوع پیوست. غروب روزی که از مراسم شب‌هفت شهید دکتر عباس توحیدیان از سر خاک برگشتند، بچه‌اش در خانه نبود. مادر عباس هم نبود. فقط پدر عباس و یکی دو تا از پیرزنهای فک و فامیل بودند. و بزودی آنجلا متوجه شد که مادر عباس بچهٔ او را با خودش برداشته و به دزفول برده (به منزلی که در آنجا داشتند و دست یکی از اقوامشان بود) تا آنجلای بیوه‌زن نتواند بچه را با خود به امریکا ببرد. این فاجعه برای او، در آن شرائط زندگی در اهواز، تقریباً کارش را به جنون کشاند.

در این روزها به من بیشتر تلفن می‌کرد و صلاح و مصلحت می‌طلبید. ولی جرأت نمی‌کرد به آبادان بیاید یا حتی خانهٔ فامیل شوهرش را ترک

کند. به پیشنهاد من، چند روزی کوشش کرد با مراجعه به وکیل و مقامات پلیس قضایی تقاضای کمک حقوقی کند، اما این کار نه تنها بی‌فایده، بلکه خطرناک بود و دوستان نزدیکش در اهواز و در دانشگاه جندی‌شاپور، از جمله دکتر نمازی، به او توصیه کردند بخاطر حفظ جان و آزادی خودش هم شده دست به کار پرسر و صدایی نزند و هرچه زودتر ایران را ترک کند. یک امریکایی در جمهوری اسلامی ایران در دعوا و مرافعه با یک خانوادهٔ متعصب و مذهبی که پسرشان هم شهید شده بود و می‌خواستند اولاد او را بطور شرعی نگه‌دارند، شانس زیادی نداشت. دوری از بچه نیز در آن خانه او را شدیداً رنج می‌داد. پدرشوهرش، حاج آقا توحیدیان، که دوستان زیادی در شهر و در دادگستری مرکز خوزستان و کمیتهٔ پاسداران انقلاب داشت، بزودی قیمومت رسمی طفل سه سالهٔ پسر شهیدش را از مراکز قانونی-شرعی گرفت. و سرانجام یک حکم از کمیته و پلیس قضایی برای اخراج عروس امریکایی‌اش نیز به‌دست آورد... و به آنجلا ابلاغ کرد. از آن لحظه به بعد هیچکس نمی‌توانست به آنجلا گاسینسکی توحیدیان در ایران کمک کند، چون او عملاً وضعیت بازداشت در منزل را داشت، تا اینکه حاج آقا خودش ترتیب سفر و خروج او را داد و بلیت هواپیمای او را از طریق اهواز-شیراز-دوبی به امریکا فراهم آورد.

در اوایل شهریور ۵۹ این تبعید صورت گرفت. در آخرین روز اقامتش در اهواز نامه‌ای به من نوشت و پست کرد. من خودم آن روزها دست بر قضا تقریباً در شرف تبعید به دنیای آخرت بودم. یک هفته بود که در بیمارستان شرکت نفت بستری بودم و دوران نقاهت از یک استروک مغزی را می‌گذراندم. آنجلا از طریق دوستان مشترک ما از این موضوع خبر داشت، و نامهٔ خداحافظی‌اش را به آدرس بیمارستان فرستاد. نامهٔ او غمزده و بی‌امید، و بسیار خشمناک بود. بیشتر حالت شوک و ظلمی را که در حق او شده بود ساطع می‌کرد. در عین حال، می‌گفت از این به بعد، به عنوان یک مادر، هرچه از دستش برآید برای احقاق حق خود و بازرسیدن به بچه‌اش انجام خواهد داد. شعری از امیلی دیکنسون در پایان نامه داشت

که حرف آخر روحش را می‌زد:

هم نفرت از زندگی،
و هم از مرگ،
و دیگر جایی برای گریز دل نیست۔
جز دریا.

۲۰

ساعت پنج و نیم صبح، ترمینال ولنگ و باز جنوب تهران، مثل لملمهٔ کندویی وحشی در بهاران، شلوغ‌پلوغ و پر کار است. بعد از یک شب بمباران شدید، مردم به اینجا ریخته‌اند و وسط همدیگر و وسط تعاونیها می‌لولند، تا از شهر خارج شوند. عده‌ای هم از شهرهای دیگر که بمباران بدتری داشته به تهران ریخته و قاطی اغتشاش صحرای محشر پایتخت شده‌اند. از سمت نمازخانهٔ ترمینال صدای اذان می‌آید و از بلندگوهای مختلف در تمام قسمتهای ترمینال پخش می‌شود و باد سرد و خشک زمستانی جنوب تهران هم هوای محوطه را پاره می‌کند. صدها سرباز و پاسدار و بسیجی در یونیفرمهای سربازی یا شبه‌نظامی خاک و خلی در رفت و آمدند. بیشترشان بدون ساک و اثاث، بی‌کلاه، با پوتینهای کهنه و واکس‌نخورده.

دست بر قضا شانس آورده‌ایم که دو بلیت برای هفت صبح به اهواز گیرمان آمده. احتمالاً چون کسی هوس نمی‌کند به مرکز پرخطر خوزستان که شهر تغذیه کنندهٔ جبهه‌های جنوب است برود. برای راحتی فکر آنجلا، شانس دیگری هم هست: برای مسافرت با اتوبوس در داخل کشور کارت شناسایی و این‌جور چیزها لازم

نیست. بنابراین ساعت هفت که می‌شود ما با لباس ضخیم و شال گردن و دستکش کنار هم روی دو تا از صندلیهای وسط اتوبوس نشسته‌ایم، تکیه داده‌ایم و راحتیم. تازه آفتاب زده که اتوبوس از ترمینال بیرون می‌زند. در اولین تیغ خورشید، روی دیوار سفید آن طرف خیابان، بزرگترین تصویر از یک لالۀ سرخ در این دنیا نقاشی شده، که از یک دریای خون بیرون دمیده. نوشتۀ زیر لالۀ خونین می‌گوید: «با شهادت است که انسان به عرش اعلی می‌رسد.»

به آنجلا نگاه می‌کنم. او هم آن شعار عظیم و پرجبروت را دیده. لبخندی می‌زند و خودش را به من می‌چسباند. انگار کمی خوابش هم می‌آید. شب گذشته فقط سه چهار ساعت خوابیده، آن هم با دلهرۀ بمباران. آهسته به من می‌گوید: «من ترجیح میدم روی زمین باشم، با تو.» با احتیاط به من می‌چسبد و چشمهایش را هم می‌گذارد.

تا چند سال پیش از انقلاب، وقتی از تهران به طرف قم حرکت می‌کردی، بعد از اینکه از سه‌راهی حضرت عبدالعظیم رد می‌شدی، دشتی تقریباً کویری و خشک و دراز و دلمرده در پیش رو داشتی، با جاده‌ای تنگ و پر پیچ و خم. امروز هم دشت کویری و دراز و دلمرده هنوز هست، منتها با اتوبان مدرن، و هر چند صد متر به چند صد متر مزین به تصویر یک روحانی شهید. آنجلا به خواب رفته و بعد از ساعتی، دشت خالی زیر آفتاب خوب و آسمان آبی و صدای یکنواخت موتور بنز اتوبوس، مرا هم توی چرت می‌برد.

مدتی نگاهش می‌کنم. قبل از اینکه خودم هم خوابم ببرد، به قسمتی از حرفهای دیشبش فکر می‌کنم. «جی، تو واقعاً زن و زنها رو درک نمیکنی. تو انقدر در خودت فرو رفتی، انقدر توی کارهای

خودت و ضبطهای دردناک گذشته و پاک‌نشدنی خودت غرق شدی که دنیای کلی رو حس نمیکنی. یا نمیخوای حس کنی. در این تجربهٔ من و تو ـ در این تجربه‌ای که در این سالها من و تو با هم داشتیم، تو بزرگ‌تر و عاقل‌تر بودی. جی، برای یک دختر یا برای یک زن، بجز چند تایی که نابغه‌ن، در این دنیا مهمترین چیز اینه که چه کسی دوستش داره، با چه کسی ازدواج میکنه. و بچه‌ش، یا بچه‌هاش... تمام این جاز و بوق و کرنای جامعهٔ امروز غرب دربارهٔ آزادی زن و «آزادی اجتماعی و اقتصادی زن» و حرفهٔ شخصی زن. و دادن لقب .Ms به زنها، بیشترش حرف مفته. البته هر اجتماع و فرهنگی یک جور معیار و ارزش داره. زن در این دنیا، یعنی شخصیت خصوصی زن، بالاتر از هر چیز، در پی عشقه، یا به عقیدهٔ من باید باشه ـ و هر چی که از عشق حاصل میشه. من سالها پیش اومدم اینجا بخاطر عشق. اینجارو دوست داشته‌م. اینجا مردی منو به قول شما گرفت، یعنی من اونو دوست داشتم و انتخاب کردم که او در زندگی من، علاوه بر کار دانشگاهی‌م، وارد بشه، شوهرم باشه، و از او بچه‌دار شدم. این شخصیت من بود، و هست، ولی فعلاً با مرگ شوهرم متلاشی شده. پیدا کردن مهدی تکه‌های شخصیت متلاشی شدهٔ منو جمع و جور میکنه.»

با این فکرها خوابم می‌برد و بعد از دو ساعتی که بیدار می‌شوم، او هنوز خواب است. از جادهٔ کمربندی بیرون قم گذشته‌ایم و در جادهٔ اراک هستیم. ساعت نزدیک نه است. دارم پاهایم را که خواب رفته جابجا می‌کنم که آنجلا هم چشمهایش را باز می‌کند. هنوز خواب‌آلود است. سرش را از روی شانهٔ من بلند می‌کند و به صورتم نگاهی می‌اندازد. با صدای یواشی که در صدای موتور و

همهمهٔ درون اتوبوس گم است می‌گوید: «یادت هست اولین باری که همدیگه رو در تهران ملاقات کردیم؟...»

بازویم را روی پالتو فشار می‌دهد. همیشه وقتی فارسی حرف می‌زند دوست دارم.

«اینجا تهران نیست، خانم عزیز. ما سی چهل کیلومتری جنوب شهر مقدس قم، در جادهٔ ساوه‌ـ‌اراک تشریف داریم.»

گوشهٔ لب‌هایش را پایین می‌آورد. «راستی یادت هست؟»

«روزگاری بود... هیلتون بود؟»

«نه، بچه گول نزن. هیلتون موقعی بود که سمینار داشتیم. دفعهٔ اول که در تهران ملاقات کردیم توی سمیرامیس بودیم، توی خیابان روزولت... میدونی سمیرامیس یعنی چی؟ من وقتی برگشتم شیراز توی «اینسایکلوپیدیا امریکانا» نگاه کردم.»

«نه!»

«اسم یه ملکهٔ آشوری‌یه. بنیانگذار شهر تاریخی و بزرگ بابل، یا بابیلون بوده....»

باز پاهایم را جابجا می‌کنم. «ایکاش بنیانگذار اتوبوس‌هایی بود که می‌شد توشون پاهای لاکردار رو دراز کرد.»

«اما در تاریخ بیشتر بخاطر زیبائیش، و بخاطر فکر و دانش خوب و زنانه‌اش مشهوره.»

«پروژه‌ها و سیاست‌های سکسی چی؟» این را به انگلیسی می‌گویم.

«در اینها هم مشهور بوده.» بازویم را فشار می‌دهد.

«استراحت کن.»

«باشه. بیا پاهات رو از این‌ور دراز کن...» خودش را کمی کنار

می‌کشد و توی صورتم نگاه می‌کند و بی‌صدا و بطور واضح می‌گوید: «I Love you» و چشمانش را هم می‌گذارد.

کتاب داستان فارسی‌اش را که با خودش آورده، از روی زانوها و کنار کیف دستی‌اش برمی‌دارم و صفحه‌های بعد از جاهایی را که در جادهٔ زنجان۔تهران خوانده بودم، نگاه می‌کنم. «عشق: کارنامهٔ یک زندگی.» صغرا حالا وسط‌های داستان زندگیش است. هر پنج برادرش شهید شده‌اند و حالا خودش هم در سیزده سالگی، با عشق به بسیج مستضعفان پیوسته است. به دهلران اعزام شده و در پشت خط مقدم جبهه است، جبهه را گرم نگه می‌دارد. در یک کامیون درمانگاه سیار خدمت می‌کند. بعد از پانزده روز آموزش اولیه در اندیمشک، و بیست و سه روز کار در درمانگاه سیار حضرت علی‌اکبر، حادثهٔ مجروح‌شدنش را شرح می‌دهد:

گروهانی از مبارزین سپاه که من در آن خدمت می‌کردم، سه ماه با کفار بعثی۔صهیونیستی در سومار جنگیده بود. دو سه روز بعد از اعزام به سومار بود که کامیون درمانگاه سیار حضرت علی‌اکبر ما به آن پیوست. و در اینجا بود که آنها با مهابت بیشتری با مزدوران صدام یزید کافر برای مدت سه ماه به ستیزه پرداختند.

از آنجا ما را به گیلانغرب بردند، تا برادران آن منطقهٔ استراتژیکی را فتح کنند.

یک روز صبح سحر، در سرما و یخبندان شدید، و پس از یک حملهٔ ناجوانمردانهٔ دشمن، عدهٔ زیادی از برادران مجروح را از خط مقدم آوردند. ما در درمانگاه بودیم و برای

کمک به آنها بیرون دویدیم. در همان حین، دشمن هنوز ابا نکرده و سیل خمپاره و گلوله روی محوطه فرو ریخت. ما همه مورد اصابت قرار گرفتیم، و در آنجا بود که من یک پایم را، از زانو به پایین را، در راه مجاهدت برای اسلام عزیز دادم...

نزدیکیهای ظهر از پیچ و خمهای کوهستانی جادهٔ ملایر به طرف خرم آباد می آییم. برف سنگینی می‌ریزد. خرابیهای شهرهای اراک و حوالی بروجرد و دهستانهای وسط راه که در روزهای اخیر مورد حملات هوایی قرار گرفته‌اند زیر برف منظره‌هایی دارند. از یک رستوران وسط راه، که در کنار یک پادگان ده کیلومتری بروجرد است و بتازگی مورد اصابت قرار گرفته، فقط دیوارهای زرد و چرکش باقی مانده است. خودروهای امداد جنگی مربوط به سپاه و ژاندارمری هنوز مشغول کشیدن اجساد از زیر آوارند. یک اتوبوس، یک لاری و چند اتومبیل هم با شیشه‌ها و بدنه‌های داغون و آش و لاش جلوی رستوران ولند. مأمورین مشغولند، ولی جادهٔ جلوی رستوران لملمهٔ ترافیک کند است.

هرچه به خرم آباد نزدیک‌تر می‌شویم، جاده گرفته‌تر و تنگ‌تر و پر ترافیک‌تر می‌شود. گهگاه راننده مجبور می‌شود پایین یک گردنه یا بالای آن مدتها بایستد تا ترافیک یک خط جاده عبور کند. علاوه بر وسائل نقلیهٔ عمومی و خصوصی، سیلی هم از کامیونهای تدارکاتی و نفربر یا خودروهای ارتشی هم هستند و همه به جبهه‌های جنوب مهمات و افراد و حتی تانک و موشک‌انداز می‌برند.

در حومهٔ خرم‌آبادیم که اتوبوس جلوی قهوه‌خانه یا رستوران

نسبتاً بزرگی می‌ایستد: برای ناهار. ما بیرون می‌آییم و تصمیم می‌گیریم ناهار مختصری یک گوشه بزنیم. جای بزرگی است، با بخاری نفتی و بخار سماور و تا حدی گرم، و خیلی شلوغ. برای خریدن غذا باید اول فیش تهیه کنیم. محل دستشویی و توالتهای زنانه را به آنجلا نشان می‌دهم. وقتی او می‌رود، ژتونهایی برای چلو ساده و ماست و چای می‌گیرم و می‌روم طرف پیشخوان غذا. چشمم به طرفی است که او رفته. تازه غذاها را گرفته‌ام که او هم از طرف توالت می‌آید و به او اشاره می‌کنم. به من که می‌رسد با خوشحالی به غذای ساده نگاه می‌کند، ولی جایی میز خالی برای نشستن نمی‌بینیم. به اطراف نگاه می‌کنیم، دنبال جا می‌گردیم.

ناگهان آنجلا یک آرنجم را می‌کشد و نگاه ناجوری می‌اندازد. وقتی نگاهش می‌کنم، انگار رنگش هم کمی پریده و چشمهایش هم پر از ترس است. به پشت سرم اشاره می‌کند. سرم را که برمی‌گردانم، جوان پاسداری را می‌بینم با لباس شبه‌نظامی رزمی، که شانه به شانه‌ام ایستاده و دارد با دست اشاره می‌کند. مسلح نیست. می‌گوید: «سلام‌علیکم... بفرمایید.» با دست به میزی اشاره می‌کند.

جواب سلامش را می‌دهم، و متوجه می‌شوم که آنجلا دارد روسری سیاهش را پایین‌تر می‌کشد. اما جوان ملبس به شبه‌نظامی رزمی به او نگاه نمی‌کند. به من نگاه می‌کند. مؤدبانه می‌گوید: «بفرمایید، اینجا جا برای نشستن هست، حاج آقا.» هنوز به میز بزرگ کنار دیوار که خودش آنجا نشسته بوده و از توی دستمال غذا می‌خورد، اشاره می‌کند.

قد کوتاهی دارد، خیلی لاغر، کمی ریش، با یونیفرم خاک و

خلی فرسوده ـ و فقط یک دست دارد. آستین خالی دست چپ را توی جیب کاپشن فرو برده. «بفرمایید، خیر پیش.»

نفس راحتی می‌کشم، گرچه هنوز مطمئن نیستم. ولی او نه تنها حالت تهاجم و حمله و دستگیری ندارد، بلکه اندام معلول و صورت بی‌احساس و خسته‌اش احساس همدردی ایجاد می‌کند.

«متشکرم...»

«دیدم دارین دنبال جا میگردین...»

«محبت دارید، ممنون.» رد کردن این لطف و محبت جایز نیست. با اشاره به آنجلا، می‌رویم سر میزش و من سینی را روی میز، مقابل دستمال غذای او، کمی آنطرف‌تر می‌گذارم. آنجلا خودش را بیشتر جمع و جور می‌کند و تقریباً پشت به او می‌نشیند. من لبخندی می‌زنم و دست به غذا می‌بریم. ظاهراً خطری نیست.

از نزدیکتر و بهتر که نگاهش می‌کنم، متوجه می‌شوم در واقع یکی از مسافرین اتوبوس خودمان است که در ردیفهای عقب ما بوده. اینجا، حالا که کنار پنجره نشسته، و پشت به دیوار رنگ روشن دارد، صورتش بهتر دیده می‌شود. بالای سرش پوستر سیاه و سفیدی از امام خمینی نصب است. یکی از تصاویر جدید است که امام را تکیده و کمی تحلیل رفته نشان می‌دهد. شعار زیر تصویر می‌گوید: «اگر همهٔ ما از بین برویم مهم نیست ـ اسلام باید زنده بماند.»

مشغول خوردن می‌شویم، اما آنجلا که رو به طرف دیگر نشسته، گهگاه از زیر چشم نگاهی به پاسدار یا بسیجی یک‌دست می‌اندازد. انگار هنوز هم باور ندارد که این فقط یک برخورد تصادفی باشد.

از جوان شبه‌نظامی‌پوش می‌پرسم: «کی می‌رسیم به اهواز، برادر؟» سعی می‌کنم سؤالم عادی و همسفرانه باشد.

«طرفای غروب انشاالله.» او هم نگاه دقیق‌تری به من می‌اندازد.

می‌گویم: «اگر همه چیز به خیر بگذره. جاده‌ها بد جوری برفی و خرابه.»

«خیر است انشاالله. می‌رسیم.» نگاهی از پنجره به جاده می‌اندازد.

«به جبهه برمیگردید؟»

«اگر خدا قسمت کنه، انشاالله.» ته‌لهجهٔ بچه‌های ساوه یا مورچه‌خورت یا دهات اطراف اصفهان و آنجاها را دارد، از آنهایی که اسلام و سیدالشهداء و امام برایشان از نان شب هم واجب‌تر است.

می‌گویم: «ما هم از اهالی آبادان هستیم. من اونجا کار میکردم، قبل از اینکه تخلیه بشه.»

با توجه بیشتری به من نگاه می‌کند. زیاد خوشش نیامده که من خودم را در طبقهٔ او گذاشته‌ام. ولی با ادب و احترام چند بار سرش را پایین می‌آورد. می‌گوید: «دو سه سال اخیر، ما چند مرتبه خرمشهر و آبادان بودیم...»

بعد می‌پرسد: «برای کار تشریف می‌برید اهواز، حاج آقا؟» اصلاً به طرف آنجلا نگاه نمی‌کند. نوع او هیچوقت مستقیم به صورت زن نامحرم نگاه نمی‌کنند، یا سعی دارند نگاه نکنند.

«برای دیدار دوستان قدیم.» بعد می‌پرسم: «شما خودتون چی؟ برمیگردید آبادان؟ خیر پیش.»

«نه‌خیر، حاج آقا. این سفر خدا بخواد انشاالله میریم شلمچه، طرف خرمشهر و مرز. اما من این را در آبادان و در راه خدا دادم.» به دست قطع شده‌اش اشاره می‌کند. «برادری هم داشتم که در شلمچه شهید

شد. او جزو سپاه مستقر در اصفهان بود. وقتی شهید شد همراه چند شهید دیگه یکجا منفجر شدند. چون قابل شناسایی نبودند همه را به عنوان شهدای گمنام در تکیهٔ شهدای اصفهان دفن کردند.»

نگاهش می‌کنم. «خدا قبول کنه.» در سینهٔ خودم P.V.C. شروع شده.

آنجلا سرش را ریزه‌ریزه به این طرف برمی‌گرداند، و با توجه و دقت بیشتری گوش می‌کند. برادر معلول حالا دارد دربارهٔ عملیاتی که در آن دستش را از دست داده حرف می‌زند.

«شما خودت در «سپاهی» یا در «بسیج»؟»

«بسیج مدرسه... برادر شهید گمنامم هم جزو بسیج مدرسه بود.» دست می‌کند عکسی از لای یک جلد قرآن مجید قطع جیبی که در ساکش دارد درمی‌آورد. «برادرم در اینجا خاکه.» به قبرستانی که در عکس است اشاره می‌کند. «در بلوک شهدای گمنام تکیهٔ شهدای اصفهان.» عکس قطع کارت پستال است که تمیز گرفته شده، و نماد گسترده‌ای است از قبرهای یک شکل، با سنگهای یک‌شکل، معجرهای یک‌شکل، حتی سنگ‌نبشته‌های یک‌شکل. سنگ جلوتر به دوربین، خوب و روشن خوانده می‌شود که عین کلمات هویت آن در تمام سنگهای دیگر، تکرار و تکرار شده است: «بسمه تعالی. نام: گمنام، شهرت: آشنا، فرزند: روح ا...، تاریخ تولد: ۲۲ بهمن، تاریخ شهادت: یوم‌الله، محل شهادت: جادهٔ ایران ـ کربلا، ارگان مربوطه: جندالله... در نینوای ایران کشتند عاشقان را/ما روزه‌دار عشقیم، افطارمان ز خون است.»

عکس تکان‌دهنده ولی بسیار زیبا را به آنجلا نشان می‌دهم. «بلوک شهدای گمنام، تکیهٔ شهدای اصفهان... برادر فکر می‌کنند

برادر کوچکشون اینجاست.»

لرزش شدید بدن‌او را هم در بازویم احساس می کنم. عکس را به صاحبش برمی گردانم.

«خدا انشاالله قبول کند... چند سالش بود؟»

«شونزده.»

«شما چند سالتونه؟»

«نوزده.» اقلاً بیست و نه ساله به نظر می‌رسد، اما احتمالاً راست می‌گوید. دیده‌ام که بچه‌ها چطور در جبهه‌ها زود صورتشان از حالت بچگی و نوجوانی درمی آید و شکسته می‌شود. با ریش هرگز نتراشیده و صورت تکیده و درست **تغذیه‌نشده**، شکسته می‌نماید. حتی موهایش کمی ریخته است.

«میریم ببینیم چی میشه کرد، در راه خدا و در لبیک به امر امام.»

احساس می کنم بدن آنجلا تکان بدتری می‌خورد. لابد انتظار ندارد این حرفها و این صحنه‌ها را از دهان و از ته دل بچه‌ها و مردم عادی بشنود و ببیند. و این واقعیتی است. پسرک ایمان دارد. به نظرم آنجلا به فکر مادر این بچه‌م است.

می گویم: «خداوند انشاالله به مادر شما صبر و اجر الهی بده.»

آنجلا هنوز ساکت و مات است.

بسیجی معلول می گوید: «مادر ما خوشحاله. شجاع هم هست. او تمام‌بچه‌هاش‌رو در راه‌اسلام و خون‌سیدالشهداء‌اهداء کرده.ما هم خوشحالیم.» اما چشمهایی غمگین و کمی مضطرب دارد ـ مثل بچه‌گربه‌ای که زیر باران وسط باغی خشکیده، بی‌سرپناه باشد. تا حدی مرا به یاد صغرا عبدی می‌اندازد.

می‌گویم: «این... چیزی بیشتر از شجاعت القاء میکنه، برادر عزیز.»

به آنجلا نگاه می‌کنم. او حالا دیگر سرش به آنطرف نیست. از ترس هم خشک‌زده به نظر نمی‌رسد. به جوان بسیجی معلول بربر نگاه می‌کند. به نظرم می‌خواهد حرفی بپرسد، یا چیزی بگوید، اما لابد از لهجهٔ خارجی خودش بدش می‌آید، یا هنوز می‌ترسد. کمی از برنج و ماست جلوش ناخنک زده است.

جوان معلول می‌گوید: «حاج آقا، مادر واقعی اسلام مادر وهب بوده... که به روایات مختلف از مادران صدر تاریخه. خدا رحمتش کنه. در یکی از جنگهای آن دوران، او پسرش وهب را به جبهه فرستاده بود. در یکی از نبردها کفار سر وهب را می‌برن و سر بریدهٔ او را به طرف مادرش که خودش هم برای پشتیبانی و گرم نگه داشتن جبهه‌ها در لشکر اسلام خدمت می‌کرد پرت میکنن. دیگ خشم مادر به جوش میاد. در حقیقت دشمن میخواد روحیهٔ او و سایر رزمنده‌ها رو تضعیف کنه. مادر وهب سر بریدهٔ پسرش را برمیداره و باز به طرف دشمن پرت میکنه، فریاد میزنه: «من چیزی رو که در راه اسلام داده‌م پس نمیگیرم...»

تکان انفجار مانند بدن آنجلا که هنوز به من تکیه دارد، نزدیک است او را پرت کند زمین. بطرفش نگاه می‌کنم.

می‌گویم: «اگه شما ناهارت را تمام کردی، میتونیم بلند شیم. یک بقالی اون روبرو هست، بریم ببینیم آسپرین داره یا نه ـ که شما میخواستی.»

«بله، بله...» پس از کمی جمع و جور کردن روسری و دامن مانتوش بلند می‌شود. از جوان بسیجی تشکر می‌کنم و برای او در

آینده و هر جا که برود آرزوی موفقیت می‌کنم. با هم دست می‌دهیم. دستش هم مثل تمام بدنش آبرفته و شکستنی و تغذیه نشده می‌نماید. قطب مخالف کهکشانی وجود دغل و مکار برادر سلیمانی است پشت ادارهٔ صندوق بهشت‌زهرا.

وقتی از غذاخوری بیرون می‌آییم، هوای سرد توی صورت می‌زند. آنجلا دستهایش را زیر سینه‌اش می‌گذارد و فشار می‌دهد. چشمانش با چیزی مخوف‌تر از اشک پر شده. می‌گوید: «سینه و امعاء و احشاءم مث مارگزیده‌ها پیچ میزنه.»

«نگران نباش. چیزی نخوردی. دلپیچه است.»

«دلپیچه؟...My God! گفت سر بریدهٔ بچه‌ش‌رو برداشت پرت کرد طرف اونها... نگفت؟ خدایا، خدایا... اووووه!»

«همه چیزرو خیلی جدی نگیر، بیا... این یک روایته. از منشورهای سازمان ملل و اعلامیه‌های حقوق بشر شما که نیست!»

«جی؟!»

«بیا... بریم توی ماشین بشینیم، گرم‌تره. اگه حالا توی کتابخانهٔ دوره‌های عالی دانشگاه میشیگان بودی میتونستی واژهٔ «مادر وهب» رو پژوهش کنی و با کامپیوتر داده‌پردازی کنی و از C.P.U. دایرةالمعارف اسلامی کتابخانهٔ کنگره بگیری...»

وقتی اتوبوس به طرف اندیمشک و اهواز به راه می‌افتد، او هنوز دلپیچه دارد. با او حرف می‌زنم و سرش را با سؤالهایی دربارهٔ دکتر نمازی در اهواز گرم می‌کنم. قرار است اولین کاری که در اهواز می‌کنیم رفتن به منزل دکتر نمازی باشد. دکتر سیدعلی نمازی تا دو سه سال بعد از انقلاب استاد زبان و دوره‌های علوم اجتماعی در

دانشگاه جندی‌شاپور، و در قدیم با آنجلا و دکتر توحیدیان همکار بود. دخترش زهرا یکی از شاگردهای خوب همان دانشگاه بود. زهرا نمازی، هم با آنجلا کلاس داشت و هم با توحیدیان. پس از مرگ توحیدیان و رفتن آنجلا از اهواز، دکتر نمازی تا سه سال با آنجلا مکاتبه داشت.

آنجلا اکنون همراه خودش پرونده‌ای از اسناد قدیمی، شامل قبالهٔ ازدواج، فتوکپی شناسنامه‌های ایرانی خودش و بچه و شوهرش، و برگ گواهی شهادت و فوت شوهرش را همراه دارد. این اسناد نشان می‌دهند که او بیوهٔ رسمی دکتر عباس توحیدیان مرحوم، استاد شهید دانشگاه جندی‌شاپور، مادر قانونی مهدی توحیدیان است.

«من مطمئنم ما... پیداش میکنیم. اونها هم اگر شعور داشته باشن، با من که مادر بچهٔ نازنینشان هستم کنار میان... که این بچه بره یک جای آروم این دنیا و زنده بمونه، تحصیل کنه، از وسط اینهمه جنگ و خونریزی و اغتشاش نجات پیدا کنه.»

نگاهش می‌کنم و سرم را مثبت تکان می‌دهم. «البته... بعضی پدر و مادرها الآن پسرهاشون‌رو قبل از اینکه پونزده ساله بشن و بعد بخاطر جنگ ممنوع‌الخروج بشن میفرستن خارج.»

«من ته دلم احساسی دارم که حالا وضع فکر آنها ـ یعنی حاج آقا توحیدیان اینها ـ با من فرق کرده بعلت جنگ. همینطوره من فرق کرده‌م.»

دستش را نوازش می‌کنم. «حالا شدی خانم ایرانی... و مادر خوب.»

«اگر خدا بخواد... انشاالله.»

«و داری خاکی و اینجایی میشی.»

اتوبوس حالا[۱] تقاطع جادهٔ شوش را رد کرده و در دشت هموار ولی سوت و کور خوزستان، تابلوی کیلومترشمار ۹۵ را پشت سر می‌گذارد. دشت و جاده خالی و سوخته است ـ دشت و جاده‌ای که من بسیار خوب می‌شناسم، یا می‌شناختم. امروز، در اینجا و آنجا، خودروهای سوخته یا دهکده‌ها و ساختمانهای ویران شده از جنگ بسیار بیشتر از دفعهٔ آخری که اینجا آمدم، توی چشم می‌خورد. نخلستانهای دهکده‌های متروک بدترین منظره‌ها را دارند. بیشتر نخلها به صورت یک ستون زغال سر به آسمان کشیده‌اند و متحجر مانده‌اند. در عبدالخان، جادهٔ خاکی و خرابیهای دهکدهٔ متروک را صاف و صوف کرده‌اند. جادهٔ تنگ و قابل عبوری باز کرده‌اند. اما خود جاده ویرانه است، مثل انباری است از خاشاک و آوار دیوارها که در دو طرف جاده جمع کرده باشند، و منظره را غمناک‌تر می‌کند.

گهگاه خطهای طویلی از کامیونها و تریلرها و نفربرها رد می‌شوند. در دو طرف جاده، لاشهٔ کامیونها و اتوبوسها و پیک‌آپها و ماشینهای شخصی ـ حتی تانکها رها شده است. پادگانها اغلب اسامی شهیدان مذهبی فاجعهٔ کربلا را دارند. حوالی عبدالخان از جلوی پادگانی می‌گذریم که تابلوی «ستاد امور جنگی کربلا» را دارد. حتی نزدیکیهای اهواز، اگر قهوه‌خانه‌ای باقی مانده باشد، آثار خرابی فراوان دارد. و امروز بخصوص در هوای تیرهٔ دشت جلوی آنها چیزی نیست الا درختهای عرعر سوخته، بوته‌های سیاه خیس، زمین گل شده، و نخلهای زغال شدهٔ مات. من خودم هم ماتم. ولی ماتم آنجلا از من بیشتر است. با چشمهای افسردهٔ یک خارجی، اهل ایالت

زیبای میشیگان، اینها را نگاه می‌کند و سرش را تکان می‌دهد. یک خارجی که سالها در اینجا زندگی کرده و اوقات خوب زندگیش را گذرانده. نمی‌فهمم ماتمش برای زمین و دهکده‌های سوخته است، یا برای اینکه در این میان چه بر سر بچه‌اش می‌توانست آمده باشد. می‌گوید: «نمیدونم چه احساسی دارم.»

دلم می‌خواهد بگویم من هم احساسی دارم که این سفر وضع را تغییر می‌دهد و تو خوشحال برمی‌گردی. نگاهش می‌کنم، به او لبخند می‌زنم، به آرامی از روی آستین مانتویش نوازشش می‌کنم. «امید و حرکت ساختار زندگیه.»

«گفتی...» لبخند می‌زند و انگشتهای سبابه و میانهٔ هر دو دستش را به سبک امریکایی، به علامت امیدوار بودن به شکل ضربدر درمی‌آورد. «امیدوارم... اینهمه راه را آمده‌م.»

۲۱

وقتی با تجاوز گستردهٔ هوایی و زمینی عراق به ایران جنگ آغاز شد و شهرهای آبادان و اهواز و دزفول استان خوزستان مانند دهها شهر و روستای دیگر، هر روز و هر شب مورد حملات بمباران هوایی و گلوله‌باران زمینی قرار گرفت، من آن روزها گرچه هنوز در آبادان و در بیمارستان گیر کرده بودم، ولی می‌توانستم تصور کنم با شنیدن این اخبار در روح و قلب آنجلا، هر جا که بود، چه می‌گذرد. من در خوزستان بودم و می‌دیدم مردم این استان چگونه دسته‌دسته، خانواده خانواده، کشته می‌شدند، یا به صورت جنگزدهٔ آواره، خانه‌های خود را می‌گذاشتند و فرار می‌کردند. آنجلا در این روزها با خانوادهٔ شوهرش در ارتباط نبود، با من هم در ارتباط نبود، چون ارتباط آبادان جنگزده و زیر بمباران و محاصره شده توسط ارتش متجاوز عراق با تمام دنیا بطور کلی قطع بود.

پس از آنکه آبادان تخلیه شد و من خانه و شغل شرکتی‌ام را از دست دادم، به تهران نزد خواهرم رفتم. آنجلا هیچوقت آدرس مرا در تهران نداشت و من نیز هرگز آدرس منزل مادر او را در لنسینگ میشیگان نداشتم. بنابراین ما دور و بی‌خبر از هم ماندیم و زمان گذشت.

اما او در تماس مکاتبه‌ای با یکی از اساتید قدیمی دانشگاه جندی‌شاپور باقی ماند ـ دکتر نمازی. و این دکتر نمازی بود که طی سالهای آینده اخبار فرزندش را در اهواز یا در دزفول به او می‌داد. دختر نمازی که قبلاً در دانشگاه جندی‌شاپور دانشجو بود و یکی دو درس با خانم آنجلا توحیدیان

گرفته بود، پس از فارغ‌التحصیل شدن با جوانی از خانوادهٔ توحیدیان ازدواج کرده بود و بچهٔ آنجلا را زیاد می‌دید. بدین طریق بود که نمازی اخباری از بچه را برای آنجلا می‌نوشت. بعد از یک سال و نیم آنجلا آدرس تهران من را هم به نحوی پیدا کرد، و نامه‌هایش می‌آمد.

اما در این مرحله از زندگی آنجلا گاسینسکی/توحیدیان نامه‌هایش، نامه‌های دانشجو آنجلا گاسینسکی دانشگاه میشیگان، یا نامه‌های خانم استادیار آنجلا گاسینسکی دانشگاه پهلوی شیراز نبود. نامه‌های یک زن عاشق، با احساس انسانی لطیف، برای یگانگی، و برای شعر هم نبود. تجلی احساسات شخصی یک شاعرهٔ قرن بیستم در تلاش برای اعتلای انسانیت و مردم جهان هم در آنها خفه شده بود.

نامه‌های او اکنون تجلی عصیان در مقابل «ظلم و تعدی» شخصی یا نسبت به انسانیت مؤنث بود و بسیار تلخ. و مبارز. تلخ و مبارز در مقابل دنیایی که در حق او به عنوان یک !انسان جهان امروز بی‌عدالتی کرده بود، موجودیت زندگی اجتماعی او را به عنوان یک زن از او گرفته بود. او شوهرش را هنوز به عنوان یک شهید مبارز ستایش می‌کرد، ولی در خیال خودش از تعصب شدید جامعه‌ای که در حق وابستگان شهیدان احترام والایی قائل نمی‌شد حرف داشت. از جامعه‌ای که فرزند رحم و زندگی یک زن رسمی را با احکام یکطرفه از او می‌گرفت و زندگی فرزندان شهیدان را بی‌برنامه و در چنگ جنگی ویرانگر نگه می‌داشت سخت انتقاد می‌کرد. اشتغال ذهنی او با پسرش مهدی، در کلیهٔ نامه‌ها، به صورت موج انفجار بمبهای درونی ساطع می‌شد. بخصوص در این جنگ، این که امروز، امشب، الآن، در این لحظه، بچه‌اش کجاست؟ آیا زیر بمباران مداوم میگها و توپولفهاست، یا زیر موشکهای زمین به زمین عراق به شهرهای خوزستان؟

هرچه سالهای جنگ بدتر و ویرانگرتر، پشت سر هم سپری می‌شدند، درد او شدت می‌گرفت و نامه‌ها تلخ‌تر و کوبنده‌تر می‌شد. شهر دزفول بیش از هر شهر دیگر ایران مورد تجاوز ددمنشانهٔ دهها و صدها موشک

هولناک دوتنی نه‌متری زمین به زمین ارتش عراق قرار گرفت. و روزی که آنجلا ایران را ترک کرد، بچه‌اش در دزفول بود! و طی سالها می‌شنید که او را می‌بردند و می آوردند.

پس از بازگشت به امریکا، مدتی در دانشگاه میشیگان در آن‌آربر تدریس کرد. ولی پس از شش ماه به دانشگاه ایالت میشیگان در لنسینگ رفت و در آنجا نیز ـ با اینکه قراردادی سه ساله داشت ـ و خانهٔ مادریش هم در آن شهر بود، پس از نه ماه، محیط دانشگاه و شهر را ترک کرد. ناآرام و نابسامان بود. بعد یک سال در واشینگتن بود و در چند دانشگاه و مرکز فرهنگی و ادبی، سخنرانیها یا رشته‌سخنرانیهایی داشت. و مقالات و تزهایی انتقادی می‌نوشت. بعد به لوس آنجلس رفت که تقریباً جامعهٔ بزرگی از ایرانیان در آن زندگی می‌کردند. ولی پس از مدتی کار و پروژه‌های مختلف آنجا را نیز ترک گفت. احساسها و شور و عواطف شخصی را با کار و فعالیتهای آکادمیک درمی‌آمیخت، و نمی‌توانست درنیامیزد. بنابراین مرتب از هر کار زده می‌شد، یا اخراج می‌شد. در دانشگاههای مختلف امریکا چند دوره زبان فارسی تکمیلی یا ادبی نیز گذراند، احتمالاً به این امید که روزی به ایران نزد بچه‌اش بازگردد.

زندگی شخصی و آمیزش اجتماعی‌اش هم ظاهراً دستخوش طوفان مانده بود. از شوهر یا مرد جدید مهمی در زندگیش حرفی نمی‌زد، اگر خبری بود حتماً می‌نوشت. در واقع در یکی از نامه‌هایش در اوایل بهار ۶۲ نوشت که: «نتوانسته‌ام نه با کاری و نه با مردی پیوند صحیح و پایدار داشته باشم.» در نامهٔ دیگری نوشت که بعد از دکتر توحیدیان، و بخصوص با فقدان و خلائی که بخاطر دوری از بچه‌اش در زندگیش به‌وجود آمده، «نسبت به تمام مردهای دور و برم احساس بیزاری و انجماد می‌کنم.»

از اوایل سال سوم خروجش از ایران شروع به نوشتن و چاپ مقالاتی در رسانه‌های غربی کرد ـ در روزنامه‌ها، در مجلات، و در فصلنامه‌ها. گهگاه نسخه‌ای از کارهای چاپ شده‌اش را برایم می‌فرستاد، یا اطلاع می‌داد که در

کدام مجله است. در این مقاله‌ها با دیدگاه یک زن امریکایی آشنا با جامعهٔ ایران، وضعیت زن معاصر در ایران را مورد بررسی قرار می‌داد: در ایران به گفتهٔ او موجودیت زن گاهی نصف مرد حساب می‌شد، مثلاً مرد دو برابر زن سهم از ارث می‌برد. گاهی یک چهارم مرد محسوب می‌شد، چون مرد می‌توانست چهار زن عقدی داشته باشد، حال آنکه زن مجبور بود فقط یک زن عقدی باقی بماند. و گاهی نیز در مقابل موجودیت مرد هیچ محسوب می‌شد. مثلاً اگر زن می‌مرد، شوهر قیمومت بچه را به عهده می‌گرفت، ولی اگر مرد می‌مرد، خانوادهٔ شوهر قیمومت بچه را به عهده می‌گرفتند. زنان و دخترانی که به عنوان داوطلب در جبهه‌های جنگ خدمت می‌کردند و کشته می‌شدند ممکن بود لقب شهید داشته باشند ولی خیابانی به اسم آنها نام‌گذاری نمی‌شد... این مقاله و سایر مقالات را به قلم آ.-گاسینسکی چاپ می‌کرد، نه آنجلا توحیدیان. من به او نوشتم که بخاطر بچه‌اش در ایران نباید بدون فکر وارد اینگونه اظهارنظرهایی که به سیاست و احکام شرعی این جامعه مربوط می‌شد، وارد شود. ولی نمی‌شد.

در فروردین سال ۶۴ برای سه ماه به لندن رفت و در «مدرسهٔ مطالعات آسیایی و افریقایی» وابسته به دانشگاه لندن، سخنرانیهایی ایراد کرد. هنوز گذرنامهٔ ایرانی خود را داشت، و دو بار هم که مدتش تمام شد، آن را تمدید و تعویض کرده بود: هنوز به این امید که روزی بخاطر بچه‌اش به ایران بازگردد. هنوز خود را همسر یک شهید ایرانی و مادر فرزندش می‌دانست که خانوادهٔ توحیدیان از او «غصب» کرده بودند.

در اوایل تابستان ۶۴ خبری مربوط به خانوادهٔ شهید توحیدیان از اهواز شنیدم. دوستی که از اهواز می‌آمد، به من گفت در یکی از بمبارانهای شدید اهواز که دویست و هفتاد شهید بجای گذاشت، منزل دوست مشترکمان آقای رنجبری که در کیان پارس همسایه و شناس پدر عباس توحیدیان بود، مورد اصابت قرار گرفته و خود رنجبری و بیشتر افراد خانواده‌اش شهید شده بودند. خانهٔ حاج آقا توحیدیان نیز بمباران و خراب شده و او و زنش و چند نفر دیگر در خانه شهید شده بودند. از نوه‌اش خبر

دقیق و قاطعی نداشتم. به هر حال، من این اخبار دست‌دوم را، البته برای آنجلا در امریکا ننوشتم ـ چون اولاً دیگر مکاتبهٔ زیادی نداشتیم، و دیگر اینکه نمی‌خواستم بیشتر از آنچه ناراحت است ناراحت‌تر شود. نمی‌خواستم این خبر را از من بشنود. او دکتر نمازی را برای کسب این اطلاعات بطور دقیق‌تر در اهواز داشت. ظاهراً خودش هم این اخبار را نداشت، چون ذکری نمی‌کرد.

به هر حال نامه‌های خصوصی و گهگاهی خودش هنوز بد نبودند ـ داد دل بودند. اگرچه دیگر خالی از شعر و بیشتر آکنده از خشم و شعار بودند، ولی باز شروع نامه‌ها مثل گذشته‌های دور «جی عزیزم» بود ـ و O در کلمهٔ LOVE، که همیشه در پایان نامه‌هایش می‌گذاشت، به شکل قلب در آمده بود. هیچوقت عکس نمی‌فرستاد. خودم گهگاه به او فکر می‌کردم، و سعی می‌کردم تصور کنم حالا در سی سالگی، چه جور بدنی و چه زندگی شبانه‌روزی و حال و روحی دارد.

در سال ۱۳۶۵ نوشت که مدتی است شروع به همکاری با کتابخانهٔ مرجع شعبهٔ واشینگتن U.S.I.S. کرده است. نوشت کار او مربوط به بخش پژوهشی صدای امریکا، سرویس فارسی است، چون هر دو زبان انگلیسی و فارسی را در سطح آکادمیک خوب می‌دانست. و از این زمان بود که من دیگر حتی جواب نامه‌هایش را هم نمی‌دادم، و کاری به کارش نداشتم...

کتاب دوم

۲۲

هوای ابری تقریباً تاریک است که اتوبوس بالاخره به اهواز می‌رسد و در خیابان انقلاب (کمپلو) وارد ترمینال می‌شود. بزودی از ترمینال خارج می‌شویم و یک تاکسی دربست می‌گیریم و به میدان شهداء می‌رویم. آنجلا اصرار دارد قبل از اینکه محلی برای سکونت پیدا کنیم سری به منزل دکتر نمازی بزنیم و کمی سر و گوش به آب دهیم. محل را بلد است. فکر عملی و مثبتی است.

ریزه ریزه باران می‌زند که تاکسی از روی پل جدید وارد خیابان نادری می‌شود، و از آنجا، از بولوار شریعتی و بعد از خیابان آیت‌الله طالقانی می‌اندازد طرف میدان شهدا. ترافیک در این موقع غروب سنگین است. منزل دکتر نمازی، طبق آدرسی که آنجلا از آخرین مکاتبه با او دارد، در ناحیهٔ باغ معین است، یکی از محله‌های قدیمی اهواز، همین دست آب. خیابان آیت‌الله منتظری، کوی نظام وفا، انتهای کوچه، پلاک ۲۰. من محله را در آرشیو مغزم حک دارم.

سینما صحرا که روبروی پارک و کمی بالاتر از کوی نظام‌وفا است، با بمب منفجر و تقریباً درب و داغون است. جلوی ساختمان سینما از تاکسی پیاده می‌شویم و ساک به دست، سلانه‌سلانه وارد

کوی نظام‌وفا می‌شویم که تنگ است و نور زیادی هم ندارد.

باز می‌گوید: «دلم یه‌جوری میشه.»

دوستانه می‌گویم: «دلشوره برای روزهای خوبه؟ یا برای مهدی؟»

«برای هر دو... بیشتر برای مهدی.»

توی تاکسی هم، وقتی از آن دست آب به این دست آب می‌آمدیم، این احساس را داشت. از وسط کیان‌پارس رد شده بودیم... در آن محله بود که سال‌های آخر را با توحیدیان و مهدی زندگی کرده بود. از جلوی دانشگاه جندی‌شاپور گذشته بودیم ـ که در آنجا روزگاری شغل استادی داشت، و محبوب بود. تمام شهر با وجود خاطره‌های عالی او، امروز در هم‌گوریده بود و گیج‌کننده. گذشتن و پیچ و تاب خوردن میان شهر، برایش انگار گذشتن و پیچ و تاب خوردن از میان یک زندگی بود ـ بخصوص تنگ غروبی، زیر باران.

توی کوچهٔ تنگ و تاریک نظام‌وفای اهواز، پلاک‌ها را نگاه می‌کنیم و می‌آییم پایین. ته کوچه روشنی کمتر است، و کل کوچه در انتها پیچ قناسی می‌خورد و ظاهراً به یکی از بن‌بست‌های لب رودخانه می‌رسد. احتمالاً خانه همان‌جاست، و بالاخره پیدا می‌شود.

شمارهٔ پلاک خانه روی یک کاشی چهارگوش آبی‌رنگ قدیمی است. اول آنجلا آن را می‌بیند و بازویم را فشار می‌دهد.

دل خودم هم یک جوری می‌شود. دوست خوبم، دکتر یارناصر، تا دو سال پیش اینجاها مطب و خانه و زندگی داشت. پارسال با تومور مغزی رفته بود.

آنجلا ناگهان می‌گوید: «اینجاست. همین‌جاست. پلاک ۲۰...» به

فارسی می‌گوید که یعنی براستی به آنجا که می‌خواهد رسیده است. سرش را می‌برد جلوتر. «اسمشان هم زیر دکمهٔ زنگ هست! دکتر سیدعلی نمازی!» و نگاهی حاکی از راحتی و آرامش پس از طوفان به من می‌اندازد. نفس عمیقی می‌کشد. هوا را با فشار بیرون می‌دهد.

نگاهش می‌کنم.

«مگه نیست؟»

«خودشه. پلاک ۲۰، دکتر سیدعلی نمازی. انگشتها رو ضربدری نگه دار.» جملهٔ آخر را به انگلیسی می‌گویم که سمبلی از امیدوار بودن دنیای اوست.

«بالاخره...»

می‌روم جلو، زنگ در حیاط را دو بار می‌زنم. صبر می‌کنیم. برمی‌گردم به طرف او نگاه می‌کنم. «وقت خوبی آمدیم. معلمها معمولاً این موقع شب خسته‌ن، خونه‌ن.» چشمک می‌زنم. «بگذار من اول حرف بزنم. باشه؟ شما همینجا کمی عقب‌تر بایست.»

می‌گوید: «من دکتر نمازی‌رو خوب میشناسم. جنتلمن حسابیه. منو لو نمیده. فقط امیدوارم منزل باشه.» حالا انگشتها را روی سینه‌اش، روی قلبش ضربدری نگه‌داشته است. مدت نسبتاً درازی می‌گذرد. کسی جواب نمی‌دهد. دوباره زنگ می‌زنم. دو فشار زنگ دراز و بلند. از داخل خانه چیزی دیده نمی‌شود. صدایی هم نمی‌آید. حتی معلوم نیست که آیا چراغی روشن است یا نه، کسی منزل است یا نه. اما لامپ خیلی کوچک بالای در منزل روشن است. برق دارند. خانه ساکت است.

آنجلا می‌گوید: «زیاد زنگ نزن. شنیده‌م دو بار زنگ زدن

خوش‌یمن نیست. گفته‌ن معمولاً وقتی خبر بده دو بار زنگ میزنن.»
حالا باز انگلیسی حرف می‌زند.

«دختر، آرام باش. حافظ شیرازی که دوستش داری میگه در اثر صبر نوبت ظفر آید. نه نوبت خطر آید.» اما هنوز هم خبری از داخل خانه نمی‌شود.

«شاید صدای زنگ را نمی‌شنوند. برق که هست.»

سکه‌ای از جیبم درمی‌آورم، چند بار به در می‌زنم، نه خیلی تند و محکم. باز صبر می‌کنیم.

از دهانهٔ بالای کوچه، از توی خیابان، آمبولانسی با آژیر بلند می‌گذرد و دل شب را پاره می‌کند.

بالاخره صدای پای یواش‌یواش کسی را پشت در می‌شنویم. می‌پرسد: «کیه؟» صدایی تودماغی است و متعلق به زنی پیر. هنوز در بسته است.

«آقای دکتر نمازی؟ تشریف دارند؟» با صدا و لحن رسمی ولی دوستانه حرف می‌زنم.

صدا می‌پرسد: «چی؟...» انگار حرف مزخرفی زده‌ایم.

سؤال را تکرار می‌کنم. «منزل آقای دکتر سیدعلی نمازی؟ ما از دوستان سابق دانشگاهی جناب دکتر هستیم. تشریف دارند؟»

مدتی خبری نمی‌شود. بعد صدای کشیدن چفت می‌آید. لای در به اندازهٔ دو سه انگشت باز می‌شود. چهرهٔ زن پیر و سبزه‌رویی وسط چادرنماز خاکستری تقریباً بی‌رنگ ظاهر می‌شود. اندک روشنایی برقی که از یک طرف حیاط می‌تابد، به او حالت موجودی از شهر ارواح شوش در زمان قبل از دانیال نبی را می‌دهد.

«سلام، خانم. شب شما بخیر. ببخشید که مزاحم شدیم. احوالتان

خوب است انشاالله؟»

خودش را عقب می‌کشد. «چه فرمایشی داشتید؟»

«منزل جناب دکتر نمازی؟»

«بله؟ بفرمایید...» صدا منگ و مات است.

خودم را معرفی می‌کنم. احوالشان را می‌پرسم. بعد اشاره به آنجلا می‌کنم، که دورتر ایستاده. «خانم بنده چند سال پیش استاد دانشگاه جندی‌شاپور بودند. همکار جناب دکتر نمازی. ما از دوستان قدیمی ایشان هستیم. میل داریم چند لحظه‌ای با ایشان، اگر تشریف دارند، صحبت کنیم.»

اما پیرزن خشکش زده و توی صورتم وغ زده. انگار من جن یا خرچنگ بو داده‌ام و از وسط لجنهای کارون خزیده‌ام بیرون. لای در را کمی بازتر می‌کند.

می‌گوید: «دکتر... دکتر نمازی مرحوم شده‌ن.»

کلمهٔ «مرحوم» در فارسی زیاد به کار می‌رود اما نمی‌دانم آنجلا معنی این کلمه را فهمیده است یا نه. برمی‌گردم، به او نگاه می‌کنم. فهمیده. او هم حالا مات و خشک زده پیرزن را نگاه می‌کند. رنگ صورتش مثل رنگ صورت پیرزن چادری در تاریکی ویر و مرده شده است. کمی جلوتر می‌آید. با فارسی پرلهجه و غلیظش می‌گوید: «سلام خانم. من خیلی متأسفم خانم. تسلیت مرا بپذیرید. خواهش میکنم. شما خانم دکتر نمازی هستید؟»

«بله خانم... بفرمایید.» زن چادری برای اولین بار می‌آید جلو، خودش را درست نشان می‌دهد. زن ریزه و آبرفته‌ای است، مثل کسی که هفتاد و هفت سال در بیمارستان زیر سروم جنون توی رگ خوابش برده بوده و حالا با لگد بیدارش کرده باشند. ما را بربر نگاه

می‌کند.

به سادگی می‌گویم: «ما خیلی متأسفیم، خانم. دکتر چه وقت فوت کردند؟ چطور شد؟ ما ایشان را توی جندی‌شاپور خوب می‌شناختیم.»

«یه سال، نزدیک دو سال پیش، اوایل تابسون، وسط همون روز بمبارونی شدید شهر... سکتهٔ مغزی کرد. طرف راست بدنش فلج شد. بستری بود. مکافاتی داشتیم. تابسون ۶۴ بود.»

آنجلا می‌گوید: «خیلی متأسفم.» بعد برمی‌گردد و به من نگاه می‌کند. «این همان موقع است که دیگر نامه‌هاشان به من قطع شد.» بطرف زن چادری برمی‌گردد. «خانم، چه وقت مردند؟ یعنی مرحوم شدند؟ خیلی متأسفم.»

زن چادری سرش را بد جوری تکان می‌دهد. «یه ماه پیش، وقتی پدسگا سینمای سر خیابون را بمب زدند... چه بگم؟» با گوشهٔ چادر چشمانش را پاک می‌کند. «تمام خونه مثل جهنم تکان خورد و صدا کرد و دکتر که توی رختخوابش نشسته بود سکته کرد، تمام کرد. لعنت بر پدر و مادر و جد و آبادشون.»

آنجلا سرش را تکان‌تکان می‌دهد. «خیلی خیلی متأسفم، خانم. ایشان مرد خوب و شریف و باارزشی بودند.» بعد می پرسد «خانم، شما خانوادهٔ دکتر عباس توحیدیان را میشناسین؟ دکتر عباس توحیدیان ـ که او هم در دانشگاه تدریس می‌کرد. من هم تدریس می‌کردم.»

زن چادری می‌گوید: «بله... وا، میشناسیم همه‌شان رو. خدا اون مرد خوب رو هم بیامرزه. میدونید که اون شهید شد و اسمش جزو شهدای دانشگاه‌س.»

آنجلا نگاهش می‌کند. ظاهراً هنوز می‌خواهد ناشناس بماند. «بله... میدانم، خانم. آنها... یک پسر، یک پسر کوچک هم داشتند. میشناسین؟»

زن چادری سرش را پایین می‌آورد. چیزی نمی‌گوید.

«خانم، بعد از اینکه دکتر عباس توحیدیان شهید شدند، خانمشان رفتند امریکا، شما خبر دارید؟ بچه‌ای داشتند. یک پسر. به اسم مهدی.»

«بله... بله...»

«پسرشان اینجا پیش خانوادهٔ دکتر عباس توحیدیان ماند. ما منزلمان کیان پارس بود.»

نمی‌دانم در آن لحظه در فکر هر یک از آنها چه می‌گذرد. فکر نمی‌کنم زن چادری که ظاهراً تحصیلات خیلی بالایی ندارد لغزش کلام فرویدی و معنی‌دار «منزلمان» را متوجه شده باشد. ولی ظاهراً لازم هم نیست، چون او مدتی است که آنجلا را با نگاه مهربان و عزیزی شناخته و پذیرفته است ـ بخصوص با لهجه‌ای که آنجلا دارد. می‌گوید: «بعله، بعله، خانم. دختر من زهرا و شوهرش خانوادهٔ توحیدیان رو خیلی بهتر می‌شناختند. اونها بودند، یعنی در واقع دخترم بود که تمام اخبار خانوادهٔ توحیدیان رو به نمازی میرسوند و اونم به امریکا مینوشت.»

«حالا کجا هستند، خانم؟ اهوازند؟»

«بله... دخترم و شوهرش اهوازند. شوهر دخترم یه دکتره. دکتر گوش و حلق و بینی یه. توی بیمارستان شرکت نفت کار میکنه. اونم از فامیلهای توحیدیانه. منزلشون هم توی منطقهٔ ملی‌راهه. پشت خونه‌های شرکت نفت. آدرس هم دارن. حتی اونجا هم همون روز

کذایی لعنتی بمبارون شد. خدا لعنتشون کنه. خدا روسیاهشون کنه.»
پیرزن بیچاره بدتر از ما منگ و آشفته است.

آنجلا برگشته و به من نگاه می‌کند. سیل کلمات درهم زن او را مغشوش کرده.

رو به زن چادری می‌گویم: «خانم نمازی... آیا دخترتان تلفن دارند؟ که ما بتونیم با ایشان صحبت کنیم؟»

«وا، بله. من میتونم تلفن منزلشون رو بدم. مطب شوهرش هم تلفن دارن. الآن مطب‌شه. زهرام الآن خونه‌س... بفرمایین تو. وا، بده که اینجا دم در وایسادین. بفرمایین تو خانم...»

آنجلا می‌گوید: «خیلی متشکرم خانم نمازی.» بعد می‌آید جلوتر، تقریباً در کریاس در. می‌پرسد: «خانم، خونوادهٔ توحیدیان چی؟ آیا اونها هم هنوز در اهوازند؟ یا در دزفولند؟ اون سال که من از ایران رفتم مادر عباس و بچه در دزفول بودند؟»

پیرزن چادری او را بیشتر بربر نگاه می‌کند. چادرش را مرتب می‌کند. «اوا، از دزفول برگشتن، چند سال پیش آمدن اهواز ـ بعد از اون همه موشک‌بارونی که توی دزفول و اونجاها می‌شد. بیچاره‌ها... زهرام مرتب میرفت دیدنشون.»

«من دختر شما زهرا خانم را خوب میشناختم. اون در دانشگاه سال اول شاگرد من بود. شاگرد دکتر عباس توحیدیان هم بود.»

«بعله... بعد از اینکه حاج آقا توحیدیان و خانواده‌ش آمدند اهواز و ماندگار شدند، زهرا تقریباً هر هفته میرفت میدیدشون و بچه‌شون رو هم میدید.»

«توی کیان‌پارس؟»

«بله، توی کیان‌پارس، همون خونهٔ سابقشون. بیچاره‌ها... چه

زحمتی برای اون خونه کشیده بودند. بعدش هم چی بگم که چطور شد... خدا الهی تمام رفتگان و شهدای این جنگ بد و آفت جون و زندگی مردم‌رو غریق دریای رحمت خودش بکنه.»

آنجلا باز مغشوش شده است. به من نگاه می‌کند. انگار نفهمیده، یا نمی‌خواهد بفهمد.

رو به زن چادری می‌گوید: «خانم دکتر، مقصودتون چیه؟ مگه طوری شده‌اند؟»

من می‌روم جلو. از زن چادری با دقت و به سادگی سؤال می‌کنم. «خانم... بفرمایید ببینیم آیا خونوادهٔ توحیدیان، یعنی پدر و مادر آقای دکتر عباس توحیدیان همه مرحوم شدند؟ طوری شدند؟»

«وای، خاک بر سرم، معذرت میخوام، فکر کردم شما میدونستین. خدا مرگم بده. آخه... خونه‌شون اون تابسون، توی اون بمبارون کذایی که عراق از صبح تا شب صد جای شهرو زد، بمبارون شد.» دیگر به طرف آنجلا نگاه نمی‌کند. «دویست و پنجاه شصت نفر توی شهر شهید شدند. بچهٔ کوچولوی زهرا هم چیزی نمونده بود که از ترس سکته کنه تلف بشه بچه...» با چشمهای غمناک به من نگاه نگاه می‌کند.

«چی؟...» ناله‌ای در حلقوم آنجلا می‌پیچد... «گفت چی؟»

پیرزن چادری ادامه می‌دهد. «بعله... دویست و هفتاد شهید، در عرض یک روز، در اهواز... همون روز که نمازی هم سکتهٔ مغزی کرد. دخترم به مراسم تشییع جنازه‌های تموم خانوادهٔ توحیدیان رفت، و ختم و شب‌هفت و چلهٔ همه‌شونم رفت. من نتونستم برم. دکتر مریض و بستری و زمین‌گیر بود. اما زهرا و شوهرش رفتند.

زهرا خیلی دوستشون داشت.»

آنجلا جلو آمده و تقریباً بازوی پیرزن را گرفته است. صداش ارتعاش دارد. «خانم، پسر کوچکشون چطوره؟... یه پسر کوچک داشتند.»

پیرزن چادری می‌گوید: «پسر کوچولوشون ماشاالله خوبه. چه ناز شده ماشاالله.»

آنجلا رو به من به انگلیسی می‌پرسد «چی گفت؟» باورش نشده که آیا درست شنیده یا درست فهمیده. من خودم هم مطمئن نیستم که درست شنیده و فهمیده باشم.

از پیرزن چادری می‌پرسم: «خانم، مقصودتون پسر کوچک دکتر توحیدیان مرحومه؟»

«وا؟! نه! فکر کردم مقصودتون پسر کوچولوی زهراست. وا؟... خدا مرگم بده... خدا الهی به حق پنج تن آل عبا همهٔ رفتگان و شهدا رو در بهشت...»

چشمهای آنجلا به صورت و به لبهای پیرزن خیره شده است. حرف پیرزن را قطع می‌کنم. «خانم، گوش کنید، لطفاً توجه بفرماین.» صدا و لحنم دقیق و واضح است. «ما میدونیم که منزل توحیدیان بمباران شده. ما دنبال بچهٔ کوچک، یعنی پسر کوچک مرحوم توحیدیان میگردیم. پسر توحیدیان چطوره؟ اون کجاست؟ اون رو یادتون هست؟»

پیرزن آهی می‌کشد. با چشمانی ماتمزده ما را نگاه می‌کند. «آره، طفلک نازنین... چه بچه‌ای، چه بچهٔ نازی.» به آنجلا نگاه نمی‌کند. باز چادر خودش را کمی جمع و جور می‌کند. «اونم توی خونه بود، دیگه. هفت نفر توی اون خونه بودند که بمب خورد... خدا الهی بگم

چکار کنه مسبب تمام این همه درد و مصیبت رو. من دیگه اصن نمیدونم کی مرده، کی زنده‌س.»

صدای شکستن نفس را در سینهٔ آنجلا می‌شنوم. دستش را می‌گیرم. به پیرزن می‌گویم: «خانم، ممکنه شماره تلفن دخترتون رو به ما بدید؟...»

«ها؟» پیرزن رویش به طرف آنجلاست، که چشمانش پر از اشک است.

«ممکنه ما شمارهٔ تلفن دخترتون رو بگیریم؟ یک نکتهٔ بسیار مهمی هست که ما باید بطور دقیقتر رسیدگی کنیم، مطمئن بشیم.»

آنجلا ناله‌ای بلند در سینه و حلقومش می‌کشد. او هم حالا می‌داند. مطمئن است. دستش را از دست من در آورده و رویش را برگردانده است. در تاریکی، تکیه به دیوار، صورتش رو به آسمان است. تمام جمجمه‌اش به اینطرف و آنطرف می‌رود، و به دیوار می‌خورد، مثل پاندولی که قوهٔ ثقل و نظم و حساب دنیا از وجودش بیرون رفته باشد.

«!Oh, God, God, God, God... نگذار که این واقعیت باشه. Oh, ... Jesus, Jesus, Jesus نگذار این واقعیت باشه.»

۲۳

دیروقت شب زمستانی، حوالی نه و نیم، هر طور شده اتاقی در هتل کوچک کارون، در انتهای خیابان امام خمینی، نزدیک بولوار آیت‌الله بهبهانی می‌گیریم. باید شب را هر طور هست در این شهر دردبار بسر بیاوریم.

من فرم ثبت‌نام هتل را به عنوان آقا و خانم جلال آریان امضاء می‌کنم. وقتی کارت بازنشستگی شرکت نفت مرا می‌بینند، احترامکی می‌گذارند، محبت می‌کنند. خانم آریان چشمهایی سرخ و گریه کرده و ورقلنبیده، و صورتی غمبار و دردناک دارد. گریه کردن و عزادار بودن و درد داشتن طاعون و اپیدمی شهر است و دلسوزی و محبت و همدردی می‌آفریند. به این ترتیب یک اتاق دو نفره به ما می‌دهند، برای یک یا دو شب. و من بزودی آنجلا را برای استراحت به اتاق «بزرگ خوبی» که در انتهای کریدور طبقهٔ دوم به ما داده‌اند می‌برم. در هتل قدیمی و زیبای کارون اهواز، در این مواقع سال، و در این اوضاع جنگی، پرنده پر نمی‌زند. تمام لابی، رستوران، پله‌ها و کریدور بالا خالی و مرده است.

وارد اتاق که می‌شویم، او بی‌اینکه روسری و لباسش را دربیاورد، یا حتی کفشش را بکند، گوشه‌ای سینهٔ دیوار می‌نشیند.

چمباتمه می‌زند، سرش را روی زانویش می‌گذارد. من نمی‌توانم کاری بکنم، و این ادامهٔ جر و بحثی است که در تمام ساعات شب توی راه از خانهٔ دکتر نمازی و پرسه‌زدن توی خیابانها و تلفن به این و آن تا هتل داشته‌ایم. شب هولناکی گذشته، ولی او هنوز اصرار دارد که دلیل و مدرک واقعی مرگ مهدی را با چشمهای خودش ببیند. می‌خواهد قبر او را ببیند. در منزل نمازی، پس از صحبت با زن چادری، و بعد از تلفن به دخترش زهرا، بالاخره به او ثابت شد که در روز ۲۷ دی‌ماه در اثر بمباران خانهٔ حاج احمد توحیدیان، تمام افراد خانه، از جمله کودک بیگناه مهدی توحیدیان شهید شدند. آنها را طی مراسمی در قبرستان بهشت‌شهدای اهواز دفن کرده بودند و نام و نشان و تاریخ و محل شهادت و طرز شهادت در اثر بمباران جنایتکارانهٔ ارتش عراق روی سنگهای قبرستان هست. اما پس از آنکه از خانه بیرون آمدیم، او منگ و ماتمزده، فقط می‌خواست به گورستان برود و با چشمهای خودش ببیند، تا مطمئن شود. منصرف کردن او از این کار در آن موقع شب و آوردنش به هتل آسان نبود.

توی اتاق، از او خواهش می‌کنم بلند شود و مانتو و کفشهایش را بکند و کمی استراحت کند. سرش را بلند نمی‌کند، حتی تکانی هم نمی‌خورد. فقط No...حتی نمی‌گذارد کفشهایش را در آورم. دو تا قرص آسپرین کودئینه و مخدر اعصابی را که برایش با یک لیوان آب می‌برم، قبول نمی‌کند. فقط می‌خواهد صبح شود، برود آنجا، ببیند. حتی سیگار هم نمی‌خواهد. بنابراین کنارش می‌نشینم و تنهایی تیر می‌کشم.

چیزی برای نوشیدن و تخدیر اعصاب نداریم، و من هم در اهواز

کس به دردبخوری را دیگر نمی‌شناسم. و از طرفی هم نمی‌خواهم او را در این موقعیت تنها بگذارم. کاش یارناصر دوست خوب اهوازم بود و تمام ماجرا را پیش او می‌بردم. اما او هم مثل تمام چیزهای خوب گذشته مرده و رفته است.

آن شب، تمام شب، با تمام لباس و مانتو و حجاب، همان گوشهٔ اتاق می‌نشیند. فقط روسریش به پشت گردنش سر خورده. تکان نمی‌خورد. خودش حتی چرت نمی‌زند، و در تمام طول شب فقط دو کلمه را مرتب ـ یعنی دست کم پنجاه مرتبه ـ سؤال می‌کند: «ساعت چنده؟» من که روی یک صندلی نشسته‌ام، گاهی چرت می‌زنم، گاهی سیگار می‌کشم، گاهی با او حرف می‌زنم، گاهی هم هیچی.

دمدمه‌های صبح، هر جوری شده بلندش می‌کنم و می‌گویم آماده شود برای رفتن به بیرون. رستوران هتل هنوز باز نشده، اگر هم باز باشد و چیزی بیاورند، مسلماً او لب نمی‌زند. می‌آییم پایین و جلوی هتل یک تاکسی خالی گیر می‌آوریم که ما را از بولوار بهبهانی به طرف جنوب، در جادهٔ کوت‌عبدالله به نزدیک بهشت شهدا می‌برد.

هنوز هوا گرگ و میش است که ما جلوی ورودی گورستان محصور با میله‌های فلزی هستیم، در کنار خیل عربهای گدا و قاریها و دستفروشهای شندر پندری. منتظر باز شدن در می‌مانیم. در سایه‌روشن فلق و آسمان فیروزه‌ای، چشمهای آنجلا به هزاران هزار پرچم رنگارنگ است که بر فراز گورها در اهتزازند. هنوز ساکت است. نمی‌دانم چه چیزهایی از فکرش می‌گذرد. اینجا هم «رز گاردن» لنسینگ نیست. بخاطر سرگرم کردنش برایش توضیح می‌دهم که گور بیشتر شهیدان در گورستانهای امروز ایران پرچمی

بر بالای خود در اهتزاز دارند، با رنگهای سادهٔ سبز یا سرخ یا نارنجی و یا هر رنگ قشنگ دیگر، که در معنا سمبل موجودیت جهانی و پیروزی آنهاست... جوابی نمی‌دهد. بالاخره وقتی ورودی باز می‌شود «باز شد، بریم.» او قبل از وارد شدن به گورستان، یک دسته گل نرگس نه چندان پر طمطراق هم از یک زن عرب گدا ـ گلفروش می‌خرد.

انگار «جا» را بلد است. همراه من طبق آدرسی که از زهرا نمازی گرفته‌ایم پیش می‌آید. چیزی نمی‌گذرد که قبرهای خانوادهٔ شهید توحیدیان را پیدا می‌کنیم.

پنج قبر کنار هم‌اند. قبر مهدی توحیدیان سنگ کوچک‌تری دارد. آنجلا به سادگی اول بالای سنگ مرمر قبر کوچک سفید براق می‌ایستد و نگاه می‌کند. برخلاف خیلی از سنگهای دیگر، حکاکی گل سرخ یا گل لاله یا چیزهای دیگر ندارد. اما خوب و باسلیقه است. وسط محوطهٔ خالی و باد سرد صبحگاهی می‌ایستد و در لابلای صدای قاری و غارغار کلاغها، سنگ ـ نوشتهٔ مزار بچهٔ شهیدش را می‌خواند. «آرامگاه شهید بیگناه مهدی توحیدیان. فرزند شهید دکتر عباس توحیدیان، گل پژمردهٔ خاندان توحیدیان که در هشت سالگی در اثر بمباران مناطق مسکونی شهر اهواز به دست مزدوران بعثی ـ صهیونیستی لشکر عراق به خاک و خون کشیده شد.

«شهیدان زنده‌اند الله‌اکبر
به خون آغشته‌اند الله‌اکبر»

پس از مدتی زانو می‌زند. هنوز در ماتم و شوک باورنکردنی است. بعد ناگهان با گریه‌ای آتش‌فشان‌گونه منفجر می‌شود و تمام بدنش را روی خاک کنار قبر پرت می‌کند. صورتش را روی سنگ می‌گذارد و با هق‌هق و سوز و ناله‌های حلقومی بسیار بدی گریه می‌کند. تمام بدنش می‌لرزد.

هیچ کلامی جز چرا؟ چرا؟ چرا؟ از حلقومش بیرون نمی‌آید.

کلام دیگری برای گفتن نیست.

گریهٔ او مرا هم به گریه می‌اندازد. کنارش می‌نشینم و می‌گذارم مدت درازی، هر قدر که می‌خواهد گریه کند و با او حرف بزند.

پس از دو سه ساعت مکافات، هر طور شده، بالاخره او را با حرف و منطق عادی و بعد با خواهش و تمنا بلند می‌کنم. و پس از مدتی با تاکسی دیگری به هتل برمی‌گردیم. یک ساعت دیگر هم طول می‌کشد تا کمی آرام بگیرد. می‌گویم کمی شیر گرم و چند آسپرین بیاورند. از او خواهش می‌کنم کمی استراحت کند تا من هم بتوانم بروم بیرون و ترتیب تهیهٔ وسیلهٔ برگشتن به تهران را بدهم. دیگر آنطور مثل سر قبر گریه نمی‌کند، اما بطور ناجوری هیستریک و ملتهب است. فکرش درست کار نمی‌کند. به لیوان شیر و به آسپرینها هم دست نمی‌زند. مرتب یک جمله را تکرار می‌کند: Let me... alone تنهام بگذار، تنهام بگذار...

در اینگونه موارد خودم هم می‌خواهم تنها باشم. شاید او هم همین را می‌خواهد. از او خواهش می‌کنم قول بدهد تا من برگردم کمی استراحت کند. خواهش می‌کنم دو تا آسپرین و کمی شیر

گرم را بخورد. یا اگر خواست از توی کیف اصلاحم دو قرص آرامبخش دیازپام دربیاورد و بخورد، تا من به کارهای سفر بازگشت به تهران سر و سامان بدهم و برگردم، تا ناهار... سرش را روی روسری‌سیاه‌نوازش می‌کنم و می‌گویم متأسفم. باز جمله‌اش را تکرار می‌کند، سرش را برمی‌گرداند، روی تختخواب دراز می‌کشد. وقتی از او موقتاً خداحافظی می‌کنم و بیرون می‌آیم، روی تخت دراز کشیده و رویش به دیوار است.

علامت زهوار در رفتهٔ «مزاحم نشوید» را پشت در به دستگیره آویزان می‌کنم و می‌روم پایین.

دستور می‌دهم یک آژانس برایم بگیرند. اول به نزدیک «هتل فجر» سراغ دوست قدیمی‌ام عزیز می‌روم که در آژانس کرایهٔ اتومبیل فجر کار می‌کند. عزیز را از سالها پیش که برای شرکت نفت بطور پیمانی کار می‌کرد می‌شناسم.

خوشبختانه توی آژانس بیکار نشسته است. مرا می‌بیند با خوشحالی بلند می‌شود، می‌آید، و با هم دست می‌دهیم و سلام‌علیک می‌کنیم. به او می‌گویم که خانم آریان حال‌ندار است و وضع هم کمی اضطراری است، باید فوری به تهران حرکت کنیم. از او می‌خواهم اگر توانست به هر قیمت شده برایم دو تا بلیت اتوبوس تهیه کند، یا اگر نشد، خودش برایمان سواری جور کند -برای امروز عصر یا فردا صبح . می‌گوید فکر می‌کند بتواند برایمان بلیت جور کند. اما نه برای امروز عصر. غلغله است. ولی قول می‌دهد که بلیتها را هر موقع درست شد برایمان به هتل بیاورد. از او تشکر می‌کنم. عزیز خوب. پسر خوب قدیم اهواز. به او می‌گویم ببیند اگر توانست یک چیزکی هم که بشود با آن اعصاب را آرام

کرد گیر بیاورد. گوشهٔ لپش را نیشگون کوچکی می‌گیرم. مقصودم را می‌فهمد. به چشم، آخا. می‌گویم یک آقای میناسیان بود، در شرکت نفت، که توی «آرتیزان اسکول» آموزش، کار می‌کرد و این سالها در کوی زیتون کارمندی می‌نشیند. دستش خیلی خوب است... هنوز هست؟ می‌خندد. می‌گوید میناسیان بازنشسته شده، ولی انگار هنوز در اهواز است. می‌گویم سری به او بزند و سلام مرا هم برساند و بگوید که چه کسی سلام رسانده، و امشب التماس دعا دارد. می‌گوید: «چشم. تا ببینم، آخای مهندس.»

مقداری خوراکی و یکی دو تا مجله و کتاب خواندنی می‌گیرم و حدود یازده به هتل برمی‌گردم. وقتی وارد لابی هتل می‌شوم صدای آژیر «وضعیت قرمز» بلند است، و تمام محوطهٔ کوچک با سقف پایین و کوتاه را به لرزهٔ اشمئزازآوری درآورده است. ولی مطابق معمول، هنگام روز کسی هول و ولا و کار زیادی نمی‌کند و وحشت زیادی نیست. حتی چند نفر بیرون هتل توی پیاده‌رو ایستاده‌اند و به آسمان و این‌ور و آن‌ور نگاه می‌کنند.

با قدمهای سریع به طرف طبقهٔ دوم و اتاق ۲۰۲ می‌دوم. احساس بدی دارم. و احساس بد بجاست: در آنجا وضعیت قرمزتر است.

زیاد طول نمی‌کشد تا وضعیت را بفهمم. آنجلا تمام قرصهای خودش و تمام قرصهای مرا که در کیفهایمان داشتیم خورده. خودم دست کم سی چهل قرص مربوط به قلب و قرص خواب داشتم. خودش هم انواع و اقسام قرصهای ترانکولایزر...

روی تخت افتاده، و هیچی نشده التهاب بارز و حادی دارد، و کف دور لبهایش جمع شده است. شیشه‌ها و ظروف قرصها همه روی میز پاتختی پخش و پلا هستند.

کنارش لب تخت می‌نشینم، دستش را می‌گیرم و سعی می‌کنم سرش را بلند کنم. «آنجلا، آنجلا... چرا... این کار؟... چرا اینجا؟... خدای من، بلند شو؟ حالا باید ببرم برسونمت بخش اورژانس!»
انگار صدایم را نمی‌شنود، اما در حلقومش صدایی می‌کند، سعی دارد چیزی بگوید.
«آنجلا، صدای مرا می‌شنوی؟...»
باز در حلقومش صداهایی می‌کند و سرش را از من برمی‌گرداند. نمی‌خواهد، یا نمی‌تواند حرف بزند، یا نگاهم کند، یا چشمهایش را باز کند. دستش را می‌گیرم و به صورتش سیلی می‌زنم، صدایش می‌کنم. بعد ضربه‌ای محکم‌تر. «ما حالا مجبوریم که به بخش اورژانس و به پلیس و به خدا میدونه چه کسان دیگه‌ای خبر بدیم... میخوای این کارها رو بکنیم؟ بخاطر روح مهدی!...»
باز فقط صدای حلقومی بیرون می‌آید... و چیزی شبیه «میخوام بمیرم... مهدی!»
«خدا رو شکر که میشنوی و هنوز کمی هوش و حواس مونده! بخاطر مهدی باید زنده بمونی. تو که نمیخوای با این حرکات اون بچه رو بی آبرو کنی، دختر! هنوز خیلی دیر نشده، بیا. سعی کن به من کمک کنی بلندت کنم، باید بشینی.»
«برو!... تنهام بگذار!»
«چند تا قرص لعنتی خوردی؟ باید سریع کار کنیم.» خدا را شکر می‌کنم که هنوز هوش و حواسش بکلی نرفته.
جیغ می‌کشد. «برو بیرون! تنهام بگذار!»
«باید واقع‌بین باشی، خوب باشی، فوری برگردیم تهران.»
«لعنت به تو... تو میدونستی!»

دستش را می‌گیرم. «دربارهٔ بچه مطمئن نبودم. ولی خانوادهٔ توحیدیان‌رو چرا. اگر میگفتم باور نمیکردی.»

«لعنت به تو... لعنت به همه‌تون!»

«صدات‌رو بیار پایین، بلند شو بگذار کمکت کنم.» سر و پیشانی عرق‌کرده‌اش را با دستمال خشک می‌کنم. «من‌توروو دوست‌دارم، چرا نمیفهمی؟» به صورتش نگاه می‌کنم.

لبهایش هم تا حدی کبود شده‌اند. کف گوشهٔ لبهایش هم انگار بیشتر شده، تپشهای قلبش هم تندتر.

با لحن آرام و عاشقانه از او می‌خواهم به من کمک کند تا بتوانم کمکش کنم. هرچه بود گذشته بود... می‌گویم: «صحیح نیست تلفن کنیم برای اورژانس بیمارستان دولتی ـ خودت بهتر میدونی چرا. بلند شو، بشین. من از این‌جور موقعیتها قبلاً هم داشته‌م. میدونم در اینگونه موارد بطورکلی باید چکار کرد... به شرطی که زود دست بکار بشیم و کار از کار نگذره... بخاطر من، آنجلا! بخاطر روح اون بچه.»

«برو!... ولم کن، بگذار تنها بمیرم.»

دستش را بیشتر فشار می‌دهم. به زور سعی می‌کنم بلندش کنم.

«تو زود نمیمیری... من‌هم توروواینجوری ترک نمیکنم. می تونم ترکت کنم. اگر هم ترکت کنم نمیتونم زیاد دور برم. اگر من برم، توروواینجا پیدا میکنند، پلیس و کمیته‌رو خبر میکنند. قبل از اینکه بمیری، سر از زندان درمیاری. منم سر از زندان درمیارم. اینهارو میخوای؟ خدشه‌دار کردن روح و تاریخ زندگی اون بچهٔ معصوم شهید‌رو میخوای؟»

بیرون، در آسمان آتش‌بازی عظیمی از رگبار ضدهوایی است،

پشت در اتاق ما هم صدای پاهای کسانی می‌آید که دوان‌دوان از کریدور به طرف پلکان می‌دوند.

با صدای حلقومی‌اش باز می‌گوید: «... من... در تمام عمرم گروگان بوده‌م!... مهدی من کو؟»

«بلند شو. واژهٔ مزخرف گروگان را بریز دور... مهدی طفلک تو مرده. تو باید زندگی کنی، باید کارهایی انجام بدی که به او اعتلا ببخشی. حالا که فهمیدی اینجا چه خبره، میتونی بمونی کمک کنی. تو باید بلند شی. با من بیایی توی دستشویی. بلند شو، دختر. امیدوارم هنوز چیز زیادی جذب خون نشده باشه. محکم بشین... خواهش میکنم.»

«من مهدی‌رو میخوام.» گریه می‌کند و سرش را تکان‌تکان می‌دهد.

«مهدی شهید شده. نیست. تو هستی، تو باید زنده بمونی.» او را تقریباً از رختخواب بیرون می‌کشم.

اصابت بمبی که همانند ترکیبی بدتر از زمین‌لرزه و صاعقه است، اتاق را تکان می‌دهد. موج انفجار در و پیکر اتاق و دیوارها و پنجره‌ها را می‌لرزاند. آنجلا جیغ شیون‌واری می‌کشد که اخیراً عکس‌العمل هیستریک او بعد از هر اصابت بمب است.

«مهدی!...»

«بیا صداهامون‌رو هم کمی پایین نگه داریم، عزیز من. ممکنه بریزن بالا و بخوان ببینن چه خبره. اونوقت باید جواب مأمورین آمبولانسها و برادران گروه امدادرو بدیم.»

مشربهٔ بزرگ آب را از شیر آب دستشویی گوشهٔ اتاق پر می‌کنم. نمکدان سینی غذا را برمی‌دارم و تمام محتوی آن را توی

آب مشربه می‌ریزم. بعد تمام استکان آبلیمو را. تند تند هم می‌زنم. بعد آن را زمین می‌گذارم و می‌روم آنجلا را عملاً بغل می‌گیرم و به سمت دستشویی می‌برم. نمی‌تواند جلوی دستشویی بایستد، یا نمی‌خواهد. او را به داخل توالت می‌برم و گوشه‌ای سینهٔ دیوار، نه چندان دورتر از سوراخ مستراح می‌نشانم. به اتاق برمی‌گردم، مشربهٔ مایع آب‌نمک و آبلیمو را می‌آورم. یک نفر در اتاق را می‌زند. به‌به! مشربه را کنار می‌گذارم. می‌روم پشت در، لای در را کمی باز می‌کنم.

«بله؟»

یکی از پیشخدمتهای هتل است. «آقای مدیر میفرمایند بهتر است بفرمایید پایین و در طبقهٔ همکف باشید، امن‌تر است. مقررات ویژه است.»

«چشم... خانم آریان کسالت ناجور و بدی دارند. نمیتونند فوری حرکت کنند. باید دارو بخورند. به هر حال، چشم.»

«ماشین کمیتهٔ امداد میاد و مقررات ایمنی‌رو باید اجرا کرد.»

«بسیارخوب، بعداً. وقتی آماده شدیم می‌آئیم...»

«به هر حال مقررات باید اجرا بشه.»

در را می‌بندم، مرده‌شور مقررات ویژه. با مشربهٔ گلین به دستشویی می‌آیم و کنار آنجلا روی زمین می‌نشینم. «چیزی نیست... مقررات اماکن عمومی ایجاب میکنه مسافرین هنگام آژیر خطر به طبقات همکف و زیرزمین برن. بخور، دختر. خواهش میکنم، خواهش، خواهش!» سرش را می‌گیرم و مشربه را به دهانش نزدیک می‌کنم. «هر چقدر که میتونی بخور. اگه ما نریم پایین، اونها میان بالا.»

«نه!» سرش را بشدت برمی‌گرداند و تکان‌تکان می‌دهد. اما مجبورش می‌کنم و کمی می‌نوشد.

«مگه نمیخوای این تجربه‌رو پشت سر بگذاریم و برگردیم آن آربر؟»

«نه... من میخوام اینجا بمیرم... توی این شهر... پهلوی او.»

«خواهش...»

«مگه همه نمیان اینجا که بمیرن؟»

«نه، اگه بشه زنده بمونن... بنوش!»

«قبرش... قبرش!... میخوام اینجا بمیرم...»

«تو که نمیخوای در ایران توی زندان سیاسی باشی. تو باید برنامهٔ زندگی بریزی... با ایدئال و هدف... وقتی آمدی فکرهای دیگری داشتی... من حالا میخوام با تو باشم.»

مجبورش می‌کنم مقدار بیشتری بنوشد. «مگه نمیخواستی به دنیا چیزهایی بگی...»

«مرده‌شور دنیارو ببره.»

«آیا توی معده‌ت پیچ و اسپاسم احساس میکنی؟»

«من توی تمام قلب و روح لعنتی‌ام پیچ و اسپاسم مرگ دارم. اینجا منم باید مثل بقیهٔ اون مادرها روی خاک بیفتم و با بچه‌م توی قبر حرف بزنم.»

«باید یه کمی دیگه‌م بخوری... حالا انگشتت‌رو فرو کن ته‌ی حلقت. باید هرچه زودتر بالا بیاری.»

«میخوام این زندگی لعنتی و این دنیای لعنتی‌رو، این ایران لعنتی‌رو بالا بیارم.»

«اول از این بخور... حالا انگشت ته‌ی حلقت، آره. تا اونجا که

میتونی. یالا. انگشت کن.»

اما وقتی انگشت می‌کند، فقط به سرفه و خفگی می‌افتد، سرفه‌های بد و تهوع آور ـ ولی نه استفراغ. «اااه. من میخوام بمیرم. میخوام بمیرم! بگذار بمیرم. حرومزاده‌ها...»

مشربه را که نصف شده دوباره پر می‌کنم. سعی می‌کنم تا آنجا که می‌تواند دهانش را باز نگه دارد، به او بخورانم. باز دارد از هوش می‌رود. شهر هنوز زیر بمباران حملهٔ هوایی است. بمب بعدی که اصابت می‌کند به ما نزدیک‌تر است. صدای تکان و لرزهٔ درها و شیشه‌ها را می‌شنویم. بدن آنجلا هم وسط بازوانم می‌لرزد و تکان بدی می‌خورد.

«چی‌ی‌ی‌ی؟... چی بود؟»

«چیز مهمی نیست، دختر. بخور... یه خرده دیگه بخور. یک میگ ۲۱ بود با یک چیزی با قدرت تخریبی ۷۵۰ پوند TNT و Rdx ... مال تو قوی‌تر بوده... دهانت‌رو باز کن. بگذار انگشتم‌رو بکنم توی حلقت. بگو آآآه.»

این بار با فشار و سختی استفراغ می‌کند و مایع غلیظ و قهوه‌ای رنگی بیرون می‌ریزد. بیشترش روی کف توالت. مقداری هم توی سوراخ توالت.

«خوبه، قشنگه.»

«اوه، خدا... خدا!»

«خوبه. زیباست. خدا هم همینطور میخواد، که تو باشی. خوب باشی. بیا یه خرده بیشتر از این بریم بالا.» مجبورش می‌کنم مشربه را تمام کند. بعد می‌روم از پایین مقدار دیگری نمک و آبلیمو می‌آورم و مشربهٔ سومی درست می‌کنم. او چند مرتبهٔ دیگر هم

استفراغ کرده است. به دیوار لم داده، ول شده، موهایش آشفته روی پیشانی‌اش ریخته. با مشربه کنارش می‌نشینم.

«دهانت‌رو باز کن.»

«مرده!... مرده!... مرده!...» سرش را تکان‌تکان می‌دهد. «یادم هست وقتی که میخواست به دنیا بیاد و نمیخواست بیاد، وای!... یادم هست مرا بردند بیمارستان...»

مدتی ساکت می‌نوشد، قورت می‌دهد. دور دهانش را پاک می‌کنم. «خوبه. حرف بزن. حرف زدن خوبه...»

نفس بلند و خشمگینی می‌کشد. «دیگه بسه، جی! میدونستی منو با عمل سزارین پاره کرده‌ن، و درش آورده‌ن... نمیخواست بیاد. خدا... چه بیمارستان درب و داغونی! چه عملی! از فرط خونریزی داشتم میمردم، پدرسگها! بعد هم تا پنج روز به من نشونش نمیدادن. نخیر... یه مادر در حال مرگ برای بچه شگون نداشت.»

باز هم به او می‌خورانم. «حرف بزن...»

«اااه...» صدا در حلقومش بد جوری گرفته است. «... مثل روزی بود... که جنازهٔ عباس‌رو از خرمشهر آورده‌ن... با آمبولانس بردنش به سردخونهٔ جندی‌شاپور. اما منو راه نمیدادن... حتی نمیذاشتن جنازه‌ش‌رو ببینم. نمیذاشتن من شوهرم‌رو، جنازهٔ شوهرم‌رو ببینم! شوهرم!... شب که رفتم خونه، حالم بهم خورد، تمام شب دلپیچه داشتم.»

بازویش را فشار می‌دهم. «آنجلا... سعی کن. باید استفراغ کنی.»

«میخوام همه چی‌رو پاره کنم!»

«بکن... باریکلا. با من شروع کن. اما اول دستت‌رو بذار روی

شکمت، چنگ بزن، فشار بده.»

«من بدشانس و بدبختم.»

«اون ضرب‌المثل چی بود داشتید؟ ـخوش آمدی به کلوب؟»

«اگر نبودم اینجا نبودم.»

«فشار بده.»

«اوق‌ق‌ق‌ق...» با چشمهای بسته نفس بلندی می‌کشد. صورتش سرخ شده عین لبو. «وقتی جنازهٔ ددی‌رو هم از کارخونه بردن توی بیمارستان، اجازه ندادند برم او را ببینم.»

چشمهایش هنوز بسته است. دهانش کمی باز است. کمی قورت می‌دهد. سرش را تکان‌تکان پرتشنج و بدی می‌دهد. سرش به دیوار است. مدت درازی ساکت می‌ماند. «مامی خودش‌م نرفت. نرفت بیمارستان، رفته بود دیترویت. با ددی حرف نمیزد. قهر بودند. بعد از آنکه اون شب کتکش زد، دیگه باهاش حرف نمیزد. آخه مست بود.»

«دهنت‌رو بازتر کن.»

«مامی مشروب نمیخورد. سیگارم نمیکشید. فقط کلیسا... من دارم میمیرم، جی؟»

«نه... فقط مسئله داریم. کمی در هپروتی.»

«کجام!...»

«کمی دیگه‌م بخور.»

«اااه... اما مامی نیومد... وقتی جنازه‌ش‌رو آوردند به بیمارستان، نیومد. اااه...»

«دستهات‌رو زیر معده‌ت فشار بده.» مجبورم صورتش را توی دستم تکان‌تکان بدهم.

«نه، نه، نه! بسه! ولم کن... برو... تو هم برو.»

«من تورو آورده‌م اینجا. از اینجا هم می‌برمت. قورت بده، خواهش می‌کنم، یه کمی دیگه. شنیده‌م باید اقلاً ده لیتر مایع درونت‌رو لای‌روبی کنه، شستشو بده. این‌رو هم تموم کن، دیگه بسه. یه قورت گنده، بده، بعدش از واشینگتن دی.سی. برام تعریف کن. حرف بزن. چشم‌هات‌رو باز کن.»

«میخوام واشینگتن دی.سی.رو هم پاره کنم، استفراغ کنم.»

«مگه نمی‌خوای منو با خودت ببری امریکا؟»

«تو.. تکون نمیخوری از اینجا... تو... منو ول کردی... رسوب کردی... نه!»

«حالا خیلی چیزها فرق کرده، آنجلا. تو منو پس از سال‌ها و سال‌ها تکان دادی، تغییر دادی، به من نگاه کن.»

سرش را به سمت دیگر برمی‌گرداند. «نه!...»

«حالا می‌فهمم که تو کی هستی... چی هستی... من به تو احتیاج دارم. تورو می‌خوام. می‌خوام تو زنده باشی، فعالیت کنی... همون که می‌خواستی باشی. من هم در کنارت.»

«دروغ میگی....» آه بلندی می‌کشد، که در سینه‌اش می‌شکند. «جی، تو دروغ میگی. تو همیشه به من دروغ گفتی... من همیشه به طرف تو آمدم، مثل یک بچهٔ عاشق، مثل یک بچهٔ برهنه و گم‌شده. تو همیشه با من عشقبازی کردی، با بدنم عشقبازی کردی، بعد ولم کردی. پرتم کردی روی ابرها و بادهای دنیا. من می‌خواستم تو شوهرم باشی. لعنتی، لعنت به تو....» باز بنا می‌کند به مشت زدن به دیوار...

استفراغ قوی‌تر و زیادتری می‌کند و انگار خون هم بالا

می‌آورد: «برو، از من دور شو... مگه یک زن توی این خراب‌شده حتی نمیتونه به انتخاب خودش بمیره.» با شدت بیشتری به دیوار مشت می‌کوبد.

می‌خواهد کف توالت دراز بکشد. موزائیکهای توالت سرد است و آلوده به کثافت. بلندش می‌کنم و مجبورش می‌کنم بنشیند، به من تکیه بدهد.

«آنجلا، باید بیدار بمونی... خواهش میکنم. حرف بزن. انتقاد کن. فحش بده. اما حرف بزن. یادت هست یه روز گفتی مذاکره، نه انفجار...»

«نه! من میخوام انفجار باشم... میخوام آتشفشان خفهٔ این همه سالها رو فریاد بزنم. منفجر کنم.»

یک بمب دیگر اصابت می‌کند. شاید هم صدای شکسته شدن دیوار صوتی است. بمب‌افکنهای عراقی خیلی پایین هستند، یک غرش روح‌خراش از بالای سرمان می‌گذرد. رگبار ضدهواییها هم شدیدتر می‌شود.

«باشه. حرف هم بزن. اما بیدار باش. میگفتی حرف عشق و منطق. حالا احتیاج داریم. تو خودت حرف عشقی. برای تو خوبه. برای منم خوبه.»

«شما لعنتیهای مغشوش چه حرف عشق و منطقی میتونین بشنوین؟...» بیشتر با مشت به دیوار توالت می‌کوبد. دیوار را هم با استفراغ خودش آلوده کرده است. مشتهایش بی‌زور و خالی از حس و انرژی شده است. ضربه‌هایش دیگر صدای زیادی ایجاد نمی‌کند؛ به هر حال این صدا هم در غرش رگبار ضدهواییها گم می‌شود. فکر نمی‌کنم او دیگر صداهای بیرون را بشنود، حتی وقتی بمب بعدی

اصابت می‌کند و موج انفجار می‌آید اهمیت نمی‌دهد. مشت به دیوار کوبیدنش هم کم‌کم کند و بریده‌بریده می‌شود، مثل حرکت یواش فیلم. بعد از مدتی حتی دهان و تمام بدنش گویی بی‌رمق و خالی از انرژی و حس است.

«آنجلا، گوش کن... میخوام سعی کنی بلند شی و کمی با من، یواش یواش تا توی اتاق راه بیای.»

«نه... نمیتونم... میخوام بمیرم.»

«خواهش میکنم. کمی سعی کن...»

کمی سعی می‌کند، اما لخت و بی‌رمق. گویی در خلاء منجمد ستاره‌ها رها شده است و ستاره‌ها را هم با خودش می‌برد.

۲٤

ساعت تقریباً دو و نیم بعدازظهر است و او به اندازهٔ کافی خالی شده. حواسش هم آنقدر سر جا آمده که بتواند روی پای خودش بایستد و حرکت کند ــ ــ با کمی کمک.

حملهٔ هوایی تمام شده، ولی شهر هنوز در حالت منگی و بهت، نیمه‌متروکه، زیر آفتاب بعدازظهر دراز کشیده است. آمبولانسها آژیرکشان و با سرعت در حرکتند. از طرف میدان شهدا صدای ماشینهای آتش‌نشانی بلند است.

حدود سهٔ بعدازظهر، از پله‌های هتل می‌آییم پایین و از خیابان امام خمینی سلانه‌سلانه می‌پیچیم طرف بولوار آیت‌الله بهبهانی. زیر بازویش را گرفته‌ام، اما خودش می‌آید. سر بولوار می‌پیچیم سمت چپ، از جلوی مسجد می‌گذریم. خیابان و پیاده‌رو خلوت است. او به دکانهای بسته و درختها و آسمان نگاه می‌کند. زیر آفتاب روشن بعدازظهر، در باغچهٔ دراز وسط بولوار، بین نخلهای زینتی، هر چند متر به چند متر پوستر شهیدی به تیرهای چراغ‌برق نصب شده است. بیشتر آنها شهیدان بسیجی یا سپاهی شهر هستند، عده‌ای هم از سربازان معمولی. باد سرد زمستانی پوسترهای پارچه‌ای را می‌لرزاند.

آنجلا هم می‌لرزد و من او را بیشتر به خودم می‌چسبانم. هنوز رنگش پریده است و زیر حدقه‌های چشمانش حلقه‌های سیاه دیده می‌شود. در روشنائی آفتاب که خوب نگاهش می‌کنم جا می‌خورم. در عرض یک روز بدجوری شکسته شده. اما اکنون مطمئنم که از این ماجرا بیرون می‌آید. ساکت است. حقیقتی هم بین من و او مشخص و تثبیت شده است. و این به او نیرو می‌دهد، همانطور که تا این ساعت داده است، و به روحش از شب گذشته تا حالا اندک جان و رمقی بخشیده. ما با هم به تهران می‌رویم، با هم پیش فرنگیس می‌مانیم، از آنجا هر جور شده با هم به استانبول یا اقلاً تا لندن می‌رویم و با هم خواهیم بود. او می‌تواند از طریق سفارت سویس برود، و من هم به صورت یک مسافر عادی. او حتی می‌تواند از اختفا بیرون بیاید... من کسانی را می‌شناسم که می‌توانند در این زمینه به ما کمک کنند. او مادر یک شهید و همسر یک شهید ایرانی است. در سفر به ایران گذرنامه‌اش گم شده.

می‌پرسم: «فکر میکنی فردا صبح به اندازهٔ کافی قوی باشی که حرکت کنیم؟»

«اگه با این بمبارانهای لعنتی زنده بمونیم...» بعد می‌گوید: «من هم دارم فارسی حرف میزنم، لابد چون روح و جونم اینجاست، در اهوازه، در شهر بمباران شده. در شهر بچه‌های شهید.»

«زنده میمونیم. وضع معده‌مون چطوره؟» دستم را روی معده‌ام می‌گذارم.

«طوفان Betsy فلوریداست، در صفر درجهٔ خلاء. من... میخوام یه خرده دیگه اینجا باشم. احساسی دارم.»

«تهران امن‌تره. ضمناً من هنوز هم فکر میکنم باید اجازه بدی

اینجا به یک دکتر نشونت بدیم. فقط یک ویزیت ساده. لازم نیست چیز زیادی به او بروز بدیم. دکترها هم حرف نمیزنند. باید برای تو دارویی چیزی بگیرم. یک نوار قلب، مقداری ویتامین.»

«نه...»

«من کارت شناسایی شرکت نفت دارم. شرکت هم بیمارستان خوبی داره. دکترهای شرکت نفت خوبند، قابل اطمینانند.»

«نه... داره خوب میشه. ضمناً میخوام این درد و شکنجه و دلپیچه‌رو مدتی داشته باشم ـ مثل همه.»

«اینجا یه لبنیاتی هست. بیا ببینیم شیر یا آبمیوه‌ای چیزی، داره؟ یک نوشیدنی خوب برای تو.»

«نه!...» اما موافقت می‌کند.

«بیا... فرمان یازدهم می‌گوید همانا بعد از یک شیطنت کبیر چیزهای آبکی زیاد بنوشید....»

«اسم غذا و این‌جور چیزها نیار... حالم بهم میخوره.»

«غذا نه، جامد نه. فقط مایعات. خواهش میکنم. برای لای‌روبی درون لازمه.»

لبنیاتی شیر ندارد. اما دوغ دارد، و چون پاستوریزه است، دو شیشه می‌گیریم. یک شیشه را به زور می‌نوشد. دومی را من کمکش می‌کنم.

بعد قدم‌زنان از خیابان شهید حسینی می‌اندازیم طرف پارک کوچک و خلوتی که در آن فقط دو سه نفر اینجا و آنجا خوابیده‌اند. بعد آرام‌تر می‌آییم طرف خیابان آیت‌الله طالقانی و میدان شهداء. به لبهٔ رودخانه و پل معلق که می‌رسیم، تقریباً خوشحال است. به قدم زدن هم احتیاج دارد. برای اینجا خیلی

احساس دارد. بیشتر به بازوی من می آویزد.

انتهای پل، خورشید پایین است. بدنهٔ سفید پل می‌درخشد. رودخانه مثل همیشه گل آلود است، و آرام، با موجهای ریز. پل را به روی ترافیک بسته‌اند، چون یک گوشهٔ سمت آن دست آب بمب خورده و صدمه دیده. آنجلا ساکت است. به وسط پل که می‌رسیم، می‌ایستد، موجهای ریز رودخانه را تماشا می کند. کم‌کم هوا رو به تاریکی است.

«بهتری؟...»

«وقتی مهدی یک سالش بود با کالسکه می آوردمش اینجا.»

«منظرهٔ قشنگیه.»

نگاه تندی به من می‌اندازد و چیزی نمی گوید.

در راه برگشتن، من دم در آژانس نزدیک «هتل فجر» سری هم به عزیز می‌زنم. بیرون است. یادداشتی برایش می‌نویسم که امشب حتماً به هتل بیاید، تماس بگیرد.

به اتاق هتل که برمی‌گردیم، بیشتر از هر چیز خسته است. می گذارم نیم ساعتی دراز بکشد و چرتی بزند. دو روز است که نخوابیده، احتیاج دارد. قبل از اینکه تنهایش بگذارم، می‌روم توی حمام و کیف اصلاح صورتم را باز می کنم و تیغ صورت‌تراش و تمام تیغهای اضافه و قیچی و دیگر اشیاء تیز را برمی‌دارم و می گذارم توی جیبم. احتیاطاً. حالا آرام دراز کشیده، تنفس و قلبش هم عادی است، فشار و تنش خاصی ندارد. اما حالتهای خودکشی به این آسانیها و به این زودی نمی‌روند.

می آیم پایین، و به دفتر هتل می‌روم تا کمی سوپ و آبمیوه

سفارش بدهم.

ربع ساعتی بعد که پیشخدمت سینی را می آورد، آنجلا را بیدار می کنم. دستش را می گیرم.

«بیا یه پرواز ترتیب بدیم به آن آربر.»

«چی؟» نگاهم می کند. سینی را می برم جلوش می گذارم. روی زانوهاش.

«شامپانی صورتی ارد دادم با خاویار.»

«باشه... کمدی شو.»

«فقط کمی مایعات. سوپ و آبمیوه.»

کمکش می کنم کمی بلند شود و بنشیند.

می پرسم: «فکر میکنی به قول جون بائز داریم «از این شب» بیرون میریم؟...»

«منم بدم نمیاد جواب ابلهانهٔ این سؤال ابلهانه را بفهمم، بدونم.»

«من جواب رو اینجا میدونم، میگم باید چکار کنی... پاهات رو توی زمین فرو میکنی، سفت میکنی. کله‌ت رو با دو تا دستهات سفت میگیری نگه میداری... و دعا میکنی... این کاریه که بقیه میکنن.»

«من هیچوقت دعا بلد نبوده‌م. کارهای دیگه بلد بوده‌م. اما دیدن اون گورستان و این شهر چیز دیگه‌س.» زبانش هنوز کمی سنگین می گردد.

«پس یه خرده سوپ بخور. این آب‌انگور پاکدیس هم چیز دیگه‌س. فقط پال مسان کالیفرنیا نیست.»

کمی بلند می‌شود، راست می‌نشیند و گوشهٔ سینی را می گیرد.

«اوه، جی، جی عزیز من...»

«آره، مشخص شده، تثبیت شده.»
«واقعاً با من میای امریکا؟... یعنی لااقل میای خارج؟...»
«من یک گذرنامهٔ عادی معتبر دارم، ممنوع‌الخروج هم نیستم... آیا هنوز منو می‌خوای؟»
«این چه سؤال بچگانه‌ای یه؟»
«داشتم فکر می‌کردم بعد از این ماجراها، این مالیخولیاها، شاید دیگه نخوای هرگز، تا ابد، اسم ایران و اسم یه ایرانی‌رو بیاری. اول کمی آب‌انگور بزن. بعد سوپ.»
«جی، خواهش می‌کنم! بیا تو هم کمی دراز بکش. تو هم حتماً خرد و خمیر شدی ـ از دیشب تا حالا. باید تمام دل و جگرت خالی شده باشه.»
«اول یه کمی از اون آب‌انگور و سوپ را خالی کن. سوپش خوبه، سوپ مرغه. آب‌انگورش هم پاکدیسه، مال آذربایجانه. قبلاً شراب می‌انداختند، حالا آب‌زیپو... یادته؟»
«جی!»
«بخور، بنوش، عشق کن. این چه عیبی داره؟»
«نه... عیب نداره. به جاش.»
بعد تلفنی به تهران می‌زنم. اتاق تلفن دارد، می‌گویم برایم نمرهٔ خانه را می‌گیرند و وصل می‌کنند. و حال و احوال فرنگیس را می‌پرسم. می‌گویم احتمالاً فردا شب یا فوقش صبح پس‌فردا برمی‌گردم ـ احتمالاً با دوستی که صحبتش را کرده بودم. بعد از مدتی خداحافظی می‌کنیم. بعد برمی‌گردم کنار آنجلا، کنارش می‌نشینم. او مقداری از سوپ و تمام آبمیوه را خورده و تکیه داده و یک دستش را روی چشمهایش گذاشته.

«چطوری؟ نخواب.»
«هیچی... خودت چطوری؟»
«خوبم. یه خرده گرسنه، خیلی تشنه، ولی خوبم. منتظر عزیزم که بلیتها رو بیاره. یا خبری از ماشین بیاره. شاید یه چیز به دردبخوری هم بیاره. صبحی بهش گفتم یه چیزی اگه شد بیاره.»
«منم بدم نمیاد یه چیزی باشه.»
«مثلاً یه گالن شراب سفید «پال مسان» کالیفرنیا؟» بعد می‌پرسم: «واقعاً حالت چطوره حالا؟ احساس بهتری داری؟ یعنی احساس میکنی خالی هستی؟»

مدتی به چشمهای من نگاه می‌کند، بعد ناگهان اشکش جاری می‌شود، بعد حسابی به هق‌هق و زاری می‌افتد. می‌گذارم پانزده، بیست دقیقه‌ای فقط اشک بریزد و دلش خالی‌تر شود. برایش خوب است. یک دستمال کاغذی به او می‌دهم که صورتش را پاک کند. گونه‌های تورفته‌اش رنگ گلهای نرگس شمال اوکراین است که زیر خورشید طاعونی کوت‌عبدالله پژمرده شده باشد.

«یک شوک کوچک با تأخیر. این علامت خوبی یه...»
«گریه علامت خوبه؟»
«یه جا خوندم برای دخترها بخصوص خوبه. نوشته بود باعث میشه سینه‌هاشون بزرگ شه.»

«زیادی کمدی نشو....» فین می‌کند و چشمها و دماغش را پاک می‌کند. بعد می‌گوید: «میدونی؟... ـ دلم میخواست میتونستم قبرشو با خودم از اینجا ببرم. از اونهم بیشتر، دلم میخواست میتونستم تمام گورستان بهشت شهدای اهواز را با خودم ببرم ـ به دنیا نشون بدم.»

«برای این کار احتیاج به اسکادران جامبوجت روح‌القدس داری.

تازه معلوم نیست دولت فعلی امریکا به شهیدهای ایران ویزا بده.»
از این حرف من بدش می‌آید. چشمانش به بیرون پنجره خیره است.

«میدونی... وقتی قبرش رو اونجا وسط اون همه قبرهای دیگه دیدم، زن و بچه و شهید بسیجی، با اون همه پرچمها و علمهای سبز و سرخ و سفید و سیاه، دلم مثل کوه آتشفشانی که مدتها خفه مانده باشه ترکید... تو خودت دیدی... بعد یک احساس جدید داشتم، احساسی که هم جدید بود، هم انگار این منظره رو قبلاً دیده بودم یا منتظرش بودم ـ و ناگهان... جی... احساس آزادی کردم... این رو قسم میخورم. آدم باید این لحظه‌های رودررویی تراژیک با مرگ، یا مرگ عشق رو ببینه تا از احساسهای احمقانهٔ خودش آزاد بشه، از دردهای فردیش آزاد بشه... چرا اینطور به من خیره شدی؟»

«هیچی....» چیزی تو سینه و گلوی خودم می‌سوزد. «بازم بگو.» اما گوشهایم هم انگار درست نمی‌شنود.

کمی توی دنیای خودش، از عشق، از حضور جانانه عشق، از درد، زن مأیوس، از امیلی دیکنسون و مرگ و عشق الهامبخش و امریکا حرف می‌زند. اما من دیگر در اهواز و در بهمن ۱۳۶۶ نیستم. کسی هم که کنارم است آنجلا گاسینسکی نیست. خیابان بیرون پنجره هم خلوت و جنگزده نیست. بیست و شش سال قبل است، نوامبر ۱۹۶۱، و من دارم زن دیگری را از وسط ترافیک بد صبح خیابان پنسیلوانیا به بیمارستان می‌برم.

نمی‌دانم چه مدت می‌گذرد، وقتی دوباره صدایش را می‌شنوم، دارد از یکی از قبائل عشیره‌ای و بومی امریکای لاتین حرف می‌زند که در کوهستانهای پرو زندگی می‌کنند. اهالی این قبائل محروم و

فقیرند و با گذشته‌های خودشان، و با از دست‌رفته‌های خودشان، پیوند ناگسستنی دارند. هر وقت اهالی قبیله از یک محل به محل دیگری کوچ می‌کنند، قبرستانهای خودشان را هم با خودشان می‌برند.

حرفش را قطع می‌کند. دست مرا می‌گیرد.

«هی، چشمهات سرخ شده؟... باورم نمیشه.»

«خستگی یه.»

«اوه؟... اینها که توی حدقهٔ چشمهات جمع شده چیه؟ شراب خام شیراز؟»

نگاهش می‌کنم. دستهایش را می‌گیرم. سرم را پایین می‌اندازم. «عشایر بومی پرو تنها کسایی نیستن که قبرستون با خودشون حمل میکنن.»

نفس بلندی می‌کشد. «میدونم.» دستم را فشار می‌دهد.

«من هم یکی‌رو بیست و شش ساله که با خودم حمل کرده‌م.»

«میخوای از او حرف بزنی؟»

«نه.»

باد سردی که انگار از دشتهای شمال به پنجرهٔ نیمه‌باز می‌وزد، پرده را به داخل اتاق تاب می‌دهد، و همچنین صدای تلاوت قرآن از مسجد آنطرف خیابان را. هنوز چیزی وسط سینه‌ام چنگ می‌زند. اما صدای آنجلا خوب است. «جلال، خواهش میکنم از آنابل برام بگو... از او حرف بزن.»

سرم را به سوی دیوار برمی‌گردانم. اولین بار است که مرا با اسم کوچک کامل صدا می‌کند، نه جی.

«مثل اینکه امشب داره شب «نیروانا» میشه، چه بخواهیم و چه

نخواهیم.»

«...»

«بیا دراز بکش، آقای آریان. تو احتیاج به کمی دلگرمی جان جانانه داری.»

«خواهش میکنم.»

«تو هم یک آتشفشان خفه را توی سینه‌ات داشته‌ای، مثل من که بیست و شش ساله که تابوت پوشیده از گل داودی پدرم رو در قشر مخم تشییع کرده‌م. ما یکی هستیم.»

سیگاری روشن می‌کنم و روی یک آرنج کنارش دراز می‌کشم.

«شب لعنتی نیروانا، و ما نه شراب پال‌مسان داریم و نه شراب خام شیراز.»

«یادت هست شب اول امیلی گفت:

عشق حرف آخر است
و این تنها چیزی است که از عشق می‌دانیم.»

«نمیدونم...» چشمهایم را می‌بندم.

نمی‌دانم چه مدت می‌گذرد که سرم را بلند می‌کنم. بوسه‌اش سرد و عجیب است. «از این به بعد فرق میکنه. درباره‌ش حرف زدی. بنابراین واقعیتی است گذشته. خودت گفتی ما همه فورمول داریم. ما گذشته‌های سیاریم. اما با آینده، ما میتونیم به حال و گذشته یک معنی خوب بدیم.»

نگاهش می‌کنم. «فکر میکنی آینده میتونه اون حال و عشق رو

برگردونه؟ اون زمان گذشته‌رو؟ میخوام از دهان تو بشنوم.»

«بچهٔ خام من، جلال... تو خوبی. زمان، برای انسانها، اگر درست فکرش را بکنی، در واقع یک چیز ساعتی و تقویمی و خورشیدی نیست. ثانیه و دقیقه و پارسال و امسال و این قرن و اون قرن نیست. زمان واقعی یک موجودیته، یک کلیته. البته وجود جسمهای من و تو محدوده. اما ما میتونیم از مقدار زمانی که برامون در این جسمها، در این دنیا مقدر و معین شده، ابدیتی بسازیم. همونطور که امیلی دیکنسون و حافظ کرده‌ن... با عشق. جلال... ببین منم امشب هی دارم تورو با اسم کوچکت صدا می‌کنم، نه جی.»

همینطور نگاهش می‌کنم. باز مرا متعجب کرده. «یه خرده دیگه‌م متعجبم کن. از خودت، از امیلی، از حافظ... برام دکلمه کن.»

لبخند می‌زند و به صورت خودش دست می‌کشد. «امشب من حتی اسم خودم‌رو هم به زور میتونم دکلمه کنم.»

دستش را می‌گیرم. «تو آنجلا گاسینسکی آریان هستی، زن ابدی جهان جاویدان، فهمیده، وارسته، خوب، روشن، در ایران جمهوری اسلامی، در جنگ ایران و عراق.»

«آیا امشب جاودانیم میکنی؟»

دستش را فشار می‌دهم. «هیچوقت هم تغییر نمیکنی، میکنی؟ آنجلا گاسینسکی؟»

«نه، جلال آریان. من هم حالا دیگه اصالت دارم، پوست کلفت و ماندگار شده‌م. با تشکر از تو... و میخوام جاودانیم کنی.»

«بهتره صبر کنیم تا عزیز پیداش بشه.»

به ساعتم نگاه می‌کنم. بعد پیچ رادیو را این‌ور و آن‌ور و بلندتر می‌کنم، وقت می‌گذرانم. اخبار ساعت نه و سرخط اخبار را گوش

می‌کنیم. جنگ عراق هنوز با ماست، به صورت سگ هار و دیوانهٔ جنگ شهرها. سیزده شهر ایران مورد بمباران و حملات موشکی قرار گرفته، بمباران چندین محل مسکونی در شهرهای تبریز، اصفهان، باختران، دزفول، شوشتر، اندیمشک، اهواز منجر به «شهادت عدهٔ کثیری زن و بچهٔ بیگناه» شده. در رادیو صدای امریکا، در پروگرام فارسی، تقریباً تمام اخبار دربارهٔ ایران، ولی ماجرای خر تو خر «ایران‌گیت» است که حالا نامش شده «ایران‌کنترا»... در واشینگتن جنجال سر این است که چقدر از پول فروش اسلحه به ایران به انقلابیون ضددولتی «کنترا» نیکاراگوئه داده شده است، و چقدر از آن عملیات با آگاهی مستقیم پرزیدنت رونالد ری‌گن صورت گرفته. و در پایان اخبار ضمناً ذکر می‌شود که در جنگ ایران و عراق نیز «روند» دیگری از زدن شهرهای هر دو طرف جریان دارد.

بیرون پنجرهٔ اتاق ما، اوضاع شهر آرام‌تر است. بلندگوی مسجد اخبار محل شروع و مسیر تشییع جنازهٔ دسته‌جمعی شهدای آن روز اهواز را اعلام می‌کند. در شهر تعطیل عمومی اعلام شده است. بعد، از بلندگوی مسجد صدای وعظ یک روحانی را پخش می‌کنند که از فضائل و منافع صدقه دادن صحبت می‌کند و اینکه صدقه دادن می‌تواند هفتاد نوع بلا و مرگ بد را دفع کند و ثواب آخرت عظیم داشته باشد.

در رادیو صدای امریکا گوینده باز به خبرنگار خودشان در لوس آنجلس تلفن می‌کند. سؤال و جواب مثلاً Spontaneous است. و بعد می‌خواهند آهنگ «پاپ سینگل» جدیدی از شهرام، اگر دارند پخش کنند برای درخواست‌کنندهٔ جوان مهران در اردبیل. آنجلا می‌گوید: «اون لعنتی‌رو خفه‌ش کن. بذارش روی ایستگاه اهواز.»

موج رادیو را عوض می‌کنم.
«امیلی میگه:

غرق شدن،
به اندازهٔ تقلای بالا آمدن
دردناک نیست...»

«این رو امیلی دیکنسون گفته؟ پس مجاهدت نمیکرده.»
«این رو امیلی الیزابت دیکنسون گفته در امرست، ماساچوستس، در سال ۱۸۴۹.»
«بازم دکلمه کن. حرف زدن و بیدار بودن برات خوبه. غرق شدن برای هیچکس هیچ مسئله‌ای رو حل نمیکنه ـ بجز برای اونکه خفه میشه و میره ته آب.»
«عشق برای من خوبه. سیاست برای من یعنی روسپی‌گری و دیپلماسی یعنی رجاله‌گری. من میخوام اینجا در ایران بمونم، با عشق و ایدئال غرق بشم ـ دوست ندارم فرار کنم برم بالا در واشینگتن غلط بکنم. عشق اینجاست.»
«لطفاً زیاد وارد معقولات و لفاظیات نشیم، بخاطر عیسی مسیح ناصری!»
«خیلی خوب. چشم. نمیخوای یه چیزی برای خودت از رستوران سفارش بدی؟»
«یه خرده دیگه‌م دکلمه کن تا عزیز بیاد بلیتها رو بیاره. شاید یه چیز به دردبخوری هم بیاره. خدا رو چه دیدی. شاید یه نعمتی هم جور شد. اما دیر کرده...»

«مثل اینکه امشب مجبوری مرا بنوشی. به قول خودتون شب را با حلال خودت حروم کنی.»

خوشم می آید. «فارسی‌ت هم یکهو خوب شده.» بعد می‌پرسم: «به اندازهٔ کافی قوی هستی؟» هنوز حلقه‌های سیاه بدی دور چشمانش است.

با همان لبخند اخم آلود پژوهشی کتابخانهٔ دانشگاهش نگاهم می‌کند.

«دخترپچه گول بزن. مگر تو مرا قبلاً ننوشیدی؟»

«منظورم اون جور قوت نبود. اما فکرت خوب کار میکنه.»

عزیز بالاخره از پایین تلفن می‌کند و من می‌روم او را در لابی هتل می‌بینم. عزیز خوب و همیشه وفادار بچهٔ خوزستان. بلیتهای ما را گرفته آورده، یک بستهٔ چندتائی «سیگار» جالب مخدر شیراز هم از یکی از دوستان بوشهری‌اش گرفته و آورده و می‌گوید «حال» دارد... متأسف است که چیز بهتر و مطمئن‌تری گیرش نیامده، از میناسیان و دوستان. از او تشکر می‌کنم، و مثل همیشه، باید با زور مجبورش کنم پولی را که برای این محبتها داده بازپرداخت کنم. بعد صورت همدیگر را می‌بوسیم و او قول می‌دهد که صبح زود، حوالی هفت برای سوار کردن و بردن ما به ترمینال بیاید.

به اتاق برمی‌گردم و آنجلا را از تأیید سفر، اتوبوس به تهران و خرید بلیتها مطلع و مطمئن می‌کنم. بلیتها را نشانش می‌دهم و می‌گویم ساعت هفت، هفت و نیم به طرف ترمینال می‌رویم. هشت و نیم اتوبوس حرکت می‌کند. عزیز خودش می‌آید ما را می‌برد. اگر سر وقت از اهواز حرکت کنیم، اوایل شب باید در تهران باشیم.

بلیتها را روی میز کوچک، روی کتاب کوچک «عشق: کارنامهٔ یک زندگی» می‌گذارم و می‌روم کنار او روی صندلی می‌نشینم. پاها را بالاخره با راحتی دراز می‌کنم.

بستهٔ سیگار «حال‌دار» شیراز هم در واقع «چیز خوبی» از آب درمی‌آید. یکی برای او و یکی برای خودم روشن می‌کنم. با ولع یک پک بلند می‌زند. اول کمی به سرفهٔ بد می‌افتد، اما بعد عاشقش می‌شود، می‌گوید: «نفس میده.»

«مال شیرازه...»

«میدونستم رازی داره. ابدی...»

«ابدی و یک خرده بیشتر.»

می‌خندد. «پس این هم اولین شب تفاهم و عشق کامل ما... بیا اینجا دراز بکش. جا هست... عزیز یعنی Dear، مگه نه؟ این اسم خودشه، یا شما روش گذاشتی؟ اهدایی شبش که واقعاً عزیزه. خودش درست میکنه؟»

«نه. عزیز عربه. عربها فقط زندگی میکنن

«از امشب میخوام تورو به‌اسم خودت «جلال» صدا کنم. یک دفعه برام معنی‌ش رو گفتی ـتوی آن آربر. به معنی عظمت آسمانی و کهکشانی نیست؟»

برمی‌گردم و نگاهش می‌کنم. «فکر میکنم قرار شد روغن غازمالی نکنیم. میخوای به اخبار مخبار خارجی گوش کنیم؟ ضمناً اون‌رو هم خیلی کم‌کم پک بزن. برای حال تو شاید خوب نباشه.»

پک کوچکی می‌زند. «اخبار نه. ما خودمون امشب خبریم. من به آخرین قطعنامه و عهدنامهٔ صلح جهانی خودم رسیده‌م ـبا تو. بگذار

این سند و رکورد جهانی باقی بمونه، امشب، شب دولت عشق ما باشه...»

نگاهش می‌کنم، آنطور که دوست دارد. چیزی هنوز درون معده و روده‌های خودم چنگ می‌زند. از صبح تا حال چیزی نخورده‌ام. این هم خودش یک رکورد تازه‌تر جهانی برای جلال آریان است. اما احساس گرسنگی نمی‌کنم. «تو خوبی.»

نفس راحت و بلندی می‌کشد. «جلال، چرا واقعاً نمیشه همه... به یک تفاهم و دوست داشتن نهایی و جهانی برسیم؟ یعنی جداً...»

«قرار شد کشدار حرف نزنیم و فقط واقع‌بین و منطقی باشیم... در این دنیا...» کلمات هنوز هیچی نشده با متاع عزیز ساخت شیراز روی قشر مخ و زبانم می‌لغزد.

«باشه، فقط من و تو. من امیلی دیکنسون ماساچوستس تو میشم، تو هم حافظ شیراز من باش. به من هم نگو دختر تو از مرض لعنتی و غیرقابل علاج رؤیا و عشق بین انسانهای جهان رنج میبری.»

«آنجلا گاسینسکی عزیز من. امیلی دیکنسون ماساچوستس در سی و نمیدونم چند سالگی یک باکرهٔ ترشیده بود که دق کرد مرد. محمد شمس‌الدین حافظ شیراز والاتبار خودمون هم که گفته‌ن عارف و حافظ قرآن مجید بوده، یک پژوهش واقعی لازم داره.»

«اگه من و تو یک) همدیگه‌رو بفهمین و دو) عشق داشته باشیم و سه) کمی هم به قول بچه‌های شما «ایثار یا فداکاری کنیم، این میتونه یک آغاز باشه... شاید هم یک راهگشا.»

«با بند عشق موافقم.»

لبخند می‌زند. «میخوام تو امشب منو بنوشی. من خام هم نیستم. ضمناً تو منو برای خودت توی اون زیرزمین کلیسا عقد کردی. یادته

واقع‌بین؟»

«بازم بگو.»

«میخوام امشب عالی باشه.»

پک عمیقی به سیگارم می‌زنم، نگاهش می‌کنم. «نمیخوای صبر کنیم تا فردا شب، که تو قوی‌تری و در جای تر و تمیزتر و آبرومندتری هستیم و چیز بهتری داریم؟»

«اینجا خوبه.

بیشتر همچون اغتشاشی، بی توقف و سرد
نه فرصتی و نه نشانه‌ای...»

«بازم امیلی؟»

«بیا... شعر مال امیلی‌یه. اما امشب من مال توام، و قوی‌ام. تو هم همیشه خوب بودی. و هیچی نشده در پروازیم...»

بیرون پنجره، شب آرام است و فقط صدای ملایم نوحه‌ای از بلندگوی مسجد ته خیابان می‌آید. اتاق گرم است و من بلند می‌شوم و چراغها را خاموش می‌کنم. لای پنجره‌ها را کمی باز می‌گذارم ولی پرده‌ها را می‌کشم.

لب تخت دراز می‌کشم. چراغهای خیابان در حالت خاموشی است، اما از مسجد سر خیابان هنوز سرود نوحه‌وار نرم و بدون موزیکی می‌آید. این هم خوب است. پسربچه‌ای با صدایی زیر و دلنشین می‌خواند:

شهادت جان جانان عزیزان است
رسیدن بر در جانان نه آسان است،
به جبهه می‌روم مادر به خون دادن
چون این راه رسیدن بر حریم جان جانان است

چیزی وسط جمجمه‌ام، مثل قایقی کوچک وسط امواج پیچ و تاب می‌خورد.
«دوستم داری؟»
«آنجلا گاسینسکی آریان، من تورو دوست دارم.»
«بالاخره از دهانت شنیدم... واقعی.»
«این را هم دوست دارم.» بدن لاغر و تکیده‌اش در نور کمرنگ شب، حضوری جانانه دارد.
«این من هستم. به قول امیلی: "این نامهٔ من است به دنیا... که هرگز به من ننوشت..."»
چشمانش را می‌بندد. لبخندش تقریباً تمام صورتش را روشن می‌کند.
نمی‌دانم در آن لحظه‌ها به چه چیزهایی فکر می‌کند، یا چه احساسهایی دارد.
به هم رسیده‌ایم و یکی هستیم. سالها تشنگی، و هر بار، در کنار چشمهٔ آرزو، موج‌خیز حادثه، چشمه را می‌خشکاند.

اسماعیل فصیح در دوم اسفند ۱۳۱۳ در تهران تولد یافت. پس از تحصیلات در امریکا به ایران بازگشت و از سال ۱۳۴۲ در شرکت ملی نفت ایران در مناطق نفت خیز جنوب به کار پرداخت و در سال ۱۳۵۹ در مقام استادیار دانشکده نفت آبادان مجبور به بازنشستگی گردید.

آثار چاپ شده اسماعیل فصیح سوای کتاب‌هائی که ترجمه کرده از اینقرار است: شراب خام، دل کور، داستان جاوید، ثریا در اغما، درد سیاوش، زمستان ٦٢، شهباز و جغدان، فرار فروهر، خاك آشنا، دیدار در هند، عقد و داستان‌های دیگر، برگزیده داستان‌ها، و نمادهای دشت مشوش. ثریا در اغما یکی از پرفروش‌ترین رمان‌های ایران بود و به زبان انگلیسی نیز ترجمه شد.

فصیح اکنون در ایران زندگی میکند و گهگاه در بخش برنامه‌های گزارش نویسی و آموزش زبان تخصصی صنعت نفت خدمت می کند.

نامه‌ای به دنیا داستان تراژیك یك استاد سی و سه ساله امریکائی است که در اوج جنگ شهرهای ایران و عراق بایران میآید. قصد او یافتن و نجات پسرش است که در اهواز پس از مرگ شوهر ایرانی او بجا مانده است. شوهر این زن که او نیز استاد دانشگاه بوده در جریان بعد از انقلاب کشته شده است. تِم اصلی داستان کوشش تمام عمر او برای دوستی و تفاهم بین انسان‌ها است که در زندگی از هم پاشیده این زن از وی دریغ شده است. نامه‌ای به دنیا بیش از سه سال است نوشته شده ولی چون هنوز امکان انتشار آن در ایران فراهم نشده است برای نخستین بار در خارج منتشر میشود.

برخی از انتشارات کتابفروشی ایران

پیمانه زرین، اشعار گئورگ تراکل / ترجمهٔ جمشید شیرانی و الف مازیار

روانکاوی صور عشق در ادبیات فارسی / نوشتهٔ دکتر جواد زمان‌زاده

گل آفتابگردان، مجموعهٔ چند داستان کوتاه / نوشتهٔ فیروز حجازی

ماهی سیاه کوچولو / نوشتهٔ صمد بهرنگی با ترجمهٔ انگلیسی هوشنگ آموزگار

ته بساط / نوشتهٔ سعیدی سیرجانی

بیچاره اسفندیار / نوشتهٔ سعیدی سیرجانی

دیوان ایرج میرزا / با مقدمهٔ خسرو ایرج

فونکسیون اورگاسم / نوشتهٔ ویلهلم رایش / ترجمهٔ استپان سیمونیان

فارسی بیاموزیم، کتاب اول / نوشتهٔ لیلی ایمن

یادداشت‌های اسدالله علم / ویرایش علینقی عالیخانی

آذری یا زبان باستان آذربایگان / نوشتهٔ احمد کسروی با مقالات تحقیق احسان یارشاطر و محمود گودرزی

خواهران و دختران ما / نوشتهٔ احمدکسروی با مقدمهٔ محمدعلی جزایری

خاطرات سرتیپ علی اکبر درخشانی / با پیش گفتارخانواده درخشانی

A Letter to the World is the tragic drama of a thirty-three year old American college professor, Angela Gosinsky, who enters Iran at the peak of the "War of the Cities" of the Iran-Iraq War. Her intention is to find and save her Iranian-born son, left in the southern city of Ahvaz after the death of her Iranian husband, also a college professor, killed in the post-revolutionary turmoil. The ultimate theme is her life-long search and plea for love and understanding between human beings, refused of her all her shattered life.

Esma'il Fassih was born in Tehran in 1933. He has been writing novels and short-stories since the sixties. Educated in the United States in English literature and the sciences, he worked for the National Iranian Oil Company until 1981. Other novels by the author include: *Sharáb-e khám, Del-e kúr, Dástán-e Jávíd, Sorayyá dar eghmá, Dard-e Siyávash, Zemestán-e shast-o do* and *Shahbáz va joghdán*. *Sorayá dar eghmá* is one the best selling novels ever in Iran.

A Letter to the World
[Persian Language]

a novel by
Esmail Fassih

Ibex Publishers,
Bethesda, Maryland